LITRA*l*DUKT

MARYSE CONDÉ

Köstliches und Kostbares

Kulinarische Reisen

Aus dem Französischen
von Ina Böhme

LITRADUKT

Bibliographische Information der Deutschen Bibliothek:
Die Deutsche Nationalbibliothek verzeichnet diese Publikation
in der Deutschen Nationalbibliographie; detaillierte bibliographische
Daten sind im Internet unter *http://dnb.ddb.de* abrufbar.

Wir bedanken uns für die Unterstützung
durch den Deutschen Übersetzerfonds.

2022
Ungekürzte Ausgabe
Litradukt, Literatureditionen Manuela Zeilinger-Trier,
www.litradukt.de

Das französische Original erschien 2015 unter dem Titel
»Mets et Merveilles« bei Editions Jean-Claude Lattès, Paris,

Aus dem Französischen von Ina Böhme
Lektorat: Peter Trier
Umschlaggestaltung und Satz: Berliner Süden
Umschlagabbildung: Ella C., Quelle: Unsplash
Herstellung: CPI Clausen und Bosse, Leck
Printed in Germany

ISBN: 978-3-940435-41-5

Die Fußnoten wurden für die deutsche Ausgabe eingefügt.

Für Richard

INHALT

VORWORT

Als ich Ende 2011 in New York war, bat mich Mary-Ann Caws um vier Rezepte, zwei alkoholfreie Drinks und zwei Süßspeisen. Mary-Ann Caws, Professorin für Frankophone Literatur und Zeitgenössische Kunst am Graduate Center der City University, gehört zu den außergewöhnlichsten Menschen, die ich kenne. Sie kann charmant und brillant über André Breton, Picasso, Salvador Dalí, Robert Desnos oder René Char räsonieren. Ebenso talentiert kann sie über Virginia Woolfs Romane, über literarische Manifeste und provenzalische Rezepte schreiben. Für einen englischen Verlag stellte sie damals Rezepte von bekannten Malern und Schriftstellern zu einem Buch mit dem Titel *The Modern Art Cookbook* zusammen. Ich reagierte zunächst überrascht: »Wie kommst du auf mich?« Sie erwiderte nur: »Deine Gerichte gehören zu den besten, die ich je gegessen habe.« Ich fühlte mich unendlich geschmeichelt. Mit jedem Tag wuchs allerdings mein Bedauern. *The Modern Art Cookbook* sollte in Amerika und England erscheinen. War eine ähnliche Publikation nicht auch in Frankreich denkbar?

Die Idee gewann so stark an Boden, dass ich mich, zurück in Paris, mit Otis Lebert austauschte. Otis Lebert ist Inhaber des Restaurants *Le Taxi Jaune* im Marais-Viertel, gegenüber meiner Wohnung. Wir hatten immer wieder unsere Rezepte verglichen und waren letztlich Freunde geworden. Auf mein Betreiben fassten wir den Entschluss, gemeinsam ein Kochbuch zu schreiben. Nach langen, fieberhaften Gesprächen trat ich an meinen Verleger Laurent Laffont heran, und wir luden ihn zum Mittagessen ein, um ihm das Projekt vorzustellen. Ich hatte keinerlei Zweifel, mühelos seine Zustimmung zu erhalten. Wir waren befreundet, seit ich vor vielen Jahren bei seinem Vater Robert Laffont meine ersten Romane veröffentlicht hatte. Als Laurent gemeinsam mit seiner Schwester den Verlag übernommen und ich den Wunsch geäußert hatte, auf der Autorenliste zu stehen, hatte er mich mit offenen Armen empfangen. Zu meiner hellen Überraschung erteilte er uns eine kategorische Absage. Nicht nur, weil die Idee ihn nicht im Geringsten interessiere, sondern auch und vor allem, weil die Sparte Kochbücher hauptsächlich von Spezialverlagen mit eigenen Vertriebskanälen bedient werde. Er war so entschieden, dass jeder Widerspruch zwecklos war. Während Otis sich dieser Entscheidung relativ gleichgültig beugte, war meine Enttäuschung so groß, dass ich anfing mich zu fragen, welche Rolle die Kochkunst in meiner Biografie spielte. Gemeinsam mit der Literatur war sie die Leidenschaft, die seit Jahren mein Leben bestimmte.

Natürlich konnte man die beiden Leidenschaften nicht wirklich miteinander vergleichen. Die Kochkunst verweist auf das Animalische im Menschen, und es genügt nicht, komplizierte Gerichte zu kreieren, um diese Tatsache zu verschleiern. Kochen zählt nicht zu den sogenannten edlen Handwerken wie das Kombinieren von Farben für ein Gemälde oder das Reimen. Dennoch wurde mir sehr schnell klar, dass meine beiden Leidenschaften aller Verschiedenheit zum Trotz nicht vollkommen getrennt betrachtet werden durften. Sie besaßen kaum wahrnehmbare Gemeinsamkeiten. Meine Vorliebe fürs Kochen war etwa aus dem Wunsch heraus entstanden, mich nicht dem Bild von dem mustergültigen kleinen Mädchen anzupassen, das meine Eltern, insbesondere meine Mutter, hochhielten. Anstatt vor einem Publikum aus Freunden *Für Elise* zu verhunzen und gespielte Bewunderung zu ernten, ging ich lieber in die Küche. Es ist derselbe Wunsch zu missfallen, der mich auch bei meinen ersten literarischen Versuchen angetrieben hat. Mein Buch *Victoire,* das eine Ehrenrettung meiner Großmutter – Köchin bei einer Familie weißer Kreolen – sein will, enthält ein gerüttelt Maß an Provokation, einem beherrschenden Zug meines Charakters. In der Regel sind die Leute stolz, wenn sie einen Dichter, einen Philosophen oder einen Historiker zu ihren Vorfahren zählen, dessen Schriften sie in einem vergessenen Überseekoffer auf dem Dachboden gefunden haben, oder einen tapferen Soldaten, der sein Blut für das Vaterland vergossen hat. Das Bekenntnis zu einer *dèyè chez**, einer Dienerin, die nie Französisch sprechen konnte, hat einen anrüchigen Beigeschmack.

* Der kreolische Ausdruck bedeutet wörtlich »hinter dem Stuhl«.

Gehen wir etwas tiefer. Ich sehe noch die erstaunten Gesichter meiner Gäste vor mir, die sich genüsslich die Lippen lecken, nachdem sie Kapaun mit kandierten Früchten oder gefüllten Seebarsch an Erbsenpüree verzehrt haben. Eine hervorragende Köchin zu sein, trug auch dazu bei, meinem Ruf als Intellektuelle, Aktivistin und Feministin, der mir so oft vorauseilte, etwas entgegenzusetzen.

Eines Sommers lehrte ich an der Schule für Kritische Theorie der Cornell University. Die herausragendsten Professoren wetteiferten miteinander, um an diese Hochburg des Wissens eingeladen zu werden. In der Kantine, wo ich meine Mahlzeiten zu mir nahm, fiel mir eine junge Afrikanerin in weißem Overall um den Hals und erinnerte mich an unsere Begegnung, als sie noch ein Kind war. Sie war die Tochter zweier Freunde aus Dakar. Ihr Vater und ihre Mutter, offene Gegner der Regierung unter Léopold Sédar Senghor, zählten zu den bekanntesten Intellektuellen des Senegals.

»Was machst du denn hier?«, fragte ich sie nach dem anfänglichen Gefühlsüberschwang.

»Ich lerne an der Hotelfachschule«, erklärte sie stolz. »Die beste in den Vereinigten Staaten, wie Sie wissen.«

Das wusste ich in der Tat. Meine Eltern hätten mir ganz bestimmt nicht erlaubt, diesen Weg einzuschlagen. Aber was war mit mir? Hätte ich geduldet, dass meine Töchter Chefköchinnen anstatt Juristinnen und Wirtschaftsexpertinnen werden? Hier komme ich zu etwas Privaterem. Mein Mann Richard ist mein Übersetzer ins Englische. Er prüft meine Bücher mit kritischem Blick und bestürmt mich mit Fragen, die seiner Arbeit nützlich sind. Seine übergenauen Erkundigungen wollen nie ein Ende nehmen. Was meine Küchentalente betrifft, so gelten hier ganz andere Gesetze. Liebe geht sprichwörtlich durch den Magen. Natürlich verbindet Richard und mich mehr als eine banale Magengeschichte – nichtsdestoweniger ist das Kochen für uns ein Augenblick der Entspannung und des Gesprächs. Wenn er, der englisch erzogen wurde und mit Lob äußerst sparsam umgeht, eine meiner Zubereitungen genießt und mir Komplimente macht, überkommt mich ein tiefes Wohlbehagen. Dasselbe empfinde ich, wenn meine Kinder um mich geschart sind und ordentlich zugreifen.

»Du weißt ja, dass wir immer alles wegputzen, wenn wir bei dir sind«, meinte kürzlich meine Tochter Sylvie.

»Die Teller werden leergegessen«, lächelte meine andere Tochter Aïcha, die sich auf den Wortschatz ihrer Kindheit zurückbesann. Jene Zufriedenheit, die wir verspüren, wenn wir den Hunger unserer Liebsten gestillt haben, ist letztlich normal. Eine Frau ist auch Ernährerin.

Da ist allerdings noch ein Gefühl, das ich mit einer gewissen Vorsicht anfassen möchte, denn es sitzt vielleicht am tiefsten: Entschädigt mich das Kochen nicht fürs Schreiben? Ist die Kochkunst für mich – die ich solche Mühe habe, mich in die guadeloupeanische, die afrikanische und schließlich auch die afroamerikanische Literatur einzugliedern, die ich so viel Zurückweisung und Ausgrenzung erlebt habe –, ist sie für mich nicht die bequemere Verführungskunst?

Wenn ich Gäste zum ersten Mal empfange, wage ich beim Anrichten der Speisen auf den dekorativen Chinese-Rose-Tellern von Spode, einem Erbe meiner Schwiegermutter Marjorie, immer den gleichen Scherz: »Es wird euch schmecken! Ich weiß nicht, ob ich eine gute Schriftstellerin bin, aber ganz sicher bin ich eine hervorragende Köchin.« Keiner hat je gelacht. Nicht ein Mal. Ganz tief in ihrem Inneren sind meine Tischgenossen nämlich schockiert: Was für ein Frevel!, denken sie. Wie kann sie es wagen, Schreiben und Kochen miteinander zu vergleichen? Genauso gut könnte man Handtücher mit Geschirrtüchern oder Chinaseide mit Jute gleichsetzen.

Die lange Geschichte meiner Majestätsbeleidigung ist Gegenstand dieses Buches.

1. LEHRJAHRE: VOM *FLANKOKO* ZUM CHRISTMAS PUDDING

An meine Kindheit habe ich nur bittersüße Erinnerungen. Alles wurde durch das Prisma einer mimosenhaften Empfindlichkeit gebrochen, das den kleinsten Scherz, den leisesten Spott, das geringste Wortspiel zu einer unheilbaren Verletzung bündelte. Die Welt machte mir Angst und ich wähnte an allen Ecken verborgene Gefahren. Mehrmals die Woche hatte ich den gleichen Traum: Ich verließ das Haus, um zwei oder drei Straßen weiter bei Amie Rose, einer Konditorin in unserem Viertel, einige *doucelets,* Kokosschnitten, zu kaufen. Ich schlich auf Zehenspitzen und war bemüht, keine Aufmerksamkeit zu erregen, denn meine Mutter hatte mir die harmlose Süßigkeit verboten, die angeblich schlecht für die Zähne war. Würde ich weiternaschen wie bisher, mein Lächeln entblößte bald eine Reihe braunschwarzer Zahnstümpfe. Dies hielt mich nicht davon ab, ungehorsam zu sein. Doch kaum hatte ich einen Fuß vor die Tür gesetzt, da bemerkte ich zu meinem Schrecken, dass die Umgebung sich verändert hatte. Die vertrauten stockhohen Häuser waren verschwunden. Die Straße hatte sich in eine Stadtbrache mit starr aufragenden, bedrohlichen Strommasten verwandelt. Auf den Leitungen saßen reihenweise Vögel, wie ich sie später bei Alfred Hitchcock wiedersehen sollte, und durchbohrten mich mit ihrem zornigen Blick. Plötzlich schossen Ungeheuer mit Affenkopf aus dem Boden hervor und stürzten sich auf mich. Blutüberströmt lag ich auf der Erde.

Meine Erziehung war nicht dazu angetan, mich abzuhärten. Während mein Vater keinerlei Interesse an mir zeigte, umgab meine Mutter mich mit einer peniblen, fordernden Fürsorge, die sie keinem anderen meiner sieben Geschwister angedeihen ließ. Genau diese Fürsorge machte sie zu anspruchsvoll, und ich fand vor ihr keine Gnade. Ich war zu groß für mein Alter, meine Haut war zu fahl, meine Augen zu unförmig, mein Haar zu kraus. Ich war Klassenbeste im Aufsatz und im Vortragen, was sie mit Stolz hätte erfüllen können, aber die Schlechteste im Rechnen.

Ich erinnere mich an meine Tränen, wenn ich sie jede Woche aufs Neue das mit Nullen* gespickte Zeugnisheft unterschreiben ließ. Unweigerlich flüchtete ich mich in die Gesellschaft unserer Hausangestellten, die mich im Gegensatz zu meiner Mutter wie das kostbarste Mädchen der Welt behandelten.

Zwei von ihnen standen viele Jahre in unseren Diensten. Die eine hieß Julie. Sie war eine elegante Mulattin** von etwa sechzig Jahren mit zerknitterten Wangen, die stets ein schwarz-weiß kariertes Kleid und ein schwarzes Kopftuch trug. Um welche verflossene Liebe sie wohl trauerte? Man munkelte, sie sei in ihrer Jugend die Geliebte eines Festlandsfranzosen gewesen, der als Beamter tätig gewesen war. Er habe ihr versprochen, sie nach Frankreich mitzunehmen und sie dort zu heiraten. Doch er habe sein Wort nicht gehalten und sie war im Land geblieben. Julie widmete mir den ganzen Reichtum ihres Herzens. Eigens für meine Betreuung zuständig, wusch sie mich, zog mich an, frisierte mir den Wuschelkopf, drapierte ihn mit blauen oder rosaroten Satinschleifen und trug auf dem Schulweg meinen schweren, mit Heften und Büchern vollgestopften Ranzen. Immer donnerstags, wenn kein Unterricht stattfand und ich weder lernen noch Hausaufgaben erledigen musste, nahm sie mich zur Place de la Victoire mit und versäumte nicht, mir einen Becher *snowball,* sprich: *sinobal* zu spendieren, dem ich viele Jahre später in Spanien unter dem Namen *granizado* wiederbegegnen sollte. Ich mochte insbesondere den roten Grenadine- und den weißen Orgeatsirup, der die Lippen so herrlich verklebte.

»Du bist das Schätzchen vom lieben Gott«, betonte sie stets aufs Neue und überhäufte mich mit Küssen.

Leider ging sie jeden Abend um halb sieben nach Hause und ließ mich allein mit meiner Furcht vor den Schrecken der hereinbrechenden Dunkelheit.

* Schlechteste Note im französischen Schulsystem.

** Das Wort *mulâtre* hat auf den Antillen keine abwertende Bedeutung und wird hier mangels Alternative wörtlich übersetzt. Da eine hellere Haut traditionell mit einem höheren sozialen Status einhergeht, bilden die sogenannten Mulatten gegenüber den Schwarzen eine privilegierte Schicht.

Die zweite Dienstbotin war ganz anders. Sie hieß Adélia, war eine hochgewachsene Frau mit sehr schwarzer, fast schon bläulich schimmernder Haut und stammte wie meine Mutter von der Insel Marie-Galante. Mit ihrer Tochter Michelle, die ungefähr in meinem Alter war, verband mich sehr bald eine schwesterliche Zuneigung. Da sie eine sehr mäßig begabte Schülerin war, half ich ihr beim Lernen und machte gewissermaßen ihre Hausaufgaben. Michelle weinte unablässig, denn als Fußabtreter ihrer Mutter wurde sie ständig furchtbar grob behandelt. Ich konnte mir keinen Reim darauf machen und fragte mich, ob die Rolle einer Mutter darin bestand, ihre Tochter andauernd auf die Probe zu stellen.

Ich hatte mich immer geweigert, in den zweiten Stock hochzusteigen, wo meine Geschwister ihre Zimmer hatten. Ich schlief im ersten Stock neben dem Schlafzimmer meiner Eltern, in einer spartanisch eingerichteten Kammer, wo meine Großmutter Victoire bettlägerig ihre letzten Jahre gefristet hatte, ehe sie endlich erlöst worden war. Seltsamerweise empfand ich, die ich so ängstlich war, keine Furcht vor der Verstorbenen, die ich nie kennengelernt hatte. Im Gegenteil. Wenn sich die schlaflosen Stunden dehnten, beruhigte ihre zarte Gegenwart mich. Die räumliche Nähe zu meinen Eltern besänftigte mich dagegen kaum. Stets vernahm ich ihr Gewisper. Ich hörte auch, wie sie sich vom Bett aufrafften, um sich geräuschvoll auf ihrer Toilette zu erleichtern. Meine Nächte waren endlos und ich konnte kaum den Morgen erwarten.

In unserem prächtigen Haus in der Rue Alexandre-Isaac war meine liebste Zuflucht die Küche. Dorthin floh ich, wenn Julie, die auch unsere Wäsche machte, anderweitig beschäftigt war. In der Küche herrschte allzeit ein wüstes Durcheinander. Das Wasserbecken in der Mitte quoll über von eingeweichtem schmutzigem Geschirr. Auf den Fliesen lagen allerlei Backformen, Töpfe und Kessel verstreut. Die Regale bargen eine bunte Fülle von Gewürzen: Safran, Muskat, Zimt, Pfeffer, Cayennepfeffer, Kerbel, Majoran, Piment ... Sämtliche Gerüche waberten in dieser Ali-Baba-Höhle durch die Luft. Adélia ließ mich oft die Fleisch- und Fischgerichte würzen.

»Ich verstehe dich einfach nicht«, sagte sie zum wiederholten Male, »du bist Klassenbeste – und dir fällt nichts Besseres ein, als in der Küche herumzuschnüffeln!«

Schon damals war ich ein erfinderischer Kopf und erlaubte mir einige Empfehlungen. Man könnte doch, schlug ich vor, in der *brandade de mourue** die Kartoffeln durch Süßkartoffeln ersetzen. Adélia lachte nur:

»Und was soll das werden?«

Eines Tages ließ sie mich das Dessert, den *flankoko* zubereiten. Sorgfältig vermengte ich Wasser, Kondensmilch, Weizen- und Kokosmehl. Doch als ich zwei Löffel alten Rum in den Teig geben wollte, widersetzte Adélia sich entschieden:

»In den *flan* gehört kein alter Rum«, bestimmte sie.

Bei Tisch verkündete sie der Familie, dass der Pudding ganz allein mein Werk sei. Unter der Woche kam es uns mehr auf die Quantität als auf die Qualität der Mahlzeiten an. Meine sieben Geschwister und mein Vater konnten in kürzester Zeit ein Schweinsragout mit roten Bohnen, Reis oder Yams verputzen, das Adélia ohne viel Aufwand zubereitet hatte. Ihre Brillanz sparte sie sich für Sonntage und Geburtstage auf, dann kochte sie vorzüglich *dombwés*** mit Krebsfleisch, geschmorten roten Thunfisch oder Zicklein-*colombo****. An jenem Abend lobte die gesättigte Familie mich höflich, aber nicht von Herzen. Da kommentierte meine Mutter:

»Nur Dummköpfe begeistern sich fürs Kochen.«

Hatte sie das wirklich gesagt? Oder war die Bemerkung ein Produkt meiner Fantasie, weil solch ein gnadenloses Urteil gut zu ihrem Charakter passte? Schwer zu sagen. Ihre grausamen, ungerechten und – seien wir ehrlich – einigermaßen dämlichen Worte spuken mir jedenfalls bis heute im Gedächtnis herum.

In meinem Buch *Victoire* unternehme ich einen Erklärungsversuch, indem ich ihre widersprüchlichen Gefühle gegenüber ihrer eigenen Mutter beschreibe, einer hervorragenden, aber analpha-

* Püree aus Stockfisch und Kartoffeln.

** Mehlklößchen.

*** Dem indischen Curry ähnliches Schmorgericht.

betischen Köchin, die sich bei weißen Kreolen verdingt hatte. Es war eine Mischung aus Ehrfurcht und Scham.

An jenem Abend war ich nicht in der Lage, meinen Geschwistern in den zweiten Stock zu folgen. Ich ließ sie ohne mich lachen, Kreolisch sprechen und Gitarre spielen, bis mein Vater ihnen zu verstehen gab, dass Schlafenszeit war. Schwungvoll klopfte er mit dem Besenstiel gegen die Decke über seinem Kopf und befahl mit Stentorstimme:

»Zapfenstreich, Kinder!«

Ich zog mich auf mein Zimmer zurück und weinte bis in den Morgen hinein. Das Ereignis hielt mich allerdings nicht davon ab, weiterhin um Adélia herumzustreichen. Im Gegenteil, ich wurde mutiger. Geschickt wälzte ich blaue und rosarote Katzenwelse in Mehl, um sie anschließend über einem Holzkohlenfeuer zu grillen. Den Protesten der stocktraditionellen Adélia zum Trotz dachte ich mir einen Grapefruit-Avocado-Salat aus, den ich mit ordentlich Zitronensaft anmachte. Doch seitdem war mir jedes Mal, wenn ich die Küche betrat, als würde ich ein Verbot missachten, ihm zuwiderhandeln – ein Gefühl, das mich einige Jahre später erneut beschleichen sollte, als ich die Jungs zum ersten Mal wie im Film auf den Mund küsste. Mit fünfzehn konnte ich Zicklein-*colombo* zubereiten, das Nationalgericht von Guadeloupe, das uns die Inder vermacht haben. Adélia konnte ich freilich nie überzeugen. Sie schürzte immer nur die Lippen:

»Wie kommst du darauf, Zimt zu nehmen! Zimt hat im *colombo* gar nichts verloren!«

Warum? Wer hatte das entschieden? Ich fand keinen Geschmack an traditionellen Gerichten, deren Rezepte unwandelbar waren, als entstammten sie heiligen Schriften unserer Ahnen. Ich schuf und erfand gern Neues. Während Adélia meine Kreationen nicht zu schätzen wusste, schwärmte Michelle umso mehr für meine Kochkunst. Eines Tages hatte ich die Anwandlung, Schweinefleisch mit Landkrabben und jungem Spinat zu kombinieren. Adélia war empört und weigerte sich, den scheußlichen Mischmasch zu probieren:

»Was ist denn das für ein Schweinefraß?«

Michelle und ich schlugen uns hingegen den Bauch voll –

Michelle verstieg sich sogar zu der Behauptung, sie habe nie im Leben etwas Besseres gekostet.

Leider verschwanden Julie und Adélia etwa zur selben Zeit aus meinem Leben. In *Mein Lachen und Weinen. Wahre Geschichten aus meiner Kindheit* schildere ich Julies Tod und meine Erschütterung, als erstmals ein geliebter Mensch plötzlich verschwand. Eines Morgens war sie nicht zur Arbeit erschienen, sodass eine meiner Schwestern mich zur Schule bringen musste. Als sie mittags immer noch nicht auftauchen wollte, wurde einer meiner Brüder entsandt, um sich nach ihr zu erkundigen. Er fand das Viertel in tiefer Trauer vor. Julie war am Vorabend nach Hause gekommen und hatte kaum den Schlüssel ins Schloss gesteckt, da war sie der Länge nach hingefallen. Ihr Lebenslicht war erloschen. Herzversagen.

Bald darauf kam es zwischen Adélia und meiner Mutter wie so oft zum Streit. Diesmal verlangte Adélia eine Gehaltserhöhung, weil sie aus ihrer Sicht zu viel arbeitete. Einkaufen auf dem Markt, das Essen zubereiten ... Zweimal am Tag wollten zehn Mäuler gestopft werden. Jeden Morgen um sechs Uhr erschien sie bei uns zum Dienst und wusste nie, wann sie abends quer durch die ganze Stadt nach Hause gehen durfte. Da meine Mutter kein Einsehen hatte, trennten sich die beiden Frauen. Adélia kehrte auf Marie-Galante zurück, wo sie ein Restaurant mit dem Namen *Zur vernaschten Muschel* eröffnete. Ich wusste, dass es in Saint-Louis nicht weit vom Pier lag, und konnte es mir gut vorstellen. Eine robuste Hütte, die unter ihrem roten Blechdach bereits an Glanz verloren hatte. Da Adélia ein glückliches Händchen hatte, kamen die Gäste schon bald in Scharen. Sie labten sich an Fisch-*blaf**, lutschten schmatzend an den Gräten. Manchmal wurde gestritten, doch bei ein paar Gläsern fünfundsechzigprozentigem Père-Labat-Rum versöhnte man sich schnell wieder.

Adélia wurde durch eine kräftige *chabine*** aus dem Umland ersetzt, die jedes Mal krähte, wenn ich die Nase in die Küche steckte:

»Was hast du hier zu suchen? Raus!«

* Gericht aus mariniertem und anschließend in der Marinade poschiertem Fisch.

** Auf den Antillen: Person mit schwarzen und weißen Vorfahren, mit schwach pigmentierter Haut und blondem oder rotem Haar.

Meine Leidenschaft fürs Kochen verband sich mit dem Traum von der Freiheit. Ich spürte, dass meine Neigung zum Kern meiner Persönlichkeit gehörte. Warum ging meine Mutter gegen sie vor? Warum erstickte sie sie?

Bald darauf, im Jahr 1951, machte ich Abitur und ging nach Paris, um klassische Philologie zu studieren. Die Überfahrt auf der *Katoomba,* die uns nach Le Havre bringen sollte, wo wir den *train maritime* – gemeinhin *train des nègres,* »Negerzug« genannt – nehmen würden, machte mich mit einer Freiheit vertraut, wie ich sie nie zuvor gekannt hatte. Ich durfte aufstehen und ins Bett gehen, wann ich wollte, den sogenannten bulgarischen Joghurt ablehnen, der mir ein Gräuel war, Vorstellungen besuchen, auf die ich Lust hatte, und flirten, wenn sich die Gelegenheit bot. Außer ein paar Grünschnäbeln rissen sich die Jungs leider nicht um mich. Das machte mich traurig. Ich war versucht, die Kerle, die einen Bogen um mich schlugen, anzulocken und wie die anderen Mädchen die Lippen zum Kussmund zu spitzen, ein Lächeln aufzusetzen und mich in Positur zu werfen, fühlte mich dadurch aber gedemütigt.

Als ich meine Heimat verließ, bewegten mich die widersprüchlichsten Empfindungen. Ich war von Mutter zu viel gescholten und gezwungen worden, in einem engen sozialen Umkreis zu leben. Gleichzeitig fehlte mir nunmehr diese Behütetheit. Meine Angst vor den anderen ließ mich stets das Schlimmste befürchten. Was hielt die Zukunft für mich bereit? Was verbarg sich hinter den Schaumkronen des Meeres? Am Ende der Überfahrt notierte ich mir eifrig die Adresse von Josette, die eine Kajüte mit mir geteilt hatte und zum Jurastudium nach Bordeaux weiterreiste. Wir versprachen einander zu schreiben, taten es aber nie.

Die Einfahrt des *train des nègres* in die Gare Saint-Lazare war im wahrsten Sinne des Wortes ein farbenfrohes Ereignis. Die von Guadeloupe, Martinique oder Französisch-Guayana Angereisten legten viel Wert darauf, besonders herausgeputzt aufzutreten. Leider verstießen sie gegen den guten Geschmack: Die Frauen hatten zu durchsichtige Strümpfe an und waren schwer mit Schmuck behängt, die Männer trugen schlecht geschnittene Sakkos zur Schau, die sie wie von einem anderen

Stern aussehen ließen. Sie wurden von ihren Verwandten in Paris empfangen, die sich der Gunst des BUMIDOM* erfreuten und die sie meist viele Jahre nicht gesehen hatten. Das Wiedersehen war eine Kakophonie von Geräuschen; überall wurde gejauchzt, geschluchzt und geknutscht. Die Neuankömmlinge bestaunten vor allem die während der Trennung geborenen Kinder und riefen immer wieder:

»*A pa jé, non!* Sie reden ja wie kleine Weiße!«

Auf mich warteten meine beiden Schwestern Ena und Gilette – mein Bruder Sandrino, der damals schon mit dem Tod rang, lag in der Bercker Seeklinik, weil die Ärzte noch von einer Knochenerkrankung ausgingen. Obwohl wir erst Anfang September hatten, trug Ena einen weiten schwarzen Persianer. Sie musterte mich von Kopf bis Fuß und schloss:

»So, jetzt bist du also groß. Pass gut auf dich auf, in Paris wimmelt es von Schurken.«

Sie wusste nicht, wie recht sie hatte.

Meine Schwestern brachten mich zu unserer Landsfrau Germaine, die in der Rue André-Antoine ein Restaurant betrieb. Mein erstes Abendessen in Paris war somit ein karibisches: frittierte Stockfischbällchen, Hühnchen-*colombo,* kreolischer Reis. Und als Dessert der unverzichtbare *flankoko*. Ich war begeistert, denn Frankreich war damals für mich die Brutstätte ungenießbarer Speisen wie Blumenkohlgratin, Kartoffelbrei und gedämpfter Chicorée.

Ich war am renommierten *Lycée Fénelon* zur Vorbereitungsklasse für die École normale supérieure** zugelassen worden. Ein Zeichen der Zeit! In allen *Hypokhâgnes**** gab es nur zwei Schwarze: Marguerite Senghor aus dem Senegal und mich. Vielleicht genau

* *Bureau pour le développement des migrations dans les départements d'outre mer:* (früher) Agentur zur Förderung der Einwanderung aus den Überseedepartements.

** Französische Elitehochschule *(Grande École)* für die Ausbildung zur Lehre an Gymnasien und Universitäten. Die Vorbereitungsklassen dienen dazu, die Aufnahmeprüfungen der *Grandes Écoles* vorzubereiten.

*** Erstes Jahr der Vorbereitungsklasse.

deshalb, um nicht aufzufallen, hatten wir nie auch nur den geringsten Kontakt. Wir ignorierten einander.

Ich wohnte in der Rue Lhomond. An Wochentagen musste ich mit den faden Gerichten des ehrwürdigen Wohnheims Pierre de Coubertin vorliebnehmen, in dem ich ein Zimmer gemietet hatte. Dort wurden hauptsächlich Kartoffeln, labbriger Backfisch und alle möglichen, garantiert verkochten Kohlsorten serviert: Wirsing, Rotkohl, Blumenkohl, Rosenkohl ... Die Wochenenden verbrachte ich bei meinen Schwestern. Die eine war auch meine Patin und wohnte in einem Schmuckkästchen auf der Place des Abbesses. Mittags setzte sie mir regelmäßig Pferdesteak mit Pommes frites vor, das ich allein in der Küche aß, während sie in ihrem Zimmer – für mein Empfinden meisterhaft – Chopin-Walzer spielte. Die zu jener Zeit in höchstem Glanz stehenden Pferdemetzgereien wurden von imposanten Pferdeköpfen aus vergoldetem Metall angezeigt. Jedes Mal, wenn ich auch nur in ihre Nähe kam, stieg mir ihr Geruch in die Nase und drehte mir den Magen um. Was meine Schwester mir auftischte, konnte ich also kaum hinunterwürgen.

Meine andere Schwester wohnte am Carrefour Pleyel in Saint-Denis. Als hart arbeitende Sozialpädagogin in einem Pariser Vorort, in dem überwiegend Benachteiligte wohnten, war sie an den Wochenenden immer so erschöpft, dass sie zum Kochen keine rechte Lust mehr hatte. Sie fütterte ihre Tochter mit Gläschen, die in den Apotheken und Supermärkten allmählich Einzug hielten. Ihrem Mann servierte sie ganz ungeniert Brathähnchen, das sie im Feinkostgeschäft um die Ecke kaufte. Wobei Feinkostgeschäft für den schlichten Laden mit dem vorgegarten Fleisch und Gemüse ein übertriebener Ausdruck ist! Ihr Mann aß zwei Bissen, schob seinen Teller zurück und fuhr auf dem Motorrad davon. Wohin verschwindet er bloß?, klagte jedes Mal meine Schwester. Wir erfuhren bald, dass er einer langweiligen Blondine, die Krankenschwester war und bei ihren Eltern an der Porte de Clignancourt wohnte, den Hof machte und sogar um ihre Hand angehalten hatte. Als die Sache aufflog, sprach meine Schwester von Scheidung. Ich für meinen Teil hatte verstanden, dass er dem Reiz der französischen Küche erlegen war. Mittlerweile war ich etliche Male von Klassenkameraden zum sonntäglichen Mittagessen eingeladen worden und hatte zu meinem Erstaunen festgestellt, dass Frankreich das Land des guten Essens war, dass die Mahlzeiten hier zelebriert wurden und Touristen aus aller Herren Länder herbeiströmten, um Foie gras, Kaninchen mit Pflaumen oder Kalbsbries zu schmausen. Meine Schwester hatte ihren Mann schon halb verloren, da stellte sie sich an den Herd – allerdings recht halbherzig: Quiche und Pizza ließ sie anbrennen, ihren Braten schwarz werden. Ich bot ihr meine Hilfe an. Verblüfft sah sie mir zu, wie ich das Fleisch mit Knoblauch und Gewürznelken spickte oder die Hühnerbrust mit Rosinen in altem Rum einlegte.

»Wer hat dir das beigebracht?«, fragte sie dann.

»Niemand. Ist mir im Traum eingefallen.«

»Was soll das heißen? Kochen lernt man doch!«

Ich war anderer Meinung. Die Kochkunst ist eine Begabung. Wie bei anderen Gaben kennt man ihren Ursprung nicht.

Etwa zur selben Zeit entdeckte ich, die ich Guadeloupe nie verlassen hatte – nicht einmal bis Martinique war ich gekommen –, das Reisen. Sogleich wurde mir klar, dass ein fremdes Land sich nicht auf seine Literatur oder Musik reduzieren ließ. Andere Länder bedeuteten vor allem anderes Essen. Am Gymnasium hatten uns die Lehrer an Shakespeare herangeführt und unsere schlechte Aussprache moniert. Doch England ist nicht nur Hamlet, Macbeth und Othello, sondern auch Lammkeule mit Minzsauce. Die Heimat von Fish and Chips in fettigen, essigdurchtränkten Papiertüten aus alten Zeitungen, was uns nie jemand erzählt hatte. Die Küche eines Landes offenbart den Charakter seiner Menschen und übersteigt die Vorstellungskraft. Ein Bummel durch den Supermarkt ist genauso aufschlussreich wie ein Museums- oder Ausstellungsbesuch. Wie alle Studenten meines Alters kam ich oft nach England, meistens nach Kent. Damals war die Reise noch endlos. Wir mussten erst an der Gare du Nord den Zug nehmen, um dann mit der Fähre über den Ärmelkanal zu schippern, ehe wir die Kreidefelsen von Dover bewundern konnten. Durch die Fensterscheibe des Rauchsalons starrte ich auf das grautrübe Wasser, das dem vertrauten Meer vor

Guadeloupe in nichts ähnlich sah, und wunderte mich, wie man derart unterschiedliche Elemente mit ein und demselben Wort bezeichnen konnte. Über dem Schiff kreisten Möwen, die finstere Wehklagen ausstießen. In der todgeweihten Stadt Folkestone wurde ich von der einigermaßen sympathischen Familie Cooper aufgenommen. Mr Cooper war eigentlich Polizeikommissar, wirkte aber als Intendant eines gemeinnützigen Theatervereins. Sein ältester Sohn schminkte sich zum Othello, dem »Mohren von Venedig«, während sein Jüngster den Jago verkörperte. Mir wies er regelmäßig die Rolle einer der drei Macbeth-Hexen zu. Ich war zu jung und zu unerfahren, als dass ich den unterschwelligen Rassismus erkannt und mich über die Gleichsetzung schwarze Frau = Hexe empört hätte. Allerdings war ich bitter enttäuscht, denn ich hatte immer davon geträumt, die Lady Macbeth zu spielen, eine Rolle, die der ältesten Tochter zufiel, einem Blondschopf mit türkisen Augen. Unterdessen wunderte sich Mrs Cooper über mein Interesse an der englischen Küche, der seinerzeit ein schlechter Ruf vorauseilte.

»Gemüse sollte man nicht würzen«, riet sie mir. »Unser Gemüse ist so aromatisch, dass jedes Gewürz dem Geschmack schaden würde. Man darf es auch nicht zu lange kochen.«

Ich gehorchte widerwillig, spielte Murmeln mit den Erbsen und ließ Rüben und Möhren unter meinen Zähnen knacken. Mrs Cooper erwies mir die höchste Ehre: Sie verriet mir das Rezept für Christmas Pudding, eine schmackhafte Zubereitung aus kandierten, sorgfältig in ganz bestimmte Spirituosen eingelegten Früchten. Zurück in Paris konnte ich an Heiligabend die Neugier meiner Schwester wecken, indem ich vorschlug, die traditionelle *bûche de Noël** durch eine eigens von mir kreierte Überraschung zu ersetzen. Es war ein voller Erfolg. Ich weiß allerdings nicht, ob ich Gnade vor Mrs Coopers Augen gefunden hätte, denn ich hatte die Sultaninen durch kandierte Dattelstückchen ersetzt. Meine Schwester kam aus dem Staunen nicht heraus.

»Wo hast du das her?«, wollte sie wissen.

* Traditionelle französische Weihnachtstorte, die einem Holzscheit *(bûche)* nachgebildet ist.

Ich lüftete stolz mein Geheimnis. Die Küche stand in meiner Familie freilich nicht im Ruch der Heiligkeit. Meine andere Schwester zuckte die Schultern und spöttelte:

»Eigentlich haben wir gedacht, du würdest nach England gehen, um Englisch zu lernen. Aber nein, lieber lernst du Kuchenbacken.«

In einem Jahr handelte ich meinen Gewohnheiten zuwider und ging nach Italien, dessen Kulturschätze in den unzähligen Museen meine Lehrer immer wieder angepriesen hatten. Welch eine Überraschung, ich begann das Land sogleich zu hassen, denn ich konnte die Pasta nicht ausstehen, die den Großteil des Speisezettels ausmachte und zu jeder Mahlzeit serviert wurde.

In Florenz herrschte außerdem eine brütende Hitze. Ich musste eine Stunde anstehen, um in die Uffizien zu gelangen. Ungerührt musterte ich die dem Meerschaum entsteigende Venus von Botticelli. Ganz schön mager war die junge Frau und gar nicht mal so hübsch. Ich schwor mir, nie wieder einen Fuß in dieses Land zu setzen, und hielt beinahe mein Wort, denn erst zwanzig Jahre später, als ich an den Gemälden Canalettos Geschmack gefunden hatte, kam ich noch einmal zurück.

Auch Spanien besuchte ich mehrmals.

Mein absolutes Lieblingsland war jedoch Portugal. Die Männer waren dunkelhäutig wie Mulatten. Ihr blitzweißes Lächeln hob sich scharf von ihrem Gesicht ab. Sie liefen den Frauen am Strand hinterher, um sie bewundern zu können, wenn selbige sich bis auf den Badeanzug auszogen, und versahen sie mit den schmeichelhaftesten Attributen. Das war mir ein Labsal, fühlte ich mich doch von der Natur stiefmütterlich behandelt. Noch dazu gab es überall den *bacalao** aus meiner Kindheit, der auf verschiedene Arten zubereitet wurde, wie sie Adélia mit Sicherheit missfallen hätten. Ich kam oft nach Albufeira und Faro zurück. In den Kneipen am Meer saß ich mit schönen Portugiesen an einem Tisch, schnabulierte über Holzfeuer gegrillte Sardinen und tat so, als bemerkte ich ihre Avancen nicht.

* Stockfisch.

Im Juni 1955 unternahm ich eine Reise der anderen Art. Ich fuhr zu den Weltfestspielen der Demokratischen Jugend nach Warschau. Ich hatte noch nie ein mitteleuropäisches Land besucht und brannte darauf zu erleben, was Polen für mich bereithielt. Darüber hinaus gab es noch andere, ideologische Gründe: Ich hatte mir eine politische Meinung gebildet. Ich verkehrte mit einer Zelle der Kommunistischen Jugend aus der Rue Saint-André-des-Arts, wo uns ein Lehrer mit schulterlangem Haar das marxsche Gedankengut erklärte. Die großen marxistischen Historiker Jean Suret-Canale und Jean Bruhat hatten mir etwas Erstaunliches offenbart: Ich war eine Kolonisierte. Die Sprache, die ich seit meiner Kindheit sprach, die Religion, die Mutter mir eingeprägt hatte, und die Kleidung, die ich trug, sollten entlehnt sein. Meine wahre Natur war eine andere. Alles war hoch kompliziert. Ich fühlte mich wie ein Kind, das plötzlich von seiner Adoption erfährt. Wie sollte ich zu meinen biologischen Eltern stehen? Und etwas noch Schmerzlicheres hatten Jean Suret-Canale und Jean Bruhat mir eröffnet: Mein geliebtes Portugal hatte an der Spitze der schäbigen kolonialen Expansion gestanden. Seine Priester und Missionare hatten Brasilien entstellt und die Tupi-Indianer zu Wilden erklärt. Zum Glück, erklärten sie hoffnungsvoll, würden sich die Länder letzten Endes immer vom kolonialen Joch befreien. Brasilien war unabhängig geworden. Angola und Mosambik, die portugiesischen Besitzungen in Afrika, würden folgen.

In Warschau wurde unsere Vertretung mit dem schwülstigen Namen »Delegation der afrikanischen Diaspora« in dem funkelnagelneuen Vorort Nova Huta untergebracht. Als wir die Stadt erkunden gingen, wurden wir von – naturgemäß blonden, blauäugigen – Männern, Frauen und Kindern bestürmt, die unser Haar befühlten und uns über die Wangen rieben, um zu prüfen, ob sie abfärbten. Da kam mir das Gedicht von Nicolás Guillén in den Sinn: »Es sind preiswerte Farben, keine Schattierung hält ewig.« Die Polen rings um uns waren nicht aggressiv, sondern neugierig. Ihr Gebaren war allerdings sehr unangenehm und machte uns zu echten Außerirdischen. Die Eröffnungsparade des Festivals am nächsten Tag dauerte vier Stunden. Während die afrikanische Diaspora kaum ein Dutzend Jungen und Mädchen, hauptsächlich aus Haiti, zählte, hatten andere Länder beachtliche Delegationen entsandt. Ich sah Japaner, Chinesen, Inder und Pakistani in bezaubernden Trachten vorbeiziehen. Vor allem die Mongolen mit ihren breiten, kantigen Gesichtern und den Mandelaugen bewunderte ich. Ich verschaffte mir einen kurzen Überblick über ihre Geschichte und erfuhr, dass die Mongolen einst stolze Reitervölker und einer ihrer Anführer Dschingis Kahn gewesen war. Leider war das Essen, zu dem wir anschließend in einem prunkvollen Festsaal zusammenkamen, dem Anlass nicht angemessen. Die charmanten Bedienungen – natürlich blond und blauäugig – brachten Kartoffeln und Würstchen. War das das täglich Brot der Polen? Das Beste, was sie ihren Gästen zu bieten hatten?

Das Festival dauerte eine Woche und bot eine Reihe von Sportwettkämpfen, Konzerten, Ballettdarbietungen sowie glänzenden Opern- und Theateraufführungen, die mich faszinierten, obwohl ich kein Wort verstand. Die Verpflegung war leider immer der gleiche Einheitsfraß. Ich war bestürzt. Sogar am Abend vor unserer Abreise, als ein pathetischer Rundbrief uns zum Abschiedsbankett in den Festsaal einberief, bekamen wir das gleiche Menü aufgetischt. Mit dem einzigen Unterschied, dass den gewohnten Gängen eine dicke Suppe vorausging, in der sich Fleischstücke, Karotten und Kartoffeln drängten.

Bei meiner Rückkehr nach Paris schwirrten mir unzählige Fragen durch den Kopf. War es möglich, mit so viel Entzückendem, so zahlreichen Kulturschätzen den geistigen Hunger zu stillen, den Körper aber nicht satt zu bekommen? Konnte geistige Großherzigkeit leibliche Kargheit aufwiegen? Dann sagte ich mir, dass es sich nicht um Kulturschätze Polens handelte, sondern um die befreundeter Länder, die durch den roten Faden der Ideologie miteinander verbunden waren. Polen hatte sie nur inszeniert, sie kuratiert. Da hatte ich auch schon etwas Neues einzuwenden: Hängen die Küche und die Kultur eines Landes nicht mit den sozioökonomischen Bedingungen zusammen? Ließ ich diesen Aspekt nicht zu Unrecht außer Acht? Von deutscher und russischer Soldateska umzingelt und getreten, war das kleine Polen reich womöglich vor allem an Leid. Manche Aspekte mussten einfach berücksichtigt werden. Die Sorglosigkeit der Regierenden und die Diktatur erzeugten sicherlich perverse Effekte. Dies sollte ich bald am eigenen Leib erfahren.

2. DIE VIELFÄLTIGEN VARIATIONEN ÜBER DAS *MAFÉ*

In meinem letzten Buch *Das ungeschminkte Leben,* dem Versuch einer nicht romanhaften Biografie über mein wahres Ich, habe ich schon ausführlich von den bleiernen Jahren vor meiner Schriftstellerei berichtet, weshalb ich nun nicht mehr darauf zurückkommen möchte. Es sei nur erwähnt, dass die Kochkunst in Guinea vollständig aus meinem Blickfeld geriet. Die Nahrungsaufnahme reduzierte sich auf ihre rein körperliche Funktion: Essen, um zu überleben. In Conakry gab es zudem kein Restaurant außer dem Hotel Camayenne, das eine sogenannte kontinentale Küche führte, wobei unklar war, um welchen Kontinent es sich dabei handelte. Ganz in der Nähe des Busbahnhofs verkauften die Marktweiber *kelewele* (auch *aloko* genannt) aus Kochbananen, die sie hatten auftreiben können. Ich überließ das Kochen meinem Boy Ibrahima, einem Pullo*, dessen ausgehungertes Äußeres wahrlich nichts Gutes verhieß. Doch der Schein trog. Die meiste Zeit verbrachte Ibrahima damit, die umliegenden Märkte nach etwas Essbarem zu durchkämmen. Wenn er Glück hatte und ein faustgroßes Hähnchen oder einen harten, zähen Fleischbrocken ergatterte, feierten wir. Ich holte das Tafelsilber hervor, das eine meiner Schwestern mir zur Hochzeit geschenkt hatte, und lud meine Freundin Françoise aus Guadeloupe ein, die nur drei Häuser weiter wohnte. Sie hatte ihren Urlaub auf Sainte-Anne genutzt und einen ganzen Vorrat an Klippfisch mitgebracht, um zumindest *accras*** machen zu können. Ibrahima kochte unweigerlich *mafé,* ein ursprünglich aus Mali stammendes Gericht, das einfach in der Zubereitung ist und neben Fleisch nur aus Erdnussmus und Tomatensauce besteht. Man kann auch Kohl und Süßkartoffeln beifügen, was wir uns aber selten leisten konnten. Mir schmeckte das *mafé*. Es

* Bezeichnung für einen Angehörigen des westafrikanischen Volks der Fulbe.

** Frittierte Stockfischbällchen.

war kein Palmöl nötig, das ich schon lange vor der modernen Ernährungswissenschaft verabscheute, da ich es zu fettig und gesundheitsgefährdend fand. Und so verbinde ich schon das Wort – *mafé* – mit Nahrungsmittelknappheit und der Bedürftigkeit eines ganzen Landes. Ich ahnte nicht, dass es mir eines Tages eine köstliche Überraschung bereiten sollte.

Kaum war ich ins ghanaische Winneba umgesiedelt, wo ich Französisch unterrichtete, erhielt ich eine Einladung zu einem literarischen Nachmittag in Accra. Dazu musste ich sechzig Kilometer auf einer gefährlichen, von schweren Lastwagen befahrenen Straße zurücklegen. Dennoch zögerte ich keine Sekunde. Zu lange hatte ich nicht mehr an einer intellektuellen Veranstaltung teilgenommen. Ich war butterweich im Hirn geworden. Wenn man bedachte, dass ich zwanzigjährig brillante Erörterungen zu Themen wie »Kann das Streben nach Glück einen ganzen Lebensentwurf rechtfertigen?« geschrieben hatte. Momentan hatte ich sogar Mühe, meinen Kindern bei den Hausaufgaben zu helfen.

Voller Vorfreude betrat ich den Mahatma-Ghandi-Saal der Universität Legon, eines majestätischen, von Kwame Nkrumah* errichteten Gebäudes. Da ich niemanden kannte, schlich ich mich auf einen Platz in der letzten Reihe. Ich war die einzige europäisch Gekleidete inmitten einer Vielzahl bunt bestickter, wallender Tuniken und großer, dazu passender Kopftücher. Das Publikum wirkte auf mich merkwürdig heiter, denn ich war geselliges Beisammensein nicht mehr gewohnt. Am Rednerpult stand ein Romancier namens George Awoonor-Williams. Er wusste nicht, dass er 2013 beim Westgate-Massaker in Kenia von Terroristen ermordet werden sollte. Von jetzt an wolle er Kofi Awoonor genannt werden, verkündete er. Den englischen Teil seines Namens abzulegen, sei ein Glaubensakt. Er betonte unsere Schuld gegenüber Afrika und die Notwendigkeit, diese zu begleichen. Es folgte eine lebhafte Diskussion. Mir fiel ein junger Schriftsteller namens Ayi Kwei Armah auf, dem ich viele

* Ab 1960 erster, zunehmend autoritär regierender Präsident Ghanas, Wortführer der panafrikanischen Bewegung. 1966 durch einen Militärputsch gestürzt.

Jahre später in den Vereinigten Staaten wiederbegegnen sollte, wo er eine halbe Ewigkeit im Exil lebte. Ein Regime folgte auf das nächste. Keines wollte ihn haben. Damals in Accra war er voll Feuereifer und Entschlossenheit. Er betonte immer wieder: »Wir dürfen keine Angst haben, vor allem nicht vor der Regierung.«

Als die Debatte zu Ende war, kam Kofi Awoonor auf mich zu und lud mich freundlich zum nachfolgenden Abendessen ein. Damit hatte ich nicht gerechnet, schließlich war ich weder Schriftstellerin noch Journalistin. Womöglich wurde mir die Ehre zuteil, weil ich eine Fremde aus einem fernen Land war. Ich gesellte mich also zu den anderen Gästen, die sich zum Ausgang bewegten. Mich überkam das schöne Gefühl, meinen Platz im Kreise der Menschen wiedergefunden zu haben.

Jenseits des Campusgeländes führte Accra sein lautes, chaotisches Leben. Uns umwehte ein gewisses High Life. Wir kamen an einem grell erleuchteten Haus vorbei, aus dessen sperrangelweit geöffneten Türen und Fenstern die Stimme eines Sängers drang, der einen angesagten Hit skandierte: »Akpeteshi is no good, oh. No good, oh.« Ich hatte Accra noch nie gemocht. Das Großstadtgetriebe erschien mir geradezu ordinär. Nachdem ich jedoch so lange auf geistige Nahrung hatte verzichten müssen, tat es nun gut, in netter Begleitung durch die lärmerfüllte Nacht zu spazieren. Das Restaurant hieß *Zur Königin Pokou* und sah ehrlich gesagt nach nichts aus. Kellnerinnen mit landestypisch rot gefärbtem, übertrieben geglättetem Haar, deren Busen und Hintern aus der Uniform quollen, huschten mit Tellern beladen von Tisch zu Tisch. Ich studierte die Speisekarte. Verblüfft las ich: »Unsere Spezialität: *mafé.*« Serviert wurde ein üppig befüllter Teller. Neben Hammelfleisch erkannte ich Räucherfisch, Schnecken, Krabben, Spinat und verschiedene Bitterkräuter, genannt *agu*. Die Wirtin Agathe, Geliebte eines der Professoren, gesellte sich zu uns. Trotz ihrer unvorteilhaften Perücke war sie eine bildschöne Frau. Agathe nahm neben mir Platz und ließ mich wissen, dass sie aus der Elfenbeinküste stammte und somit Französisch sprach.

»Ich habe noch nie ein so gutes *mafé* gegessen!«, rief ich entzückt.

»Meine Köchin macht es auf ihre eigene Art, wie die Ashanti*«, entgegnete sie geschmeichelt. »Mein *mafé* schmeckt ja nie so gut. Obwohl ich eine Baoulé** bin und wir demselben Volk angehören, wissen Sie.«

Ja, das wusste ich. Ich kannte natürlich die ivorische Legende. Auf ihrer Flucht von der Goldküste kam Königin Abra Pokou an einen Fluss, den sie mitsamt ihrem Gefolge überqueren musste. Als ihr Sohn in dem Gewühl ertrank, klagte sie »Baoulé!«: Mein Kind ist tot! Damit hatte sie einer Volksgruppe, die in der Elfenbeinküste aufblühen sollte, ihren Namen gegeben. Wieder einmal war ich tief beeindruckt. Wie doch die Sprache – und sei sie in den Augen meiner geistigen Vorbilder noch so entlehnt – die Menschen verbindet! Da wir beide Französisch sprachen, hatten Agathe und ich das Gefühl, zwei alte Bekannte, ja Freundinnen zu sein. Wir gerieten ins Plaudern, das Gruppengespräch wurde uns schnell egal. Agathe verriet mir, dass die Universität Legon ein Nährboden für Oppositionelle, für Gegner des Nkrumah-Regimes war. Ihr Partner verfasse Brandbriefe für die Hochschulzeitung. Sie wünsche sich daher nichts sehnlicher, als ihn in die Elfenbeinküste mitzunehmen, wo er in Sicherheit sei:

»Houphouët-Boigny*** sperrt zumindest niemanden ein.«

Verwundert gab ich zurück:

»Ich verstehe diesen Widerstand nicht. Es lebt sich doch besser als unter den Engländern.«

Sie seufzte:

»Vielleicht, aber es ist eben auch nicht das, was wir uns erhofft hatten.«

Was wir uns erhofft hatten? Waren wir nicht naiv gewesen in dem Glauben, unsere Völker würden im Handumdrehen gebildet, gekleidet, behaust, kurzum: glücklich sein? Die Unabhängigkeit war ein schreckliches Fegefeuer, das vielleicht zum Glück führen würde.

Bevor wir auseinandergingen, tauschten wir Adressen aus. Als Agathe sah, dass ich in Winneba wohnte, rief sie:

* Ethnische Gruppe in Ghana.

** Ethnische Gruppe in der Elfenbeinküste.

*** Von 1960 bis zu seinem Tod 1993 erster Präsident der Elfenbeinküste.

»Kennen Sie Pedro Leal nicht? Er führt ein Restaurant am Strand und ist für seine hervorragende Küche bekannt, vor allem für sein köstliches *mafé*.«

Ich versprach ihr, das Restaurant zu besuchen. Allerdings hatte ich die Rechnung ohne meine vielen mütterlichen Pflichten gemacht. Es vergingen also zwei, drei Wochen, ehe ich die Muße hatte, Pedro Leal einen Besuch abzustatten.

Das einstige Fischerdorf Winneba war kein besonders freundlicher Ort. Die Straßen waren schlecht beleuchtet, von Spurrillen durchfurcht und voller Abfall. Entlang der Küste, von Seetang überwuchert und mit allerhand Gegenständen übersäht – Fahrrädern ohne Lenkstange, Ölfässern und sogar dem Wrack eines Jeeps ohne Räder –, stand ein halbes Dutzend Hütten, allesamt Restaurants mit den verschiedensten Namen. Pedros Lokal hieß *Saudade* und war von demselben unscheinbaren Äußeren wie die anderen Hütten: eine trübe Beleuchtung, vier bis fünf wackelige Tische mit Blick auf das dunkle Meer unter einem Horizont, an dem ein paar letzte gelbliche Lichtstreifen leuchteten. Keine Gäste. Pedro Leal war ein schlaksiger Schwarzer von unbestimmtem Alter, seiner schlohweißen Haarpracht zum Trotz. Er freute sich:

»Da wird Ihnen mein *mafé* aber schmecken.« Wir setzten uns zusammen und tranken einige Gläser regionalen Schnaps.

»Ich komme aus Guinea-Bissau«, erzählte er mir. »Zwanzig Jahre lang war ich Steward auf der Schifffahrtslinie von Bissau nach Recife in Brasilien. Die verdammten Portugiesen haben mich wie einen Hund behandelt. Ich habe eine Lungenentzündung bekommen und wäre fast daran gestorben, stellen Sie sich vor. Da haben die mich hochkant rausgeworfen, ohne Abfindung. Ich konnte mich nicht selbst versorgen. Aber ich hatte Glück im Unglück: Ich kannte eine Frau von hier, eine Ga. Ihr Heimatland war gerade unabhängig geworden und wollte den Afrikanern einen neuen Weg weisen. Alles war kostenlos. Sie hat mich holen lassen und ich bin im Korle Bu Teaching Hospital behandelt worden. Leider ist sie kurz darauf am Hämorrhagischen Denguefieber gestorben, das sie sich werweißwie eingefangen hat. Ein paar Monate später bin ich nach Winneba gezogen, weil ich sie und das Meer schrecklich vermisst habe und mich weder über die eine noch über das andere hinwegtrösten konnte. Inzwischen ist der Schmerz ein bisschen abgeklungen. In meinem Restaurant kochen wir all die Rezepte meiner Mutter. Früher hat es mich nicht interessiert, wenn sie in der Küche gestanden hat. So was ist ja nichts für Jungs. Und auf einmal ist mir alles wieder eingefallen.«

Dann brachte mir die Kellnerin mein *mafé*. Eine Wonne, wenn auch ganz anders als die Variante aus dem Königin Pokou. Ich konnte weder Räucherfisch noch Krustentiere erschmecken, dafür Tamarinde und einen Hauch von Anis.

Ich sah oft bei Pedro Leal vorbei, nicht nur um des *mafés*, sondern auch um seiner Geschichten willen, in welchen er unweigerlich über die Portugiesen herzog:

»Lissabon ist eine grässliche Stadt. Wenn du auf der Straße hinfällst, fahren die Autos über dich hinweg, niemand schert sich um dich. Ich war ein Jahr lang arbeitslos und habe gedealt, um zu überleben, wie alle anderen auch: Kokain, Heroin, Marihuana, alles Mögliche.«

Ich hörte ihn auch gern über das Meer reden. Zweimal am Tag stieg er in seine schwarze Elasthan-Badehose, stürzte sich in die Wellen und schwamm, ohne Rücksicht auf Brandung und Rippströmung, auf die offene See hinaus. Bald sah man nur noch seinen weißen Haarschopf, der wie Gischt auf dem grünen Wasser lag. Dann kehrte er an den Strand zurück und ließ sich zum Trocknen in der Sonne auf den Sand fallen. Die See, verriet er mir, sei eine Geliebte, der man niemals überdrüssig sei. Man wolle sie niemals betrügen. Sie sei es, die einen voll und ganz besitze.

Eines Abends brachte ich ein togoisches Paar mit, Herrn und Frau Tehoda, meine einzigen Freunde in Winneba. Sie hatten sechs entzückende Töchter, die sich wunderbar mit meinen Mädchen verstanden. Herr Tehoda lehrte revolutionäre Filmografie, worunter ich mir nie viel vorstellen konnte, zumal ich keine seiner Vorführungen im gigantischen Kinosaal des Instituts je besuchte. Er war ein schmächtiger Mann, kaum größer und mitnichten kräftiger als seine zehnjährige Älteste. Dennoch war er beschuldigt worden, in die Ermordung des Präsidenten

Sylvanus Olympio verwickelt zu sein, und verdankte sein Leben einzig einer spektakulären, von seinen oppositionellen Freunden organisierten Flucht. Entschieden bestritt er, ein solches Verbrechen begangen zu haben, aber ich glaubte ihm immer nur halb. Er ließ einen starren Idealismus erkennen, der als Rechtfertigung für alle Ausschreitungen hätte herhalten können. An jenem Abend war er besonders traurig und schüttete innerhalb kürzester Zeit vier Gläser Weißwein in sich hinein.

»Ich habe Neuigkeiten von meiner Mutter.« Er schlug die hervortretenden Augen nieder, und Tränen rannen ihm über die Wangen. »Mein Cousin hat mir am Telefon gesagt, dass sie im Innenhof ausgerutscht ist und sich das Bein gebrochen hat. Jetzt ist sie für mindestens drei Monate eingegipst. Bestimmt stirbt sie daran, und ich kann nicht bei ihr sein.«

Seine Frau, eine rüstige Matrone, die seine Trübsal schon gewohnt war, fuhr ihn barsch an:

»Hör bloß auf mit dem Quatsch. Du weißt doch, dass die Regierung Grunitzky jeden Moment gestürzt werden könnte, und dann gehen wir zurück.«

Kaum hatte sie zwei Bissen von ihrem Teller gegessen, da rief sie auch schon:

»Das ist doch kein *mafé!* Ich lade dich mal zum Essen ein und koche dir ein echtes *mafé*.«

Ihre Borniertheit ließ mich an Adélia denken. Echt? Unecht? Was sollte das heißen? Nach meiner Erfahrung konnte ein einziges Gericht, in diesem Fall das *mafé,* je nach Tradition sehr unterschiedlich daherkommen. Auf einer gemeinsamen Grundlage – Erdnüsse, Dosentomaten und Fleisch – sind sämtliche Abwandlungen erlaubt. Es heißt immerhin Koch*kunst*. Und Kunst stützt sich auf Einbildungskraft, Erfindungsgabe, die Freiheit der Einzelnen. Kochbücher sind Gimmicks für Unkreative. Es gibt keine unumstößlichen Wahrheiten, keine zwingenden Vorschriften.

In der Woche darauf luden mich die Tehodas zum Abendessen ein. Frau Tehoda servierte mir ein unoriginelles *mafé*. Ihr trinkfester Mann hatte Cocktails auf der Basis von Kokosmilch, Cinzano und einem seltenen blauen Gin gemixt, den man nur in Geschäften bekam, wo in Devisen gezahlt wurde. Schon das erste Glas stieg mir zu Kopf. Da die Universität streikte, war Herr Tehoda bestens gelaunt:

»Sie hätten in Afrika keine Universitäten bauen sollen«, wiederholte er mit seiner Fistelstimme. »Wir brauchen Berufsschulen, damit die jungen Leute Fachwissen erwerben und wir unsere Rückständigkeit aufholen können.«

»Sei doch nicht so anspruchslos«, unterbrach ihn seine Frau, die ihm nur zu gern widersprach. »Wir hatten schon im sechzehnten Jahrhundert renommierte Universitäten.«

Herr Tehoda zuckte mit den Schultern:

»*Sankoré!* Ich weiß, ich weiß. Und trotzdem sind wir nie imstande gewesen, auch nur einen Nagel oder eine Schraube herzustellen.«

Jene, die nicht das Pulver erfunden haben und nicht den Kompass, erklang in meinem Kopf der Vers von Aimé Césaire, doch ich konnte in meinem Zustand nicht an dem Gespräch teilnehmen und schwieg.

Mein Aufenthalt in Ghana beschränkte sich natürlich nicht darauf, die unterschiedlichen Örtlichkeiten ausfindig zu machen, an denen *mafé* zubereitet wurde. Mir kommt allerdings eine letzte Anekdote in den Sinn. Nachdem ich aus beruflichen Gründen nach Accra zurückgezogen war, machte ich es mir zur Gewohnheit, abends im angrenzenden Stadtteil Akwapim essen zu gehen, und zwar immer dann, wenn das Gezänk meiner Kinder mich erschöpft hatte. In Akwapim lebten Migranten, die es in Accra zuhauf gab, aus aller Herren Länder. Viele mussten aus dem Sahel stammen, denn die vielen geöffneten Fenster trugen Kora*- und Balafon**-Klänge zu mir herab. Wie unlogisch unser Gedächtnis doch ist! Die Melodien weckten in mir eine tiefe Sehnsucht, die mich durchaus ärgerte. Ich würde doch nicht Guinea vermissen, wo ich stumpf vor mich hingelebt und so oft davon geträumt hatte, Reißaus zu nehmen? Doch dann verflog der Ärger, vor meinem

* Harfen- oder lautenähnliches Musikinstrument.

** Xylophon mit Kalebassen als Resonanzkörpern.

inneren Auge erschienen Gesichter von Männern und Frauen, denen ich begegnet war, und mir kamen die Tränen.

Ich mochte insbesondere das *Moro-Naba*. Es gab dort vorzügliches *mafé,* ein bisschen wie Ibrahima es zubereitet hatte, mein früherer Boy, aber mit allerlei Gemüse und sogar Maniokscheibchen verfeinert. Das *Moro-Naba* gehörte einem Paar aus Burkina Faso, damals Obervolta. Jeden Abend gegen dreiundzwanzig Uhr erschien Issifou, ein recht gutaussehender Mann, in einem klobigen zweireihigen Anzug, der gut zu einem Bankier aus der City of London gepasst hätte. Seine Frau Yaba thronte behäbig hinter der Kasse. Issifou und Yaba hatten es in gewisser Weise geschafft. Er war als Landschaftsgärtner in einem Team angestellt, das den ganzen Tag über die zahlreichen Grünflächen der Stadt harkte und schor. Sie besaß ein durchgängig gut besuchtes Restaurant. Als ich zum dritten oder vierten Mal allein zum Abendessen kam, zwängte sie sich hinter der Kasse hervor, kam an meinen Tisch und raunte:

»Du hast wohl keinen Mann.«

Nun hätte ich ihr entgegnen können, dass ich sogar zwei hatte, einen rechtmäßig angetrauten und einen weiteren, doch ich verneinte lediglich. Da setzte sich Yaba mir gegenüber. Sie kniff die Augen zusammen.

»Da hast du recht. Unsere Männer sind Taugenichtse. Issifou will sich scheiden lassen und eine Fanti-Frau heiraten, die er hier kennengelernt hat. Er sagt, ich hätte ihm in den vierzig Jahren, die wir verheiratet sind, kein Kind geschenkt. Ich wäre nutzlos. Ich würde nur sein Geld verschleudern. Aber hier kriegt er mich nicht raus. Wenn er mich zu sehr nervt, gehe ich zum Ortsverband und dann wird er schon sehen, was passiert. Hier behandelt man die Frauen nicht so wie bei uns.«

Ghana konnte in der Tat stolz auf seine in Afrika einmalige Sozialpolitik sein. In den Büros der Nachbarschaftsgremien gaben Anwälte, Sozialarbeiter und Sachverständige unentgeltlich Empfehlungen aller Art.

»Ich hoffe, dass Sie diese Krise bald durchgestanden haben«, sagte ich angerührt, »und vor allem Ihr Restaurant behalten können.«

»Das werde ich, *inschallah!*«, beteuerte sie lachend.

Trotz ihres selbstsicheren Auftretens saß Yaba, als ich das nächste Mal ins *Moro-Naba* kam, nicht mehr hinter der Kasse. Sie war durch eine junge Ghanaerin ersetzt worden, die stolz ihre Schwangerschaft zur Schau trug. Offenbar hatte Issifou das letzte Wort gehabt.

Unlängst habe ich eine Schachtel wiedergefunden, darin alte Rechnungen, missglückte Schnappschüsse von meinen Kindern und zu meiner Überraschung zwei hübsche Menükarten mit der Überschrift *Dinner am 24. April bei Maryse Condé.* Je länger ich mir den Kopf darüber zerbrach, desto mehr Erinnerungen wurden wach, allerdings nur zusammenhanglose Fetzen. Was hatte es mit diesem Datum auf sich? Weder meine Kinder noch ich feierten am 24. April unsere Geburtstage. Wen hatte ich zum Abendessen eingeladen, zumal ich kaum jemanden in Accra kannte? Warum hatte ich die Karten drucken lassen? Dafür entsinne ich mich noch genau der Begeisterung, die mich jählings gepackt und dazu getrieben hatte, aus meinem Schneckenhaus herauszukommen, wie ein schwuler Mann, der sich zu outen beschließt. Es gab nur eine Erklärung: Vielleicht war ich es leid geworden, namenlos zu sein, eine unbeeindruckende Frau ohne Prestige? Schon damals musste ich darauf gebrannt haben, Aufmerksamkeit zu erregen. Eine glühende Seele, die ich nicht einzuordnen wusste, wohnte in meiner Brust. Ans Schreiben dachte ich noch lange nicht. Ich ließ meinem möglicherweise unbedeutenden, weiblichen und doch so viel Begeisterung auslösenden Talent fürs Kochen freien Lauf. Erst sehr viel später und ein bisschen zum Spaß führte ich meine Begabung auf meine Großmutter Victoire zurück, eine renommierte Köchin, die ich nie kennengelernt hatte. Ohne es zu wissen, hätte ich mein Talent von ihr geerbt.

Ich erinnere mich, wie ich zwei Tage über Accras Märkte streifte, das Gemüse inspizierte und mit der Hand abwog, den Glanz in den Fischaugen prüfte und am Fleisch schnupperte. Am Ende stellte ich ein Menü zusammen, das meinem Anspruch genügte: Consommé aus Zackenbarsch und Garnelen, Schnecken-Gratin in Halbtrauer, da die ghanaischen Riesenschnecken schwarz-weiß waren, *agouti**-Ragout mit Bitterspinat. Nur die Komposition des Desserts ersparte ich mir und begnügte mich mit Eis.

»Mmm, das klingt aber lecker«, fand der Drucker beim Anblick des Menüs, das ich – ich weiß nicht mehr, warum – meinen Gästen aushändigen wollte. »Sind Sie Gastronomin? Wo denn?«

»Nein, keine Gastronomin«, gab ich zur Antwort, »ich unterrichte Französisch am Ghana Institute of Languages.«

Dies war gewiss weniger schmackhaft. Der Drucker stellte keine weiteren Fragen und beschränkte sich darauf, mir eine Rechnung zu kritzeln.

Ich scheuchte Adisa und meinen Boy fort und verschanzte mich einen Tag lang in der Küche. Gegenüber meinen Kindern, die erschrocken »Alles gut, Mama?« durch die Tür riefen, stellte ich mich taub.

Mit jenem Abend hatte ich mir in der kleinen Welt, in der wir lebten, einen Namen gemacht. Das Dinner nahm eine mythische Dimension an. Von Stund an nutzte ich jede Gelegenheit für ein weiteres Festessen: den ghanaischen Unabhängigkeitstag, den Muttertag, den Valentinstag ... Zum zehnten Geburtstag einer meiner Töchter lud ich ihre ganze Klasse zu einem von mir als *pink lunch* betitelten Essen ein, mit dem rosaroten Fruchtfleisch der Papaya, Garnelen und Lachs. Nur das Süßkartoffelpüree spielte etwas ins Orange. Der zwitschernde Schwarm junger Mädchen amüsierte sich prächtig. Ich spürte jedoch, dass Hamburger, Chicken Nuggets und Pommes frites von dem McDonald's, der nicht weit von Flagstaff House neu aufgemacht hatte, ihnen lieber gewesen wären.

Als meine Schwester einige Wochen bei mir verbrachte, lud ich fünfzehn Personen ein, darunter drei Paare aus der Nachbarschaft, die ich kaum kannte. Ich hatte sie allenfalls hin und wieder gegrüßt, und ihre Kinder gingen mit meinen auf dieselbe Schule.

»Warum denn dieser Aufwand?«, wunderte sich meine Schwester. »Essen ist ein flüchtiges Vergnügen. Sobald die Teller leer sind, hat man nichts mehr davon.«

* Rohrratte, ein in Afrika beheimatetes Nagetier.

»Aber es verschafft einem ein paar glückliche Momente«, entgegnete ich.

»Glücklich?«, argwöhnte sie. »Das nennst du Glück?«

Ich war fest davon überzeugt. Warum nicht den Augenblick genießen, wo das Glück bekanntlich zart ist?

Das Kochen hat meinen Charakter verändert. In der Liebe war ich zwar hoffnungslos monogam, in der Küche aber hätte ich mich am liebsten auseinandergerissen, potenziert, um meinen möglichst vielen, möglichst unbekannten Gästen eine Freude zu bereiten. Gleichzeitig war ich nicht besonders treu. Der kleinste Verdruss, der geringste Kummer hielt mich vom Herd zurück. Und so kam es, dass ich in einer ereignisreichen Lebensphase beinahe drei Jahre lang nicht kochte. Von meinem letzten Heiligabend auf afrikanischem Boden allerdings – im senegalesischen Kaolack, wo ich gerade Richard Philcox, meinen künftigen Mann, kennengelernt hatte – hat sich jedes Detail in mein Gedächtnis gegraben. Es war nicht das erste Mal, dass ich Weihnachten in einem muslimischen Land feierte, und wie immer wunderten mich die vielen frommen Menschen, die in der Kirche niederknieten. Wie lange würde die religiöse Toleranz, die an verschiedenen Orten auf der Welt bereits bröckelte, noch fortbestehen? Weil es im Land zunehmend unsicher wurde, war die Messe auf zwanzig Uhr vorverlegt worden, was dem lateinamerikanischen Pfarrer der Gemeinde (einem Kolumbianer, glaube ich) ausgezeichneten Stoff für seine Predigt bot. Er beschwor die Gläubigen, der Gewalt fernzubleiben und sich in gerechtem Frieden und in Gottesliebe zu vereinen. Als ich aus der Kirche kam, war die Nacht so schwarz, dass sie über der Hölle zu klaffen schien. Es war nicht die stille, heilige Nacht der Geburt Christi. Das Klackern des ausgetretenen Schuhwerks der Gläubigen verscheuchte die vielen Katzen und andere nachtaktive, vielleicht sogar böse Tiere. Zu Heiligabend rückten wir meinen Esstisch auf die Veranda und legten ein weißes, von Goldfäden durchwebtes *pagne** auf. Die Risse und Beulen in der Blechdecke und die Hässlichkeit der

* Afrikanisches Hüfttuch.

ganzen Umgebung konnten wir leider nicht verhüllen. Für die festliche Note begnügten wir uns mit einigen bunten Lampions. Da sich der muslimische Bäcker entsetzt geweigert hatte, unser Spanferkel in seinem Ofen zu braten, zerlegte und garnierte ich es mit immer sämtlichen kandierten Früchten, die ich ergattern konnte, und ließ es im Topf schmoren. Knusprig braun gebraten, fast karamellisiert, war das Fleisch ein Gaumenschmaus. Dieses Spanferkel markierte zugleich den Auftakt meines neuen Lebens.

3. IRGENDWO MUSS MAN ANFANGEN

Nach zwölf beschwerlichen Jahren in Afrika kehrte ich zurück nach Paris, wo frühzeitig der Winter eingebrochen war. Die Bäume im Jardin du Luxembourg hatten schon ihr Blätterkleid verloren und ragten kahl gegen den grauen Himmel. Die Sonne war wohl ein für alle Mal verschwunden. Und meine Stimmung umso düsterer, als ich allein umziehen musste, weil Richard in England noch einiges zu klären hatte, ehe er nachreisen konnte. Zum Trennungsschmerz kamen noch diverse Schwierigkeiten hinzu. Da meine finanziellen Mittel sehr begrenzt waren, bezog ich eine Zweizimmerwohnung im vierten Stock ohne Aufzug eines ziemlich schäbigen möblierten Mietshauses in Port-Royal. Es hatte ein winziges Gärtchen und beherbergte eine bunte Mieterschaft. Mein rechter Nachbar hieß Waldomiro de Deus und war ein naiver Maler aus Brasilien, der jedes seiner Bilder mit den Umrissen eines Hündchens signierte. Meine Treue zu dem Abwesenden konnte er nicht nachvollziehen.

»Solange du ihm nichts sagst«, meinte Waldomiro, »erfährt er auch nichts.«

Zu meiner Linken wohnte eine Martinikanerin, die zur selben Zeit wie ich vorübergehend in Guinea gelebt hatte. Sie war die Geliebte des Unterstaatssekretärs für Wirtschaft gewesen, den Sékou Touré* kurzerhand ins Gefängnis geworfen hatte, um ihn erst dahinvegetieren, dann krepieren zu lassen. Seitdem wetterte sie ständig gegen die neuen Machthaber in Afrika.

»Alles Diktatoren«, schimpfte sie, »schlimmer als die Kolonisten.«

Zu den Bewohnern zählten außerdem einige Italiener, die dem Chianti huldigten und sich meist gegen Mitternacht in den Haaren lagen, sowie zwei Polen und eine ganze Horde Iberoamerikaner, die Paris als Exilheimat gewählt hatten, darunter

* Erster Präsident des unabhängigen Guineas, das er von 1958 bis zu seinem Tod 1984 diktatorisch regierte.

Myriam und Fina, zwei Venezolanerinnen. Die beiden waren nicht nur Mitglieder einer verbotenen Linkspartei, sondern auch begnadete Köchinnen. Samstags verwöhnten sie uns mit Ragout vom Schwein, Thunfisch-Spießen und rotem Paprikapüree. Sie mussten mir vieles erklären, denn damals wusste ich noch nichts über Lateinamerika, seine blutigen Diktaturen und die ständige Einmischung der Vereinigten Staaten. Ich war eine gute Schülerin und nahm rasch auf, was sie mir beibrachten. Nach dem Tod Salvador Allendes marschierte ich zwischen Fina und Myriam von der Place de la République bis zur Place de la Nation, und mit einem Wörterbuch bewaffnet – mein Spanisch war sehr rudimentär – entzifferte ich die Essais von Paulo Freire und Gilberto Freyre sowie vor allem Jorge Amados Romane.

Auf einem Abendessen bei ihnen lernte ich den Argentinier Gabriel Garcia Roy und seine Frau Dora kennen. Er war Regisseur. Seiner offenkundigen Geldnot zum Trotz leitete er ein kleines Theaterensemble. Erst kürzlich hatten sie ein Stück inszeniert, dem *Le Monde* auf der letzten Seite drei lobende Zeilen gewidmet hatte. Mit seinem schulterlangen Haar, das man damals so trug, hatte Gabriel Garcia Roy das Feuer und den Charme eines Barden. Er ermunterte mich zum dramatischen Schreiben, der Roman sei nämlich eine bourgeoise Kunst. Nur im Theater finde zwischen Autor und Publikum ein unmittelbarer Austausch statt. Dramatiker würden erhöht und gäben den Unerhörten eine Stimme.

In Paris wurde ich nur schwer wieder heimisch. Über zehn Jahre hatte ich nicht mehr gefroren und musste mich an den grauen Winter, den Raureif und das Glatteis erst wieder gewöhnen. Wenn ich morgens im Radio den Wetterbericht hörte, hätte ich mich am liebsten wieder unterm Kopfkissen vergraben. Das ging leider nicht. Ich musste aufstehen, mich anziehen und schlotternd zur stinkenden Metro spazieren, die einmal mehr rappelvoll sein würde. Ich war vierzig Jahre alt und musste da weitermachen, wo ich aufgehört hatte, denn ich saß an meiner Doktorarbeit in Vergleichender Literaturwissenschaft. Wäre mein Doktorvater, Professor René Etiemble, nicht so ausnehmend freundlich gewesen, hätte er mich wie eine x-beliebige Studentin behandelt und nicht wie eine Frau, die mit den Höhen und Tiefen des Lebens von ihren Forschungen abgekommen war, dann hätte ich die Doktorwürde bestimmt nicht in Rekordzeit erlangt. Ich hatte ein mäßig interessantes Thema gewählt, *Stereotype von Schwarzen in der subsaharischen Literatur*, das ich ohne größere Anstrengung durchziehen wollte. Zur selben Zeit gab ich meinem Roman *Heremakhonon* den letzten Schliff – da mir viel daran gelegen war, mit den Mythen um die unabhängigen afrikanischen Länder aufzuräumen und meine persönlichen Erfahrungen zu teilen, wollte ich ihn unbedingt abschließen. Obendrein hatte ich mich von Gabriel Garcia Roys flammenden Reden verleiten lassen und ein Theaterstück begonnen: *Le Morne de Massabielle*. Warum dieser Titel? Welche Erinnerungen, welches Heimweh hatten hineingewirkt? Ich weiß es nicht mehr. Der Morne de Massabielle ist ein Arbeiterviertel aus einfachen Holzhütten in Pointe-à-Pitre auf Guadeloupe. An seinem höchsten Punkt ragt eine Mariä-Himmelfahrt-Kirche auf. Die Jungfrau trägt ein blaues Gewand und wird am fünfzehnten August zum Festumzug mitgeführt. Da die Prozession durch unsere Straße zog, half ich Mutter stets dabei, unsere Hauswand zu schmücken, Pflanzenkübel auf dem Balkon zu stapeln und den Bürgersteig mit Blütenblättern zu bestreuen. Manche behaupteten, die Jungfrau besitze ungeheure Kräfte und könne Wunder vollbringen.

Mit anderen Worten: Ich war nicht arbeitslos. Täglich hielt ich mich in der Nationalbibliothek, Rue de Richelieu, auf, wo ich mir einen Platz gemietet hatte. Mittags verschlang ich ein Sandwich und pumpte mich mit starkem Kaffee voll. Die Abwesenheit meiner Kinder, die vorübergehend bei ihrem Vater in Conakry lebten, konnte ich nur schwer ertragen. Ich sah sie überall, in der Metro, auf der Straße und in den Kneipen, wo ich mich aufzuwärmen versuchte, indem ich unelegant Gitanes rauchte. Nachts störten Albträume meinen Schlaf. Ich träumte immer wieder das Gleiche. Ich komme nach Hause, setze mich wie jeden Tag an den Schreibtisch und tippe auf der Schreibmaschine. Nach einer Weile höre ich es wispern und glucksen. Ich drehe mich um. In einer Zimmerecke stehen meine Kinder, sie stürzen auf mich zu und bedecken mich mit Küssen.

Ein- oder zweimal im Monat brachte mir das Wochenende Richard zurück. Da er samstagvormittags arbeiten musste, konnte er nicht vor Nachmittag vom Charing Cross* aufbrechen. Die Fahrt dauerte so lang – Zug, Fähre, wieder Zug –, dass er nicht vor Sonnenuntergang in Paris eintraf. Er hasste die schräge Atmosphäre, die in der Mietskaserne herrschte, vor allem aber die blasierte, mäßig freundliche Miene des Waldomiro de Deus. Als Richard endgültig nach Paris kam, wollten wir daher als Erstes umziehen. Wir fanden ein kleines, aber feines Apartment in der Rue de l'Université. Es gehörte einem reichen Béké** aus Martinique, dem Vicomte d'Origny. Jedes Mal, wenn er Richard begegnete, zog er ihn zur Seite und klagte über die starken Essensgerüche, die meinetwegen das Treppenhaus des feudalen Hauses erfüllten. Ich wurde gebeten, meine Saucen ein wenig abzumildern.

»Hier riecht es ja schlimmer als im Dogon«, schimpfte er.

Das Dogon war ein malisches Restaurant direkt gegenüber. Die betuchten Gäste standen abends Schlange. Ich habe nie einen Fuß hineingesetzt, nicht wegen der exorbitanten Preise auf der Speisekarte, sondern weil die Küche keinen Duft verströmte und das sterile Ambiente nichts Gutes verhieß.

Richard beherrschte drei Sprachen und hatte ohne Weiteres eine Anstellung als Übersetzer in einem amerikanischen Unternehmen gefunden. Ich arbeitete in Teilzeit für das Magazin *Présence africaine* in der Rue des Écoles. Meine Aufgabe bestand darin, die Artikel zu sortieren, die aus ganz Afrika eingesandt wurden, und zu entscheiden, welche veröffentlicht werden sollten. An dieser Stelle möchte ich mich bei Monsieur und Madame Diop bedanken. Christiane Diop war wie eine große Schwester für mich. Sie tröstete mich, wenn ich meine Kinder wieder einmal schmerzlich vermisste. Sie gab die Pakete auf, die ich ihnen schnürte. Auf die afrikanische Post konnte man sich damals nicht verlassen, weshalb die Aufschrift *Présence africaine* Sicherheit garantierte. Ich habe nie wieder einen so außergewöhnlichen Menschen wie

* Bahnhof in London.

** Nachfahre der weißen Siedler auf Martinique.

Alioune Diop kennengelernt. Er war ebenso klug wie höflich und bescheiden, obwohl ihn sämtliche afrikanischen Staatschefs umwarben. Eines Abends kam er in die Rue de l'Université und labte sich an meinem geschmorten Thunfisch, für den ich ihm zuliebe den ganzen Tag lang in der Küche gestanden hatte.

Unbeirrt vollendete ich *Le Morne de Massabielle,* das für Gabriel Garcia Roy bestimmt war. Ich besitze das französische Manuskript dieses Stückes nicht mehr, das interessanterweise Jahre später von Ubu Theater, dem New Yorker Ensemble von Françoise Kourilsky, aufgeführt wurde. Es war eine düstere Geschichte über Rassismus, deren Held ein Mulatte aus Guadeloupe war. Gabriel war begeistert und entschied sich, die Hauptrolle mit zwei Schauspielern zu besetzen, einem Weißen und einem Schwarzen, um die doppelte Herkunft besser zu symbolisieren. Die schwarze Rolle wurde von einem jungen Schauspieler verkörpert, der eine steile Karriere hinlegen sollte: Sidiki Bakaba. Ich war zu beschäftigt, um die einzelnen Proben zu verfolgen und bei der Regie mitzuwirken, wie Gabriel es sich gewünscht hatte. Ich weiß nur, dass *Le Morne de Massabielle* im Sommer 1971 in Puteaux aufgeführt wurde. In einem riesigen Theatersaal mit Platz für mehr als siebenhundert Zuschauer kamen rund zwanzig Personen zusammen, darunter einige Produzenten und ein Tourneepromoter, den Gabriel für seine Arbeit hatte interessieren können. Ich würde mich nicht so gut an diese Vorstellung erinnern, wenn nicht ein schreckliches, unerwartetes Ereignis sie unsterblich gemacht hätte. Es gab damals noch keine Handys, keine Textnachrichten. So musste Madame Diop, die mit ihrer Tochter anwesend war, von einer weinend ins Theater kommenden Verwandten erfahren, dass ihr Sohn David, der schon seit Wochen mit Bauchspeicheldrüsenkrebs im Krankenhaus lag, soeben gestorben war. Nach dieser Hiobsbotschaft entfernte sich das halbe Publikum, nur ein paar Unglückliche blieben. Ich wusste inzwischen um die Grausamkeit des Todes, der nicht mit Pauken und Fanfaren kommt, wie es auf Bambara heißt. Doch der schwere Schock an jenem Abend klingt bis heute in mir nach.

Zu meiner großen Verwunderung lebte *Le Morne de Massabielle* nach der Uraufführung in Puteaux fort. Ein Theaterfreund namens James Campbell konnte einen Vertrag für ein Festival aushandeln, das im Amerikanischen Kulturzentrum in der Rue du Dragon in Paris stattfand. Das Stück wurde also zwei, drei Mal in einer kleinen, diesmal voll besetzten Mansardenstube gespielt. Zwischen James Campbell und mir bahnte sich eine lange Freundschaft an, während Richard wie üblich reserviert und stets ein wenig misstrauisch blieb. James Campbell war ein eigenwilliger Charakter. Er trug halb europäische, halb afrikanische Anzüge mit besonderem Schnitt, sein zerfurchtes Gesicht und das struppige, zu kurzen Zöpfchen geflochtene Haar hatten einen gewissen Reiz. Abends trafen wir uns zu viert im Quartier Latin in einer Bar, die sich genau in der Mitte zwischen der Rue des Écoles, wo *Présence africaine* saß, der Rue de l'Université, wo Richard und ich wohnten, und der Place Maubert befand, wo James mit seiner Frau Hélène zu Hause war. Wir unterhielten uns über alles Mögliche, insbesondere über afrikanische Politik.

»Mit mir wird sich einiges ändern. Ich nehme dich mit nach Afrika«, versprach er mir, »und erkläre dir, was da vor sich geht.«

Mit seiner tiefen sonoren Stimme war James ein großartiger Schauspieler. Auf dem Festival in Dakar hatte er 1966 in *La Tragédie du roi Christophe** von Aimé Césaire die Gegenrolle des berühmten Douta Seck gespielt. Auch bei der Uraufführung von Conor Cruise O'Briens *Mörderische Engel* im Palais de Chaillot hatte er mitgewirkt. Darüber hinaus war er Sänger und Musiker. Kein Wunder, dass er ständig von einem Schwarm junger Verehrerinnen umringt war, was Hélène offenbar völlig kalt ließ. Vor allem aber war er ein hervorragender Koch. Er würzte seine Gerichte mit einer raffinierten Mixtur aus frischer Minze, Zitrone und Koriander – Kräutern, die ich damals kaum verwendete. An den Wochenenden fanden wir die Muße, unsere kulinarischen Entdeckungen zu kombinieren und endlose Festschmäuse zu veranstalten.

Mit *Le Morne de Massabielle* erwärmte ich mich erstaunlicherweise fürs Theater. Mir gefielen das Prinzip von Rede und

* Dt. etwa: *Die Tragödie von König Christophe.* Es geht um den General Henri Christophe, der von 1811 bis 1820 als König über den Norden Haitis herrschte.

Gegenrede sowie die Kürze, die die Dialoge erforderten. Ich schrieb daher für James *Dieu nous l'a donné**, ein Drama, das der Verlag Pierre-Jean Oswald auf meine Kosten drucken ließ. James sollte die Gestalt des Helden verkörpern, den inzestuösen Vater Mandela, eine Art *Quimbois***-Magier, einen Traditionalisten, der den jungen europäisierten Arzt ins Verderben treiben und seine eigene Tochter verführen will. Erfreulicherweise fand der Regisseur Yvon Labéjoff Geschmack an dem Stück und wollte es im Rahmen eines Festivals auf seiner Heimatinsel Martinique produzieren. Zu meiner herben Enttäuschung lehnte James die auf ihn zugeschnittene Rolle ab und musste durch einen anderen Schauspieler ersetzt werden, dessen Namen ich vergessen habe. Die Heldin wurde zum Glück von Toto Bissainthe dargestellt, einem überragenden Schauspiel- und Gesangstalent.

Meine Schwäche fürs Theater mag verwunderlich sein, weist mein Gesamtwerk doch nur ein halbes Dutzend Stücke auf. Das liegt daran, dass ich eines Tages die plötzliche Eingebung hatte, mich auf dem Holzweg zu befinden, und abrupt mit der Dramendichtung aufhörte. Wenn Gabriel Garcia Roy recht hatte und das Theater eine unmittelbare Vereinigung zwischen Autor und Zuschauern schuf, dann musste es in einer Sprache gespielt werden, die beide direkt miteinander verband. In einem Land wie Guadeloupe durfte das Theater nicht die Kolonialsprache in Anspruch nehmen, selbst wenn sie für manche gebräuchlich geworden war. Die Schauspieler mussten Kreolisch sprechen, eine Sprache, die im Laufe ihrer leidvollen Geschichte von der Bevölkerung kreiert worden war.

Wenn ich an jene Zeit zurückdenke, bin ich beeindruckt von meiner Arbeitswut. Abgesehen von den Fluchten ins Kino, das meine Leidenschaft blieb, war ich ununterbrochen am Lernen. Meine Nase steckte immer in einem Buch, einer Zeitschrift oder einer Zeitung. Man hätte meinen können, ich wollte die vielen erfahrungsreichen Jahre nachholen, die den Nährboden meiner Kreativität bilden sollten. Meine Dissertation und die

* Dt. etwa: *Er wurde uns von Gott gegeben.*

** Dem haitianischen Voodoo ähnlicher Kult auf Martinique und Guadeloupe.

Überarbeitung meines Romans *Heremakhonon* hatten natürlich höchste Priorität. Trotzdem fand ich die Zeit, ein neues Theaterstück zu schreiben, das ebenfalls bei Pierre-Jean Oswald publiziert und von einem senegalesischen Ensemble aus Dakar uraufgeführt wurde. Es hieß *Mort d'Oluwemi d'Ajumako,* wobei Ajumako ein kleines Königreich in Ghana ist. Inspiriert hatte mich ein Vorfall, der großes Aufsehen erregte, als ich noch in Accra lebte. Nach einer zwanzigjährigen Herrschaft mussten die Oberhäupter, um Platz für ihre Nachfolger zu schaffen, dem Ritus nach Selbstmord begehen. Nana Prempeh III. weigerte sich, dieser Regel zu folgen. Er schickte seinen Erben ins Gefängnis und ließ, um sich vor dem Zorn seiner Untertanen zu schützen, eine Ringmauer um seinen Palast errichten. Da flog eine Mücke in sein Schlafgemach, stach ihn und übertrug das hämorrhagische Denguefieber, sodass er an seinem eigenen Blut erstickte.

Neben dem Theaterstück arbeitete ich gemeinsam mit Richard an der Übersetzung von Eric Williams' Meisterwerk *Capitalism and Slavery.* Ich bin völlig unbegabt auf diesem Gebiet. Die zwischen Treue und Untreue balancierende Übersetzungskunst erfordert Präzision in der Wortwahl, Liebe zum Detail und ein gutes Gespür für sprachliche Feinheiten, was ich alles nicht habe. Eine schwierige Übung und eine lehrreiche Erfahrung. Obwohl unsere Namen nicht auf dem Buchdeckel standen, war ich mächtig stolz, als die französische Ausgabe 1975 im Verlag *Présence africaine* erschien.

Zu jener Zeit fuhren Richard und ich nur einmal in den Urlaub. Die Armenierin Araxie Drézian, die das Buchgeschäft von *Présence africaine* führte, vermittelte uns eine kleine Ferienwohnung in Saint-Paul-de-Vence, die Freunde von ihr vermieteten. Die südostfranzösischen Seealpen kannte ich von meinem Jahr im Sanatorium für Studenten in Vence. Ich hatte den Aufenthalt in unangenehmer Erinnerung und ein düsteres Bild von der Region. Umso mehr staunte ich über die reizvolle Landschaft, das milde Klima und das bezaubernde Licht. Wir schliefen bis zum Mittag, besuchten die Fondation Maeght mit ihren wunderbaren Bilderschätzen. Die Küche blieb kalt, wir verpflegten uns mit Obst. Ein- bis zweimal pro Woche nahmen wir den Bus nach Süden bis Nizza. Da mich das kalte Meerwasser abschreckte, blieb ich für gewöhnlich am Strand und bewunderte das grenzenlose Blau, das sich vor mir erstreckte. Dann stürzten wir uns in den Trubel und spazierten auf der Promenade des Anglais. Ich schöpfte Kraft für die mühsame Arbeit, die mir noch bevorstand.

4. ETHNOFOOD

Endlich kam der denkwürdige Juni 1976. Vor Richard, James Campbell und dem zairischen Professor Elikia M'Bokolo, dem ich in der Nationalbibliothek begegnet war, verteidigte ich meine Doktorarbeit in Vergleichender Literaturwissenschaft an der Sorbonne Nouvelle. Einige Wochen zuvor war dank Stanislas Adotevi, einem beninischen Intellektuellen, der häufig in das Verlagshaus von *Présence africaine* kam, in Christian Bourgois' Verlag 10/18 mein erster Roman erschienen. Stanislas Adotevi war Herausgeber der Reihe *La Voix des autres** und schwärmte für meinen Text, den er für ikonoklastisch befand. Während meine Dissertation mit summa cum laude bewertet wurde, war mein Buch jedoch – trotz der Hoffnungen, die Stanislas darauf setzte – ein gewaltiger Flop. Ich kann mich nicht erinnern, auch nur eine Zeile darüber in der Presse gelesen zu haben, von *Naïf* einmal abgesehen, einem Käseblatt aus Martinique, das mich mit Beleidigungen überhäufte und aus der Feder eines Unbekannten als »Prostituierte« und »Voyeurin« beschimpfte. Ich war erschüttert. Das also sollte Literaturkritik sein? Der Misserfolg eines Buches besitzt eine seltsam betäubende Wirkung. Der betroffene Autor leidet nicht. Im Gegenteil. Eine Stimme flüstert ihm ein, sein Text werde nicht verstanden, da er seiner Zeit voraus sei. Sein Ego bläht sich auf. Mitleidig schaut er auf die anderen Autoren herab, die im Gegensatz zu ihm in Fernseh- oder Radiosendungen eingeladen werden. Er verweigert die Realität. Was mich betraf, so wurde *Heremakhonon,* das Christian Bourgois bald verramschen und dann einstampfen ließ, immerhin von einer Handvoll Linksintellektueller wahrgenommen, die sich für meine ungewöhnliche Darstellung Afrikas interessierten.

Ich schloss so, ich weiß nicht mehr wie, Freundschaft mit Robert Jaulin, dem Leiter des Fachbereichs Ethnologie an der Universität Paris VII. Regelmäßig lud er Richard und mich in

* Dt. etwa: *Die Stimme der anderen.*

seine große Wohnung in der Rue de Chanaleilles zum Abendessen ein. Unter diesen höflichen klugen Köpfen, die meine Meinung respektierten und mir ernsthaft zuhörten, schwand allmählich meine Menschenscheu. Wir unterhielten uns über den afrikanischen Sozialismus und den Marxismus, gegen den manche schon ernstliche Vorbehalte hegten, der aber für die meisten die große Hoffnung der Zukunft blieb.

»Erzählen Sie uns doch von Kwame Nkrumah«, bat mich Dominique Desanti mit seiner sanften Stimme. »Er wirkt so intelligent.«

Robert Jaulin schlug seiner Frau Solange und mir vor, einen Ethnofood-Kurs zu leiten – ein auf den ersten Blick merkwürdiges Angebot. Weder sie noch ich waren befähigt, einen solchen Kurs auf Hochschulniveau abzuhalten. Was sollte das überhaupt sein, *Ethnofood?* Wir wussten es nicht. Robert Jaulin hielt uns einen kleinen, furchtbar akademischen Vortrag, von dem wir nicht viel verstanden. Nichtsdestoweniger sprangen wir ins kalte Wasser. Montagvormittags sollte Solange vier Stunden unterrichten, freitags ich vier Stunden. Unsere kaum zwei Handvoll Studenten fanden regelmäßig in der Wohnung eines anderen Ethnologen am Boulevard Saint-Michel zusammen. Ich weiß nicht mehr genau, welche Themen Solange zugefallen waren, mein Gegenstand war jedenfalls Guadeloupe, das ich beinahe zwanzig Jahre nicht mehr betreten hatte. Meiner Entfremdung zum Trotz musste ich erklären, wie Stücke minderer Qualität vom Schwein – Ohren, Schnauze, Schwanz, Füße, Eingeweide –, mit welchen man früher die Sklaven ernährt hatte, echte Delikatessen wurden. Ich hatte die verschiedenen Einflüsse auf die Küche Guadeloupes zu eruieren. Sie kamen zunächst aus Afrika – *callaloo, bébélé,* Kongo-Suppe, *migan**, Bohnensauce, Straucherbse, Helmbohne, Limabohne und rote Bohne, um nur die geläufigsten zu nennen – sowie von den Indern, die später auf dem Archipel eintrafen. Auch

* *callaloo:* Eintopf mit grünem Blattgemüse als Hauptzutat.
bébélé: Suppe aus Rinderkutteln.
Kongo-Suppe: Dicke Suppe aus Gemüse und Rauchfleisch.
migan: Eintopf mit Brotfrucht und Pökelfleisch als Hauptzutaten.

die Akklimatisation mancher nicht heimischer Arten und ihren Beitrag zur Ernährung der Bevölkerung musste ich erläutern: Brotfruchtbaum, Kokospalme, Maniok, Tamarindenbaum. Vergessen durfte ich vor allem nicht die Einführung des Zuckerrohrs aus Zypern und seine künftige Dominanz. Kurzum: Ich hatte eine schwierige Aufgabe. Im Grunde bestand sie darin, jedes Element der Landschaft Guadeloupes gesondert zu betrachten und genau unter die Lupe zu nehmen.

Bei meinen Vorbereitungen schlug ich ständig in Reise- und Missionsliteratur nach – wahren Zauberbüchern, die Informationen über die Lebens- und Ernährungsweise der früheren Sklaven lieferten. Der Clou der Veranstaltungsreihe war zweifelsohne unser freitägiges Mittagessen. Es sollte die vorige Stunde praktisch ergänzen. Solange gesellte sich zu uns, und wir amüsierten uns mit den Studenten. Manches, was viel Zeit und Aufwand erforderte, hatte ich mitunter schon donnerstags zu Hause in der Rue de l'Université vorbereitet, etwa Pökelfleisch, Kutteln oder Bohnen. In Plastikboxen brachte ich das Ganze zum Boulevard Saint-Michel. Ich war bemüht, für meinen Kurs orthodox zu sein: kein Zimt ins *colombo,* wie Adélia einst gemahnt hatte, und keinen alten Rum in so ziemlich alles und jedes. Unsere Mittagessen waren ein Hochgenuss. Erst kürzlich habe ich einen Brief von einer inzwischen rund siebzigjährigen Studentin erhalten, der mich an diese glückliche Zeit erinnert.

Am letzten Unterrichtstag legten Solange und ich unsere Stunden und das Mittagessen zusammen. Tapenade und Aioli aus Frankreich traten zu frittiertem Stockfisch und geschmortem Schweinefleisch aus der Karibik. Rum und Pastis flossen in Strömen. Dann spazierten wir mit den Studenten beschwipst zum Jardin du Luxembourg und schossen ein paar Erinnerungsfotos am Brunnen. Die Kinder, von unserer Überdrehtheit eingeschüchtert, hielten vorsichtshalber ihre Schiffchen an. Leider ging unser Ethnofood-Kurs nur ein Trimester lang und wurde nicht erneut angeboten. Solange, die ihr zweites Kind erwartete, war zu erschöpft. Als Ersatz beauftragte Robert Jaulin mich, über den afrikanischen Sozialismus zu referieren, was weniger unterhaltsam war.

Meine tiefe Verbundenheit mit Guadeloupe weckte die Sehnsucht in mir. Ich war wie gesagt fast zwanzig Jahre nicht mehr dort gewesen. Ich bin nicht eher zurückgekehrt, weil ich Angst vor zu viel Schmerz hatte. Meine Eltern waren tot. Ihr Stadthaus in Pointe-à-Pitre war verkauft, das Sommerfrischehaus in Sarcelles – wo Vater in kakifarbenem Drillich und Tropenhelm den *gentleman farmer* zu spielen pflegte – gab es nicht mehr. Nur ein stattliches Familiengrab war mir geblieben. Ich war überzeugt, dass ich nicht stark genug sein würde, um davor niederzuknien. Es kostete mich daher viel Überwindung, mich neben Richard in die Air-France-Maschine zu setzen, die voller Einheimischer und auch Touristen war. Damals belegte Guadeloupe einen der vorderen Plätze im Ranking der Club Med. Die wiederholten Hotelstreiks und die gewalttätigen Proteste der Arbeitslosen hatten seinem Ruf noch nicht geschadet.

Ich weiß noch, dass wir spätnachmittags auf dem Flughafen Le Raizet landeten. Der Himmel blutete ins Meer. Mein Herz pochte. Ein zu schmerzliches Übermaß an Erinnerungen blieb mir an jenem ersten Abend immerhin erspart. Mein Bruder, bei dem wir unterkommen sollten, hatte die Wiege der Familie verlassen und sein trautes Heim ans andere Ende des Landes nach Basse-Terre verlegt, was unsere Eltern ihm übelgenommen hatten. Er war der ungeliebte Sohn, an dem Vater und Mutter stets etwas auszusetzen hatten. Sie mochten lieber seine älteren Brüder: Auguste, Guadeloupes ersten Französischlehrer mit *agrégation**, Jean, der während des Zweiten Weltkriegs im Gefangenenlager umkam, und Sandrino, den Jüngsten, der Schriftsteller werden wollte. René warfen sie außerdem vor, eine porzellanhäutige Mulattin geheiratet zu haben, was für waschechte Schwarze wie uns ein Skandal war. Sie gehörte einem verarmten Klan herrschaftlicher Gutsbesitzer von der Westküste Basse-Terres an, trug ein Adelsprädikat im Namen und hatte einen Barfüßermönch als Bruder.

* Zulassungsprüfung im Auswahlverfahren für das Lehramt an Gymnasien und Universitäten.

Mit dem Sonnenuntergang fuhren wir die Soufrière* hinauf. Als wir unser Ziel erreichten, war es bereits stockdunkel. Das Haus musste dicht am Meer liegen, das wir laut heulen hörten. Am nächsten Morgen wurden wir von einem Heidenlärm geweckt. Gemeinsam mit zwei jungen Hausangestellten putzte und wusch meine Schwägerin alles, was geputzt und gewaschen werden konnte, schepperte mit Eimern und Wannen, ließ den Staubsauger dröhnen und die Schrubber quietschen. Sie wunderte sich über unsere verstörten Gesichter und hatte nicht ganz Unrecht. Gleißendes Sonnenlicht, dessen Strahlkraft ich vergessen hatte, flutete bereits die Umgebung. Die Straßen waren grellweiß. Das Meer dahinter sah aus wie funkelndes Blech. Schon bald herrschte eine unerträgliche Hitze. Da mein Bruder und seine Frau sechs leibliche Töchter und Söhne hatten, dazu ein halbes Dutzend Adoptivkinder und ebenso viele Schützlinge, von ihren Patenkindern und angeheirateten Verwandten gar nicht erst zu sprechen, war das Haus voll. Um die vielen hungrigen Mäuler zu stopfen, bestellte meine Schwägerin zweimal am Tag Pizza Margherita beim Gargantua, einem Restaurant ganz in der Nähe. Ich war schockiert, denn ich hatte noch meinen Ethnofood-Kurs im Kopf, und bot ihr meine Unterstützung an.

»Du kannst kochen?«, fragte sie argwöhnisch.

Von nun an standen wir zu viert in der kleinen Hütte hinten auf dem Hof, die als Küche fungierte. Was mich allerdings bald grämte: Meine Kompositionen schienen niemandem zu schmecken. Sie landeten Tag für Tag weitgehend unangerührt im Müll. Ein zehnjähriger Simon traute sich offen zu klagen:

»Warum essen wir keine Pizza Margherita mehr? Die war wenigstens lecker«, bedauerte er.

Tief gekränkt fand ich den Mut, mich zu beschweren. Meine Schwägerin sah mir in die Augen, vielleicht zum ersten Mal, und erließ eine regelrechte Liste von Verboten: Süß und salzig dürften nicht kombiniert werden. Fleisch und Fisch dürften nicht kombiniert werden. Fleisch und Krustentiere auch nicht. Kochbananen und Mangos dürften nicht grün sein. Thunfisch

* Vulkan auf Basse-Terre, Guadeloupe.

im Curry sei unvorstellbar. In den Fisch-Fond gehörten keine Tomaten, sondern nur Rote Butter. In den Coq au Vin gehöre Wein, kein alter Rum. Als ich schon zusammengebrochen war, fuhr sie mit schriller Stimme immer weiter fort: Sie habe es nicht aussprechen wollen, aber Richard und ich, die wir nicht einmal verheiratet seien und somit in Sünde lebten, hätten uns nicht anständig benommen. Weder gingen wir sonntags zum Hochamt, noch beteten wir unter der Woche abends den Rosenkranz. Wir kleideten uns nachlässig, trügen ausgebleichte T-Shirts und unförmige Shorts, und vor allem meine Clogs seien unelegant.

Nach diesem Gespräch wollte ich natürlich nicht länger bleiben. Niemand hat uns aufgehalten.

Zwei Tage später stopften Richard und ich unsere Koffer in den Bus, der auf einer Serpentinenstraße sechzig Kilometer bis nach Pointe-à-Pitre schaukelte. Mir war bang zumute, ich kam mir vor, als führe ich zur Hölle. Basse-Terre war trotz dem bedrohlich aufragenden Vulkan – nachdem er jahrelang ruhig vor sich hingeschlafen hatte, war nun wieder von Evakuierung der gesamten Region die Rede – wie ein Schlupfwinkel für mich gewesen, der mich vor Wehmut und schmerzlichen Erinnerungen schützte. In der von glitzerndem Meerwasser gesäumten Kleinstadt hatte ich wie auf dem Land meine Anonymität wahren können. Schon um acht Uhr abends waren die Straßen wie ausgestorben, Türen und Fenster verschlossen gewesen. In Pointe-à-Pitre dagegen holten mich die Gespenster der Vergangenheit ein. Noch immer hatte ich nicht die Kraft gefunden, mich auf den Weg zum Friedhof zu machen, und diese Schwäche quälte mich. Immerhin war ich durch das ehemals schicke, florierende Viertel gepilgert, in dem meine Eltern gewohnt hatten. Es machte einen halb verwahrlosten Eindruck. Mein Geburtshaus gehörte jetzt einem Zahnarzt und hätte einen frischen Anstrich schwer nötig gehabt. Mit tränenfeuchtem Blick musterte ich den umlaufenden, einst von Topfbougainvilleen geschmückten Balkon, wo ich so oft gestanden war, um die Straßenumzüge zu beobachten, weil meine zu strenge Erziehung mir die Teilnahme verboten hatte. Hoch oben auf ihren Stelzen reichten die *moko zombies* bis zur Balustrade und streckten uns zur Faschingszeit für ein paar Münzchen die schwieligen

Hände entgegen. Ich hatte jedoch Angst vor den *moko zombies* mit ihren riesigen, schwarzen, von gestreiften Kopftüchern gebändigten Perücken und flüchtete nach drinnen.

»Bist du dumm?«, fragte Mutter jedes Mal. »Was glaubst du denn, was sie dir tun? Sie machen doch nur Spaß und wollen ein bisschen Geld.«

Auch nach Sarcelles pilgerte ich. Da der Conseil Général* beschlossen hatte, die Straßenführung nach Basse-Terre zu ändern, durchzog ein gewaltiger Teerstreifen das ehemalige Grundstück meiner Eltern. Der elegante Holzbau mit seinen Fensterchen und dem Laubengang, durch den ich als Kind immer gewieselt war – es gab ihn nicht mehr. Der gepflegte Garten, in dem ich Verstecken gespielt hatte, war einem wüsten Acker mit Guaven und Kokospflaumen gewichen. Nur ein Flammenbaum, der aus irgendeinem Grund verschont geblieben war, ragte weiter unverwüstlich empor.

In Pointe-à-Pitre wurden Richard und ich von José beherbergt, den ich in Paris kennengelernt hatte, als ich meine Doktorarbeit schrieb. Ich war allein im Mahieu, einem Straßencafé, vor einem Espresso gesessen, da kam er auf mich zu und fragte, ob er sich an meinen Tisch setzen dürfe. Er war groß und breitschultrig, zweifellos gutaussehend. Ich gab ihm aber schleunigst zu verstehen, dass er seine Zeit verschwendete, wenn er mit mir anbändeln wollte. An Liebesabenteuern fand ich keinerlei Gefallen mehr. Ich gehörte jetzt einem einzigen Mann. Er fügte sich und wir wurden gute Freunde. Er schleppte mich zu den Sitzungen der *Association générale des étudiants guadeloupéens*** (AGEG). Dank ihm begriff ich, dass Guadeloupe und Martinique nicht ewig die Schnipsel des Kolonialreichs bleiben mussten, wie ich angenommen hatte, sondern einen anderen Status verlangen konnten. Durch José wurde ich Separatistin. Ich trat der *Union populaire pour la libération de la Guadéloupe**** (UPLG) bei, was mir hinterher oft

* Bis 2015 oberstes Exekutivorgan eines französischen Departements, heute *Conseil Départemental*.

** Vertretung der Studierenden aus Guadeloupe.

*** Partei auf Guadeloupe. Dt. etwa: *Volksunion für die Befreiung Guadeloupes.*

vorgeworfen wurde. Zu meiner Entlastung möchte ich sagen, dass ich nicht nur aus politischer Überzeugung, sondern auch aus dem Wunsch heraus handelte, mich einer Gruppe anzuschließen, die ähnlich dachte und ähnlich handelte wie ich. Schließlich hatte ich oft das Gefühl, nicht dazuzugehören.

José war mit Catherine verheiratet, einer hübschen, mit ihren stark getuschten Wimpern und scharlachroten Fingernägeln sehr raffiniert wirkenden Martinikanerin. José war jetzt Vorstandsmitglied der UPLG. Über meine persönlichen Erfahrungen sprachen wir seltsamerweise nie. Afrika beschränkte sich für ihn auf Algerien, wo sich Aufständische, das heißt Männer von den Antillen, die sich dem Wehrdienst verweigerten, der Nationalen Befreiungsfront (FLN) angeschlossen hatten. In seinem Haus tummelten sich die Mitglieder und Sympathisanten seiner Partei, gemeinhin »Patrioten« genannt und erkennbar an ihrem *bitako*-Look, ihrem rustikalen Äußeren: Die Frauen hatten natürliches Kraushaar und trugen keinen Lippenstift, die Männer waren in weite Overalls aus khakifarbenem Drillich gekleidet, und das zu einer Zeit, da die Karottenjeans in Mode kam. In der Mittagspause stürmten sie das Esszimmer und bestellten aus dem Restaurant gegenüber Pizza Margherita, die sich hierzulande in der Tat großer Beliebtheit erfreute.

Es dauerte nicht lange, bis das Leben unter einem Dach mein Verhältnis zu José verdarb. Er nannte mich eine Urlauberin, was in meinen Ohren wie »Ausländerin« klang. Obwohl ich ihm nicht verschwiegen hatte, in welchem Milieu ich aufgewachsen war, ärgerte er sich, wenn ich nicht Kreolisch, sondern Hochfranzösisch sprach, und war erbost, wenn ich bei den endlosen *lewoz**, auf die er mich mit seiner ganzen Gefolgschaft Abend für Abend schleifte, gähnte oder gar einnickte. Gegenüber Richard wahrte er gerade noch die Höflichkeit, denn offenbar konnte er nicht gut damit umgehen, dass ich womöglich einen Weißen heiraten würde. In seinen Augen gehörte Richard zu den Ausbeutern und war somit für sämtliche vergangenen und gegenwärtigen Kolonialverbrechen verantwortlich.

* Traditionelle Straßenmusik auf Guadeloupe und Martinique.

Um die Missstimmung aufzulösen, die zwischen uns eingekehrt war, schlug ich ein gemeinsames Abendessen vor, eine Art Bankett, das uns und die Patrioten zusammenbringen sollte. Mein Vorschlag erwies sich als sehr schlechte Idee. Keiner mochte mein *lambi** mit geräuchertem Schellfisch, den ich mit Frühlings- und Perlzwiebeln zubereitet hatte. Omélie, die Hausangestellte, räumte fast unangerührte Teller ab.

»Ein bisschen gewöhnungsbedürftig«, murmelte Catherine verlegen.

»So kocht man heutzutage«, bemerkte José ungenierter.

Anschließend trat die Tischgesellschaft auf die Terrasse, wo mehrere Flaschen *rhum agricole*** geleert wurden. Da prasselte eine ganze Menge Fragen zu *Heremakhonon* auf mich ein. Ich staunte nicht schlecht. Ich hatte gedacht, niemand habe mein Buch gelesen.

»Ist die Véronica in *Heremakhonon* eine Antiheldin? Das ist nicht gut«, versetzte mein erster Gesprächspartner.

»Warum gibt es so viel Sex in deiner Geschichte?«, wollte ein zweiter wissen.

»Warum revoltiert das Volk nach Salious Tod nicht?«, fragte ein dritter.

»Welche Funktion hat der malische Straßenfeger? Seine Rolle hat weder Hand noch Fuß.«

Es nahm kein Ende. Ich verteidigte mich, so gut ich konnte, »wie eine Löwin«, versicherte mir Richard hinterher amüsiert. Ich hatte nicht vor, positive Heldinnen zu erschaffen. Ich hatte eine Frau wie aus dem echten Leben porträtiert, mit positiven und negativen Eigenschaften. Eine wie jede andere. Sex? Merkwürdig, dass die karibische Gesellschaft mir vorwarf, ich würde dem Sex zu viel Platz einräumen, war er doch in ihrem Alltag derart präsent. Die Männer waren förmlich besessen davon, die Frauen zu oft ihre Opfer. *Heremakhonon* war eben der Roman einer gescheiterten Revolution, dies schien mir offensichtlich. Und was den malischen Straßenfeger anbelangte, so war er

* Große Fechterschnecke.

** Rum aus frisch gepresstem Zuckerrohrsaft.

eine Metapher für die Undurchlässigkeit der sozialen Klassen. Véronica und er lebten nebeneinander her und verharrten in ihren jeweils eigenen fixen Ideen und Schwierigkeiten. Nach dem Gespräch fühlte ich mich angegriffen; ich tat die ganze Nacht kein Auge zu und beschloss, so schnell wie möglich zu verschwinden. Aber wohin? Ich hatte eine Idee. Warum nicht auf Marie-Galante? Mein Freund, der Dichter Guy Tirolien, war damals noch nicht von seiner Krankheit geschwächt und die Insel noch nicht sein Zufluchtsort. Ihn würde ich dort also nicht besuchen. Ich verband aber herrliche Erinnerungen mit dem kleinen Eiland, das ich noch von früher kannte. In meiner Kindheit hatte die Überfahrt auf einem Dampfschiff stattgefunden und viele Stunden gedauert. Die Reisenden ließen sich dort nieder, wo sich zwischen Käfigen mit gackernden Hühnern und quiekenden Schweinen noch Platz fand. Wer nicht seefest war, hing über der Reling, und der Wind zerfaserte immer wieder einen Strahl aus Erbrochenem. Es waren längst vergangene Zeiten. In hochmodernen Katamaranen reihten sich heute mit rotem Kunststoff überzogene Sitzbänke aneinander. Auf drei Bildschirmen liefen Videoclips. Die Besatzung in adretter Matrosenuniform verteilte Papiertüten an die Seekranken.

Ich ging nach La Treille, wo meine Mutter und meine Großmutter geboren waren, und war erschüttert über die bittere Armut in dem Viertel. Ich hatte Mutter als vollendete Kleinbürgerin erlebt, die all jene verachtete, die nicht so erfolgreich wie sie waren. Als ich die einfachen Hütten aus Astgeflecht sah – in einer solchen musste sie zur Welt gekommen sein –, vergab ich ihr beinahe ihre Arroganz. Wie weit sie es gebracht hatte! Wie beharrlich sie gewesen sein musste! In diesem Moment kam mir die Idee, über sie und ihre Mutter zu schreiben. Erst Jahre später schloss ich das Vorhaben ab, aus dem die 2006 veröffentlichte Erzählung *Victoire* erwuchs.

Es war ein Leichtes, Michelle aufzuspüren. Sie hatte den dreifachen Taillenumfang der verstorbenen Adélia und mit ihrem Gatten Paco, einem Tischler, eine ganze Horde Kinder. Wir fielen uns in die Arme. Sie weinte:

»Mama hat viel gelitten, bevor sie gestorben ist. Das hat sie nicht verdient, sie war doch so ein guter Mensch. Es gibt nicht viele Mütter wie sie.«

Das Vergessen wäscht die Erinnerung, besagt ein bekanntes Sprichwort. Michelle hatte vergessen, wie Adélia sie ausgeschimpft hatte, wie oft sie Unverständnis und Grausamkeit ihr gegenüber bewiesen hatte.

Sie hatte Adélias altes Restaurant, *Zur vernaschten Muschel,* in eine Pizzeria verwandelt und wollte uns zur unvermeidlichen Pizza Margherita einladen. Als ich mich ablehnend äußerte, erklärte sie:

»Das mögen die Leute heutzutage. Die Gesellschaft hat sich sehr verändert. Die Frauen arbeiten außer Haus und haben keine Zeit, am Herd zu stehen. Obendrein verdienen sie nicht genug, um sich Hausangestellte zu leisten. Sie haben also niemanden, der für sie kocht. Pizzas sind einfach und unkompliziert. Wenn sie heimisches Essen wollen, gehen sie in den Supermarkt und kaufen Blutwurst, Stockfisch-*chiquetaille** aus der Dose und tiefgefrorenen Teig für *accras* oder *dombwés*. Und du, kochst du immer noch so gern?«

»Wie eh und je«, bekannte ich.

Und so kam es, dass ich ein Abendessen bei Michelle arrangierte. Sie lud die sechs Brüder ihres Mannes und deren Partnerinnen ein. Die Frauen kamen in kleidsamen weißen *golles*** und schwarz-weiß karierten Kopfbedeckungen aus Madras. Um die empfindlichen Gaumen zu schonen, die kulinarische Extravaganzen nicht gewohnt waren, hatte ich meiner Schaffenswut einen Dämpfer aufgesetzt. Die Vorspeise bestand somit aus einheimischer Blutwurst und einem traditionell mit Zitrone und Cayennepfeffer scharf angemachten Gurkensalat. Es folgten Brotfruchtsoufflé und geschmorter Thunfisch – ich hatte mir nicht verkneifen können, in selbigem einige kleine Auberginen von der sogenannten chinesischen Sorte zu verstecken. Diesen winzigen kreativen Kaprizen zum Trotz fielen meine Gäste über

* Zubereitung aus zerpflücktem Stockfisch, Kräutern und Gewürzen.

** Typisches Kleid auf den Antillen. Eine *golle* ist dekolletiert, weit geschnitten und reicht bis zu den Füßen.

das Essen her und verlangten sogar Nachschlag. Anschließend rafften die Frauen ihre Kleider über die Knie. Zwei von Pacos Brüdern schnappten sich je eine *ka* und trommelten im Takt. In dieser hellen Nacht verfiel ich dem Charme des *gwo ka**.

Es gab kein Hotel auf Marie-Galante, weshalb wir unsere letzten Urlaubstage eng zusammengepfercht bei Michelle verbrachten. In jeder Ecke schlief oder weinte ein Kind. Blaue und grüne Nachtlichter verschmutzten die Dunkelheit. Wie die Frau meines Bruders stand Michelle jeden Morgen um vier Uhr auf und ließ sich Kaffee durchlaufen, den sie in kleinen Schlucken draußen unter dem Mandelbaum trank. Ich ging zu ihr in den Garten und wir sprachen über das Leben. Sie war mächtig stolz auf ihren ältesten Sohn Gertulien. Als hervorragender Schüler hatte er ein Stipendium erhalten, um in Mainz Deutsch zu studieren, von wo er einen begeisterten Brief nach dem anderen schrieb. Ich stellte mir den jungen Mann vor, geboren und herangewachsen auf Marie-Galante, in diese fremde Stadt katapultiert, in der er sich wohlfühlte. Manchmal gesellte Paco sich zu uns und flunkerte uns lustige Geschichten vor, die ich zu einem Kinderbuch mit dem Titel *Märchen von der Raubank* zusammentragen wollte, was ich allerdings nie tat. Es kommt nur sehr selten vor, dass ich ein angedachtes Projekt nicht durchführe, und wenn es noch so lange dauert. In diesem besonderen Fall geriet ich in eine Zwickmühle. Sollte man Geschichten, die in einer so schillernden Sprache – auf Kreolisch – erzählt worden waren, ins Französische übertragen? Sie würden gewiss an Reiz verlieren. Sollte ich sie so aufschreiben, wie sie waren? Dann würden sie leider nur wenige Leser finden. Michelle und Paco, für die schon der Begriff »literarische Ambition« ein Fremdwort war, konnten mir nicht helfen. Am Ende blieben die Seiten leer. Die nie publizierten *Märchen von der Raubank* zählen zu den Dingen, denen ich am meisten nachtrauere.

Mit jener Reise verbinde ich Geselligkeit und menschliche Wärme, aber auch einen Abschied: den Abschied von meinen Kindheitsträumen, von der wahrscheinlich mythischen Vorstellung

* Musik aus Guadeloupe, die auf *ka* genannten Trommeln gespielt wird.

eines zeitlosen Guadeloupes, das Intellektuelle wie Ethnologen befriedigt. Mein Land war einem ständigen Wandel unterworfen. Ich musste die Veränderungen beobachten, sie verstehen und ihre Folgen abschätzen, mit einem Wort: das Rätsel um die Vorherrschaft der Pizza Margherita lösen.

Einige Jahre später, als 1984 mein Buch *Ségou** erschien, kehrte ich noch einmal auf Guadeloupe zurück. Ich kaufte ein altes Sommerfrischehaus in Montebello bei Petit-Bourg, wo ich als Kind oft meine Ferien verbracht hatte. Die Landschaft um Petit-Bourg besaß einen verborgenen, etwas altmodischen Charme, der direkt zu meinem Herzen sprach. In Montebello lud ich meine engsten Freunde regelmäßig zum Essen ein, darunter den Maler Michel Rovelas, der meine Kochkunst hoch schätzte und poetische Worte dafür fand. Ich hatte meine Lektion gelernt. Mir war inzwischen klar, dass meine Küche nicht echt guadeloupeanisch war und ich selbst nie eine echte Guadeloupeanerin sein würde. Aber was heißt das schon, *echt?* Niemand konnte es mir je sagen. Ist Echtheit überhaupt noch möglich oder erstrebenswert, wo wir doch heute alle miteinander vernetzt sind?

* Die deutsche Übersetzung *Segu* von Uli Wittmann erschien erstmals 1988 im Verlag Kiepenheuer und Witsch.

5. DER TRIUMPH VON SÜSS-SALZIG

Nachdem sich die Lage in Guinea erheblich zugespitzt hatte, musste mein erster Mann Condé in die Elfenbeinküste fliehen. Von dort aus reisten meine Kinder eins nach dem anderen nach Paris weiter. Zuerst kam Denis. Mitten im kalten Winter strandete er in einem pastellgrünen damastenen Boubou* am Flughafen. Wenig später folgten meine drei Mädchen. Ich war überglücklich, stand jedoch vor einer gewaltigen finanziellen Verantwortung. Richard verdiente im Übersetzungsbüro der Gesellschaft Kodak-Pathé zwar ordentlich Geld. Wovon ein Paar gut leben konnte, reichte allerdings nicht aus, um so viele Mäuler zu stopfen. Wir mussten unser Apartment in der Rue de l'Université, in dem wir uns beide sehr wohlgefühlt hatten, aufgeben und eine große, aber farblose Wohnung in Puteaux beziehen. Um mich vollständig in eine kinderreiche Vorstadtmutter zu verwandeln, konnte ich mich weder mit dem Teilzeitjob bei *Présence africaine* noch mit den teils ehrenamtlichen Lehraufträgen begnügen, die mir, wie früher Robert Jaulin, Intellektuelle erteilten, die sich für meinen Werdegang interessierten: Claude Abastado von der Université Paris-Nanterre und Jeanne-Lydie Goré von der Sorbonne-Nouvelle. Ich suchte also eine Stelle mit festem monatlichem Gehalt. Man kann sich heute kaum vorstellen, dass Arbeitslosigkeit in jenen gesegneten Zeiten praktisch unbekannt war. Bei einer frisch gegründeten afrikanischen Zeitung fand ich problemlos eine Anstellung. Es war kein linksradikales, sondern allenfalls ein gemäßigt linkes Blatt. Ich habe nie wirklich erfahren, wie es sich finanzierte. Der Redaktionsleiter war ein sympathischer Komorer und gab mit seinem seitlich gescheitelten Haar eine gute Figur ab. Er hatte etwas Gaunerhaftes und war über die Lage in den Ländern, die damals »Dritte Welt« genannt wurden, bestens informiert.

Ich war ein bisschen enttäuscht, weil er mich nicht ins Politikressort aufnahm, sondern mir das Feuilleton anvertraute. Schon

* Tunikaähnliches Gewand in Subsahara-Afrika.

morgens stürmten Besuchergruppen, Bittsteller und Kommentatoren der jüngsten politischen Ereignisse in Afrika unsere luxuriösen Büroräume auf der Place Pereire. Ich erfuhr, dass Guinea nicht die einzige Diktatur war. Paris beherbergte eine ganze Menge afrikanischer Regimegegner und freiwilliger Exilanten, die um ihre Freiheit oder gar ihr Leben gebangt hatten. Ihre apodiktischen Urteile und summarischen, kategorischen Analysen amüsierten mich sehr, denn sie schienen völlig abgeschnitten von ihrem Heimatland und ohne Einfluss auf sein Schicksal. Ich konnte nicht ahnen, dass mehrere von ihnen die Präsidenten der Republiken werden sollten, die sie kritisierten. Mittags strömten wir in die Restaurants auf der Place Pereire und aßen Pommes frites mit *andouillettes*[*].

Meine Arbeit gefiel mir. Sie bestand darin, Bücher zu rezensieren, die ich für wichtig hielt, Autorenporträts zu erstellen oder, wenn möglich, Interviews zu führen. Und so kam es, dass ich Mariama Bâ kennenlernte. Sie hatte erst kürzlich ihren Roman *Ein so langer Brief* veröffentlicht, der ein afrikanischer Bestseller werden sollte, und war für die Werbekampagne im Quartier Latin abgestiegen. Wir frühstückten zusammen in einem Café. Am Boulevard Saint-Michel herrschte quirliges Leben: Die Studenten hetzten in Richtung Sorbonne, die Professoren schlenderten gemächlicher mit ihren Büchertaschen unterm Arm. Ich beobachtete das eifrige Treiben nicht ohne Neid, denn mein Studentenleben war keine schöne Zeit gewesen.

Zwischen Mariama Bâ und mir, zwei Schriftstellerinnen, die auf den ersten Blick so verschieden waren, sprang sofort der Funke über. Wir stellten fest, dass wir beide Angst vor den anderen hatten und beide sehr unsicher waren.

»Wenn man mich nicht gezwungen hätte«, verriet sie mir, »hätte ich mich nicht getraut, das Buch zu veröffentlichen. Es wäre in der Schublade geblieben.«

»Das wäre aber schade gewesen!«, rief ich, denn ich liebte ihren Roman. Bei der Zeitung hatte ich alles unternommen, um meinen Chef dafür zu gewinnen, denn er hegte starke Vorbehalte.

* Französische Wurst aus Innereien.

»Das ist doch ein Frauenroman«, hatte er schulterzuckend gemeint, »wie sieht das aus, wenn wir so was beweihräuchern?«

Frauenroman! Er hatte nichts verstanden. Ihm fehlte das Gespür für diesen ersten Schrei zur Befreiung der afrikanischen Frau und zur Zerschlagung der sie lähmenden Traditionen. Mariama Bâ und ich versprachen einander, uns am Ende ihrer Lesereise durch verschiedene europäische Länder wiederzusehen.

»Besuchen Sie mich doch im Senegal«, bat sie mich, »wir haben uns so viel zu erzählen!«

Ich war tief betroffen, als mich einige Monate später die Nachricht von ihrem Tod erreichte. Als Hommage an diese bescheidene, tiefgründige Frau wurde *Ein so langer Brief* fester Bestandteil des Lektürekanons meiner Studenten.

Ohne es zu wissen, erwarb ich mir allmählich den Ruf einer schonungslosen Kritikerin, denn ich traute mich, über die Bücher und Essays zu schreiben, was ich dachte. Der Chefredakteur wusste meine Ehrlichkeit nicht zu schätzen.

»Schalte einen Gang zurück«, riet er mir. »Schwenke deine Feder siebenmal im Tintenglas. Sonst denken die Leute womöglich, dass du eifersüchtig und frustriert bist.«

Tatsächlich hatte ich nach *Heremakhonon* mit *Une saison à Rihata* einen zweiten Roman geschrieben, der diesmal bei Robert Laffont erschienen war, wo ein Landsmann eine Reihe herausgab. Und da mein zweites Buch nicht erfolgreicher als das erste war, konnte man durchaus auf die Idee kommen, ich suchte nach Kräften mich zu rächen.

Meine Arbeitswut war allerdings ungebrochen. Mit meinem schweren Nagra-Tonbandgerät über der Schulter sprintete ich von einem Ende der Stadt zum anderen, hechtete in die Busse und hastete die Metrotreppen hinab. Zweimal wurde ich nach Belgien entsandt, einmal sogar nach Schweden. An jene Reise denke ich nur ungern zurück, denn das Kolloquium über weibliche Literatur, zu dem ich eingeladen worden war, hatte sich als Hort militanter Lesben entpuppt, die mich ihre Verachtung lebhaft spüren ließen. Ich fühlte mich so frei wie nie zuvor. Zwar hatte ich mich noch nicht wieder ganz mit Paris versöhnt. Über manchen Vierteln schwebten zu viele schmerzliche Erinnerungen.

Aber die Stadt machte mir keine Angst mehr. Fortan war ich innerlich fest davon überzeugt, ich würde meine Zukunft woanders verbringen. Mein Leben würde sich von Grund auf ändern. Ich würde in ein anderes Land ziehen. Eine andere Tätigkeit ausüben, als irgendwelche Artikel für das Feuilleton einer zweitrangigen Zeitung zu kritzeln. Die Welt entdecken. Echte, bereichernde Kontakte pflegen.

Mit Beginn des Frühjahrs lernte ich Zineb kennen. Sie war die Frau eines hohen Würdenträgers, des Gouverneurs von Gabès, einer Provinz im Süden Tunesiens. Sie hatte einen Essay über das Frausein in Tunesien, ihrem Geburtsland, geschrieben, in dem sie Präsident Bourguiba überschwänglich lobte. Er habe als Erster den Mut aufgebracht, den Status der Frauen zu ändern und sie zu vollwertigen Bürgerinnen zu machen. Ich hatte den Text in einem Zug gelesen und war sehr beeindruckt gewesen. Damals wusste ich nichts über die arabische Welt, auch wenn auf Guadeloupe viele Araber lebten. Es gab dort eine große Kolonie von Libanesen, die aus irgendeinem historischen Irrtum heraus als Syrer bezeichnet wurden. Aber die gesellschaftliche Abschottung war so ausgeprägt, dass ich in der Schule wahrscheinlich nie einem begegnet bin. Josés Wohnung in der Altstadt von Pointe-à-Pitre lag über dem Geschäft eines solchen Libanesen. Es war ein schummriger Kramladen, vollgestopft mit grellbunten Stoffen, Babuschen, Sitzkissen, Teppichen und allerlei Trödel. Der Inhaber saß Wasserpfeife rauchend im hinteren Ladenteil, während seine liebenswürdige, rundliche Frau an der Kasse thronte. Sie hatten unzählige Kinder, die immerzu auf Kreolisch stritten und sich auf dem Bürgersteig rauften. José hasste die Syro-Libanesen. Verärgert erzählte er mir, dass sie als Hausierer gekommen waren, ihr Hab und Gut zu einem Bündel geschnürt. Heute zählten sie zu den schlimmsten Ausbeutern im Land.

»Zu den schlimmsten Ausbeutern?«, protestierte ich lachend. »Du übertreibst.«

Er verteidigte sich vehement.

»Überhaupt nicht. Sie beschäftigen in ihren Läden viele Hausangestellte und Verkäufer, denen sie einen Hungerlohn zahlen.«

Zineb bestellte mich ins Restaurant des Crillon-Hotels, in dem sie abgestiegen war. Sie war eine schöne Frau, gepflegt und elegant – von ihrem kunstvoll hennagefärbten Haar bis zu den Lederstiefeletten. Unsere Begegnung zählt zu den unvergesslichen, prägenden Momenten meines Lebens. Nicht, weil sie mir sofort sympathisch war oder weil ich dank ihr erstmals in die aufregende Welt der maghrebinischen Frauen eintauchte, sondern weil ich zum ersten Mal Lamm-*navarin** aß. Zineb und ich bestellten dieses Gericht zufällig, weil es die Empfehlung des Tages war. Wir fanden es beide so köstlich, dass Zineb sich an den Kellner wandte, der wiederum den Küchenchef heraufholte. Selbiger kam mit seiner Kochmütze auf dem Kopf zum Vorschein, reichte links und rechts die Hand zum Gruß, wie ein richtiger Star, ehe er an unseren Tisch gelangte. Übertrieben würdevoll erörterte er:

»Unser *navarin* ist einfach und schmackhaft – genau das Richtige nach den eintönigen, schweren Wintergerichten. Das Gemüse muss besonders jung sein, damit es sich gut mit dem zarten Lammfleisch vermählt.«

Zineb gab vor, sich Notizen zu machen. Ich blieb meiner Angewohnheit treu, sämtliche Rezepte nach eigenem Gusto abzuwandeln, und erkühnte mich zu der Frage:

»Kann man auch Räucherspeck hinzugeben?«

Der Chefkoch zuckte zusammen:

»Auf gar keinen Fall! Das ergäbe einen ganz anderen Geschmack.«

Dann fragte er:

»Aus welchem Land kommen Sie?«

Wahrscheinlich machte es ihn neugierig, dass eine Schwarze und eine Araberin derart für eine Spezialität der traditionellen französischen Küche schwärmten. In diesem Moment entwickelte ich ein Credo, dem ich noch nie zuwidergehandelt habe: Woher auch immer wir kommen, wir haben das Recht, uns ein Gericht anzueignen. Ob wir es unverändert nachkochen oder beliebig variieren. Gerichte haben keine Nationalität. Sie sind nicht für eine geschlossene Gemeinschaft bestimmt, sondern stehen jeder

* Eine Art Ragout.

und jedem zur freien Verfügung. Ich setzte das *navarin* weit oben auf die Liste meiner Leibspeisen und serviere es oft meinen amerikanischen Freunden. In diesem Fall halte ich mich peinlich genau an das Originalrezept, denn ich weiß, dass sie Frankreich bewundern, und möchte das Land nicht verraten.

An den beiden darauffolgenden Tagen waren Zineb und ich unzertrennlich. Sie nahm mich in Kaufhäuser mit, wo sie Unsummen für modischen Glitzerkram ausgab. Ich brachte sie zu *Présence africaine* und wir plünderten die Verlagsbuchhandlung: Sie kaufte meine schwarzen Lieblingsautorinnen, die sie noch nicht kannte, und ich arabische Bücher, von denen ich noch nie gehört hatte. Wir weinten, als wir uns am Flughafen Paris-Orly verabschiedeten, und gelobten uns, einander so schnell wie möglich wiederzusehen. Normalerweise bleiben solche Versprechungen folgenlos. In diesem Fall glaubte ich, dass wir sie bald einlösen würden. Einige Wochen später sollte ich für die Zeitung über ein Kulturfestival in Hammamet berichten. Gegen Abend erreichte ich das Kulturzentrum von Hammamet, damals ein einfaches Fischerdorf. Das Festival fand vor einer herrlichen Kulisse, terrassenförmigen Zuschauerrängen über dem Meer, statt. Ein Offizieller brachte mich zeremoniös zu der Villa, die mir zur Verfügung gestellt wurde. Ich staunte über den Luxus. Erst im Nachhinein erfuhr ich, dass sie für Präsident Léopold Sédar Senghor konzipiert worden war, der sie im Vorjahr beehrt hatte. Ich weiß allerdings nicht, welches Versehen dazu geführt hatte, dass sie diesmal mir zugewiesen wurde. Eine frische Brise durchwehte eine Flucht von Sälen, die auf das ruhige, wohlriechende Meer weiter unten hinausgingen. In einen der Räume war eine Art Pool mit aromatisiertem Wasser eingelassen. Als ich hineinglitt, überkam mich ein seltenes Wohlgefühl.

Dann schlenderte ich durchs Dorf. Der goldübersprenkelte Nachthimmel schien zum Greifen nah. Es war fast so heiß wie auf Guadeloupe, aber angenehm. Die Wärme durchdrang einen sanft und schmiegte sich an den Körper wie ein Dessousstück. Die Bars waren taghell beleuchtet. In den überfüllten Außenbereichen rauchten Männer Wasserpfeife oder waren in Karten- und Würfelspiele vertieft. Junge Leute saßen rittlings auf ihren Vespas oder Lambrettas und spielten die Maulhelden. Überall tollten kreischende Kinder herum.

Ich ging in eine Bar und bestellte Minztee.

»Sind Sie aus Djerba?«, fragte der Barkeeper ungezwungen.

Warum Djerba?, dachte ich. Damals wusste ich noch nicht, dass im Süden Tunesiens wie im südlichen Teil aller Maghreb-Länder viele Dunkelhäutige offensichtlich afrikanischer Abstammung lebten. Es gefiel mir, für ein Landeskind gehalten zu werden. Ich stellte fest, dass kaum Frauen unter den Gästen waren. Die wenigen Damen kamen in Begleitung von Männern und tranken ihr Glas wie brave Kinder. Langsam spazierte ich zurück in Richtung Kulturzentrum und sog den Duft von Geißblatt und Jasmin ein, etwas ganz anderes als der Asphaltgeruch in den Straßen von Paris.

Am nächsten Tag erreichte mich von Zineb die Nachricht, sie könne nicht nach Hammamet kommen. Es sei Nationalfeiertag in Gabès. Sie habe dort Verpflichtungen, an denen kein Weg vorbeiführe. Stattdessen bot sie mir an, das Wochenende mit ihr zu verbringen. Sie könne einen Wagen schicken, der mich abholen würde. Es war die zweite Enttäuschung, nachdem auch Richard in Paris geblieben war. Ob es an meiner damaligen Stimmung lag, dass mir nichts von dem Festival in Erinnerung geblieben ist, von der spektakulären Umgebung einmal abgesehen? Was habe ich mir angesehen? Theaterstücke, Konzerte, Balletttänze? Durften ausschließlich afrikanische Künstlertruppen auftreten? Oder war die Bühne frei für alle? Ich weiß es nicht mehr. Ich erinnere mich nur an das grenzenlose Meer, das wie Allerleirauh seine Kleider wechselte, um mit den Farben des Himmels und dem Duft von Jasmin und Geißblatt im Einklang zu stehen. Am Ende des Festivals holte mich eine noble Limousine mit Chauffeur im Drillichanzug ab. Er entschuldigte sich höflich: Bei dieser brütenden Hitze würde die Fahrt lang und unangenehm. Gabès liegt am Rand der Wüste. Wir hielten einmal in Nabeul, um Zinebs jüngeren Bruder Mansour einzusammeln, der gleich zu einem heftigen Angriff gegen das Regime ausholte.

»Wir Studenten haben jetzt angefangen zu streiken. Die Regierung ist in Wirklichkeit eine Diktatur«, erklärte er, kaum dass sein

Hintern den Wildledersitz berührt hatte, »von Zineb erfahren Sie so was natürlich nicht, sie ist ja mit einem Verwandten des Präsidenten verheiratet. Aber es ist die reine Wahrheit.«

Ich schlief ein, noch während er mir die Missetaten des Präsidenten aufzählte. Als ich wieder aufwachte, schlief auch er, mit offenem Mund wie ein Kind. Die letzten Kilometer fuhren wir schweigend. Die Landschaft um uns herum war wüstenhaft geworden. Hier und da stießen kahle Bäume aus dem Kies; im weißen Licht der Sonne tänzelten ein paar Tiere, die ich nicht zweifelsfrei bestimmen konnte, Ziegen wahrscheinlich, schattenhaft wie Gespenster.

Wir erreichten Gabès zur Mittagszeit, und es war eigenartig, nach so vielen Stunden drückender Einsamkeit plötzlich Häuser zu sehen. Das Leben ging wieder seinen Gang. Kleine Jungen spielten in den engen Gassen Fangen. Alte Mütterchen schlurften umher. Ein Mann peitschte seinen störrischen Esel, der sich ihm hartnäckig widersetzte. Zineb und ihr Mann erwarteten uns auf der Veranda ihrer prunkvollen Villa inmitten einer wahren Oase von Blumen und Pflanzen. Mit seiner hellbraunen Haut und dem schwarzen, raffiniert im Nacken zusammengebundenen Haar sah Ali wie ein orientalischer Prinz aus – und verhielt sich auch so. Nach dem schäbigen Islam von Guinea entdeckte ich nun also einen vornehmen Islam und war fasziniert. Ali drehte sich zu Mansour:

»Ich wette, dass er Sie mit seinem Gerede über Politik genervt hat«, schmunzelte er. »Wenn er eine Diktatur sehen will, muss er nach Marokko oder besser nach Algerien.«

Ich wusste nicht, was ich darauf antworten sollte. In meinem tiefsten Inneren war ich allerdings schockiert. Algerien war für mich ein Musterland, das nach einem schrecklichen Befreiungskrieg seine Unabhängigkeit erlangt hatte. Die Regierenden konnten keine Diktatoren geworden sein.

Diener in cremeweißer *gandoura** servierten uns einen Imbiss: Käse, Obst, Salate. Ein süßer Salat machte mich neugierig. Doch ich hatte nicht die Muße, Fragen zu stellen, denn wir waren schon

* Ärmelloses Gewand, das in arabischen Ländern getragen wird.

wieder in einem Wagen verschwunden und fuhren zu einer Reihe von Veranstaltungen. Zineb leitete ein Kinderheim, ein Wohnheim für behinderte Jugendliche, ein Seniorenheim und eine Mädchenschule. Kaum hatte sie einen Fuß aus dem Wagen gesetzt, wurde sie von Pressefotografen unter Beschuss genommen. Überall, wo wir Halt machten, pries sie in einer Rede, eigentlich immer der gleichen, den Weitblick und die Wohltaten der Regierung. Mich stellte sie den Anwesenden als befreundete Schriftstellerin und Journalistin vor, die eigens zum Stadtfest angereist sei. Ich sollte aufstehen, grüßen und lächeln, was mir gewohnheitsmäßig gründlich misslingt. Ich hatte das Gefühl, eine Rolle zu spielen, auf die ich nicht vorbereitet war. Einem Neugierigen musste ich erklären, wo Guadeloupe lag. Er hatte noch nie davon gehört. Besonders lang hielt sich Zineb in der Habib-Bourguiba-Schule auf, auf die sie sehr stolz war. Die Schule zählte kaum vierzig auf zwei Klassen verteilte Schülerinnen. Neben Lesen, Grammatik und Geschichte wurde auch Französisch unterrichtet. Die Kinder sangen daher zweisprachig zum Lob des Präsidenten.

»Lernen die Mädchen nicht kochen?«, wunderte ich mich.

»Nein«, entgegnete Zineb forsch, »ich möchte die viel zu gängige Assoziation *Frau* und *Herd* durchbrechen. Offenbar taugen die Frauen in unseren Ländern nur für zwei Dinge: Kinder kriegen und kochen. Ich wollte beweisen, dass wir Mädchen ausbilden, die jeden Beruf ergreifen können.«

Ein Scheinargument, dachte ich. Weshalb sollte eine promovierte Philosophin oder eine Chemie-Nobelpreisträgerin nicht auch mit gutem Essen auftrumpfen? Ich war allerdings viel zu froh, Zineb wiederzusehen, um mich mit ihr zu streiten.

Wir spazierten zum Auto. Es war dunkel geworden, der Boden überraschend kühl. Zineb nahm mich bei der Hand.

»Ich weiß, was du von so einem Affenzirkus hältst, aber dafür habe ich heute Abend niemanden eingeladen. Nur wir vier und meine beiden Großen, Mohammed und Armelle. Die kennst du noch gar nicht.«

Das Abendessen hatte den Zauber einer Geschichte aus Tausendundeiner Nacht. Lampen hüllten den Raum in dämmriges Licht. Wir sanken auf große Diwane, und die Diener stellten auf den Couchtischen vor uns die Servierplatten ab. Zineb füllte meinen Teller.

»Da, probier mal«, sagte sie, »das habe ich extra für dich zubereiten lassen.«

Ich nahm einen Bissen und fuhr hoch:

»Was ist das? Wie heißt dieses Gericht?«

»Das ist eine Tajine aus getrockneten Aprikosen und Mandeln«, erklärte sie mir, »wie in Marokko haben wir eine besondere kulinarische Tradition, manche behaupten sogar, wir hätten sie von Marokko übernommen: eine feine Verbindung von Aromen, eine Mischung aus süß und salzig.«

Kandierte Früchte hatte ich oft in meine Kompositionen gemogelt. Vor allem bei Fisch hatte ich immer das Gefühl gehabt, ein Tabu zu übertreten, zu schockieren, ein Verbrechen zu begehen. An jenem Abend erfuhr ich, dass andere Völker es genauso machten. Zineb fuhr fort:

»Die Früchte in der Tajine werden wie Gemüse gehandhabt, die Fleisch- oder Fischsaucen zu einem ganz bestimmten Zeitpunkt mit Honig oder Zucker verfeinert. Süß-salzig darf keinesfalls mit süßsauer verwechselt werden, typisch zum Beispiel für die chinesische oder die indische Küche.«

Ich bediente mich ein zweites Mal, begeistert von dem explosiven Geschmack auf der Zunge.

»Wie alt ist diese Tradition?«, fragte ich.

»Wahrscheinlich aus dem Mittelalter. Vielleicht ein bisschen jünger. Im südlichen Maghreb stehen die Überreste von Aquädukten, die früher Zuckerrohrplantagen bewässert haben. Sie müssen aus dem siebzehnten Jahrhundert stammen. Es gibt alle möglichen Varianten: Tajine mit Datteln, mit Artischockenherzen und Erbsen, mit Pflaumen und Sesamsamen – und mit Sardinen, eine Spezialität meiner Großmutter. Meine Lieblingstajine ist aber die mit getrockneten Aprikosen und Mandeln.«

Am übernächsten Tag flog ich nach Paris zurück. Obwohl ich mit meinem Gepäck und den beiden Tajines* – einem Geschenk

* *Tajine* bezeichnet sowohl ein Schmorgefäß aus Ton als auch das darin zubereitete Gericht.

von Zineb – schwer zu tragen hatte, fühlte ich mich leicht, beseelt. Ich hatte das Gefühl, einen Schatz gefunden zu haben. Was wie ein persönlicher Spleen aussah, traf den Geschmack anderer Menschen. Ich hatte gewissermaßen die Tajine erfunden. Ich konnte sie endlos variieren, sie mit meinem Lieblingsfleisch oder -fisch zubereiten. Eine Welt voller Möglichkeiten tat sich mir auf.

Einige Wochen später, an Richards Geburtstag, lud ich ein paar Freunde zum Abendessen ein. Ich wollte meine Schwester Gillette dabeihaben, die sich zu einer wichtigen Veranstaltung für die Angehörigen der Opfer von Sékou Touré, darunter Diallo Telli, in Paris aufhielt. Doch kurz vor dem Essen rief sie an und meinte, sie habe anderweitig zu tun. Unser Verhältnis hatte sich nicht gebessert. Sie glaubte, sich und meine Schwester Ena in *Heremakhonon* wiederzuerkennen, und machte mir deshalb Vorwürfe. Sie mochte Richard nicht, den sie spöttisch »Prinzgemahl« nannte, und fand, meine Kinder erwiesen ihr nicht genügend Respekt. Sei's drum! Ich hatte eine Tajine mit Artischockenherzen und getrockneten Aprikosen gezaubert. Die etwas erstaunliche Kombination war ein Hochgenuss. Meine Gäste schmausten nach Herzenslust.

6. DAL IS DAL

An unserem ersten Hochzeitstag wollten Richard und ich uns eine magische Reise gönnen, auf der wir unvergessliche Eindrücke sammeln würden. Außerdem hatten wir vor, unsere tristen Flitterwochen wiedergutzumachen, wenn man die wenigen Tage im Hause einer Freundin in Lyons-la-Forêt als solche bezeichnen konnte. Es war grau und verregnet gewesen und das mitten im August. Rings um das Anwesen standen die Buchen, normalerweise so prächtig, klamm und streng auf der Wacht. Richards Eltern Marjorie und Cyril, die bereitwillig zu akzeptieren schienen, dass ihr einziger Sohn eine schwarze Frau geheiratet hatte, älter als er und Mutter von vier Kindern, stießen mit unseren Trauzeugen an, Claude und Ingrid Wauthier sowie Elikia und Bernadette M'Bokolo, den einzigen Hochzeitsgästen. Leider konnten sie kein Französisch. Gespräche waren daher nur sehr eingeschränkt möglich. Da Denis irgendwo in Afrika und Leïla in Basse-Terre auf Guadeloupe war, blieben uns in Paris nur Sylvie und Aïcha. Beide blickten ziemlich griesgrämig drein. Wahrscheinlich fürchteten sie ihre Mutter zu verlieren. Das *méchoui**, das zwei arabische Köche aus Beuzeville am Spieß brieten, wollte nicht gar werden, weil das feuchte Brennholz rauchte.

Gegen fünfzehn Uhr hielt vor dem Tor ein Wagen. An Bord saß auf dem Schoß ihres senegalesischen Vaters, der sich wie immer in die Brust geworfen hatte, meine einjährige Enkelin Raky. Tatsächlich hatte Leïla ein kleines Mädchen bekommen. Es versteht sich von selbst, dass die unverhoffte Ankunft des – zweifellos entzückenden – Kindes, das die restliche Woche bei uns bleiben sollte, die Stimmung nicht gerade aufhellte. Ich bin mir sicher, dass Richard und ich das einzige frisch vermählte Brautpaar waren, das seine Flitterwochen mit einem Enkel verbrachte. Raky war zudem ein launisches, eigensinniges Kind. Es gibt wirklich drollige Fotos von ihr, wie sie versucht, auf einem

* Im Ganzen gebratenes Lamm, nordafrikanische Spezialität.

der vielen Militärfriedhöfe der Region das Kreuz auf dem Grab eines amerikanischen Soldaten zu erklimmen.

Meine zweite Ehe indes war für mich eine echte Wiedergeburt. Ich kam wieder aus dem Bauch meiner Mutter, diesmal aber nicht ängstlich zitternd zwischen den krummen Fingern einer Karabossa*-Hebamme landend, sondern gelassen und für die Zukunft gewappnet. Die beiden unheilvollen Familiennamen Boucolon und Condé würde ich zugunsten eines völlig neutralen englischen Namens ablegen: Philcox. Die Enttäuschungen und Ernüchterungen, die ich erfahren hatte, fielen von meinem Körper allmählich ab. Ich schichtete sie auf und zündete sie an wie einen Laubhaufen.

Gemeinsam beschlossen wir, nach Indien zu reisen. Eine kaum überraschende Entscheidung. Wie alle Engländer war Richard von Indien so fasziniert wie ein Mann von einer schönen, mysteriösen Geliebten, die er nicht in seiner Gefangenschaft hatte halten können. Ich dagegen hatte noch die glänzenden Bilder von den Warschauer WBDJ-Festspielen im Kopf, wo sich die Inder auf dem Umzug majestätisch in traditionellen Trachten präsentiert hatten. Indien hatte mir immer nahegestanden. Meine Eltern hatten nach dem Tod ihrer Mutter die drei Kinder von Mawoude aufgenommen, dem indischen Hausmeister – Kuli**, wie man damals sagte – ihres Sommerfrischehauses in Sarcelles. Die beiden Jungen, Jacques und Carmélien, vertrauten sie einer Berufsschule an, und um die kaum vier oder fünf Jahre alte Danielle kümmerten sie sich selbst, ohne sich allerdings die Mühe zu machen, sie rechtmäßig zu adoptieren, wie auf Guadeloupe üblich. So war das Mädchen, seiner Herkunft ungeachtet, wie eine kleine Schwester für mich gewesen. Ich war oft mit Danielle bei ihren Onkeln, Tanten, Cousins und Cousinen gewesen, die der großen indoguadeloupeanischen Kolonie von Petit-Bourg angehörten. Wir aßen regelmäßig zusammen *trempage,* ein Gericht, vor dem meine Mutter sich ekelte. Es war eine Mischung

* *Carabosse:* böse Fee im französischen Märchen.

** Bezeichnung für die Inder, die nach dem Ende der Sklaverei als billige Arbeitskräfte ins Land geholt worden waren, sowie für ihre Nachfahren.

aus Klippfisch, Kochbananen und Tomaten, die auf glänzenden Bananenblättern serviert und mit der Hand gegessen wurde. Zu guter Letzt empfand ich tiefe Bewunderung einerseits für Mahatma Gandhi und sein Prinzip der Gewaltlosigkeit, vor allem aber für Pandit Nehru, dessen Biografie ich mit Begeisterung gelesen hatte. Kurzum: Ich stellte mir Indien als ein Land vor, mit dessen Menschen ich mich gern umgeben würde.

Einige Tage vor der Abreise besuchten wir unseren indischen Freund Raj, der für die UNESCO tätig war, um ihm die große Neuigkeit zu überbringen. Raj war ein ausgezeichneter Koch. Insbesondere sein Tamarindenlamm brachte mich zur Verzweiflung, denn ich konnte es beim besten Willen nicht nachkochen. Überraschenderweise lasen wir Skepsis in seinem Gesicht, als wir ihm von unserem Projekt erzählten:

»Indien ist ein Land mit vielen Gesichtern«, sagte er. »Gut und Böse liegen eng beieinander. Jedenfalls dürft ihr nicht erwarten, dort auf lauter Wunder zu treffen.«

»Was meinst du damit?«, hakte ich nach.

Er wich unserem Blick aus:

»Das werdet ihr schon sehen.«

Man entliebt sich, wie man sich verliebt: genauso plötzlich. Ohne Ankündigung, ohne Grund. Die Herzen geraten in eine Beklemmung, aus der sie sich nicht wieder befreien können. Ich weiß nicht mehr genau, wann mir die lang ersehnte Reise mühselig wurde. Vielleicht war der Flug der Grund dafür. In Kairo mussten wir auf den grünen, nicht gerade bequemen Sitzbänken schlafen, bis unsere Maschine mit erheblicher Verspätung eintraf. Sie landete in der schmutziggrauen Morgendämmerung. Die Einwanderungsbehörde hielt uns über eine Stunde lang auf. Als wir endlich den Flughafen verließen, erschien mir Bombay verdreckt. Die Straßen waren durch herumliegenden Müll und zusammengetragene Kuhfladen verunstaltet. Obwohl es noch früh war, herrschte bereits eine brütende Hitze. Die flirrende Luft brannte uns in den Augen. Rings um die Brunnen standen ganze Familien und seiften sich ungeniert ein. Männer fuhren im Zickzack auf etwas Ähnlichem wie Fahrradrikschas, und ein paar bärtige Asketen, die sich am Schmutz und der Unordnung um sie herum nicht störten, knieten im Staub und beteten mit halb geschlossenen Augen.

Wir wohnten im Taj Mahal Palace, der Jahre später einem großangelegten Terroranschlag zum Opfer fallen sollte, damals aber ein gewöhnliches Luxushotel war. Im Speisesaal herrschte das übliche kosmopolitische Gewimmel. Eine Gruppe Engländer bat uns freundlich an ihren Tisch. Zwar ließen ihre Manieren den Dünkel der Vermögenden erkennen, aber sie waren nett. Als große Indienfreunde kamen sie regelmäßig hierher und brachten auch deutlich mehr Enthusiasmus als unser Pariser Freund Raj zum Ausdruck:

»Indien ist ein außergewöhnliches Land«, beteuerten sie, »Sie werden schon sehen: Wer einmal hier war, kommt immer wieder.«

Obwohl wir müde waren, wollten wir unbedingt sofort die pulsierende Stadt erkunden. Kaum hatten wir das Hotel verlassen, da stürzte eine Horde Straßenhändler auf uns zu und bot uns unzählige Lebensmittel feil, die unter anderen Umständen meine Aufmerksamkeit erregt hätten. Schon die Blicke der Passanten verunsicherten mich jedoch. Es war nicht die unvermeidliche Neugier gegenüber einem gemischten Paar, die uns immer umgab, ganz gleich, wo wir uns gerade befanden. Daran waren wir gewohnt. Ein gemischtes Paar fällt immer auf. Es verschwindet nie in der Masse. Es ist ein Kuriosum, immer und überall. Jene Blicke waren ganz anderer Natur. Sie isolierten mich von der Umgebung, übergingen dabei Richard und waren ausschließlich auf mich fixiert. Es waren lastende Blicke; in ihnen lag etwas, was ich nicht einordnen konnte. Es war, als würde ich gleichzeitig schockieren und belustigen. Ein paar junge Knaben in apfelgrün-weiß gestreiften Uniformen prusteten bei meinem Anblick los, ehe sie davonrannten. Kurz darauf geschah dann das Schlimmste. Wir überquerten eine überfüllte Kreuzung. Es lag wahrscheinlich an der Erschöpfung von unserer Reise und an der noch unerträglicher gewordenen Hitze, dass Richard ausrutschte, mit den Armen ruderte und der Länge nach hinfiel. Niemand blieb stehen, niemand beachtete den am Boden liegenden Mann, den womöglich ernsthaft verletzten Fremden. Die zahlreichen Passanten beschränkten sich darauf, einen Bogen um Richard zu machen, um nicht auf ihn zu treten. Ich rannte panisch an einen Brunnen, tränkte mein Taschentuch und konnte Richard nach ein paar Minuten wiederbeleben. Begleitet vom Gehupe der Autos, dem Gebimmel der Fahrradrikschas und dem Getöse der Menschenmenge, trotteten wir zum Hotel zurück.

Als wir beim Abendessen von dem Unglück erzählten, das uns widerfahren war, bekundete niemand Teilnahme. Einer der Engländer schälte seelenruhig seine Birne, während er uns zuhörte:

»Es herrscht so viel Elend in diesem Land«, sagte er, »hier wird so ziemlich überall geboren und gestorben. Das klingt jetzt vielleicht hart, aber die Inder sind gegen Leid abgestumpft. Da wundert es mich nicht, dass keiner angelaufen kommt, um Ihnen zu helfen. Wir sind ja nicht in London, wo die Leute mit jedem Hund und jeder Katze Mitleid haben.«

Wir hatten unsere Reise sorgfältig geplant und in Paris einen Zugfahrschein gekauft, mit dem wir durch ganz Nordindien reisen konnten, von Bombay über Udaipur, Jaipur, Neu-Dehli, Agra, Benares – auch Varanasi, die heilige Stadt, genannt – bis nach Kalkutta. Am nächsten Morgen waren wir zeitig am Hauptbahnhof. Überall Straßenhändler. Andere verkauften in ihren Buden eine »Chai« genannte Mischung aus Tee und Kondensmilch. In unserem Abteil saß zwischen Papierabfällen und Papptellern eine Großfamilie und verspeiste etwas, dessen Geruch mir den Magen umdrehte. Sie hielten inne, starrten mich aus großen Augen an. Langsam konnte ich wirklich nicht mehr ertragen, wie ich angegafft wurde. Noch einmal: Bei meinem Anblick schienen die Leute zwischen zwischen Abscheu und Belustigung zu schwanken. Als wir zum Speisewagen gingen, rannten zwei kleine Jungen zu ihren Eltern, um mein Herannahen zu melden. Jene drängten sich aus ihrem Abteil und durchbohrten mich mit spöttischen Blicken. Wir suchten einen Platz in dem schmutzigen, überfüllten Speisewagen, wo die Insassen abrupt aufhörten zu essen, um mich von allen Seiten zu mustern. Wir wussten gar nicht, wie vertraut die indische Küche uns eigentlich war. Bestimmt, weil Raj uns so oft zum Essen eingeladen hatte. Obwohl die Speisekarte in einem sehr gebrochenen, mit indischen Wendungen durchsetzten Englisch geschrieben war, fanden wir Papadams, Samosas, Chutneys, Tandoori-Hähnchen, Chicken Tikka Masala, Hühnchen-Curry, Biryani, Payasam und viele andere Spezialitäten wieder. Nur unter einem Wort, das wir immer wieder lasen, konnten wir uns nichts vorstellen: Dal. Richard rief den Kellner und fragte nach.

Selbiger, ein dicker Mann, der sich ungeniert in den Zähnen stocherte, schien kurz davor loszuprusten:

»Dal is Dal, Sir.«

Ich bewies Mut und bestellte das unbekannte Gericht. Es entpuppte sich als eine Art Brei aus gelben Linsen, den ich kaum herunterbekam.

Schon bald wurde die Reise äußerst unangenehm. Ich hatte mich geirrt. Die Inder waren nicht meine Brüder. Warum bloß diese Neugier? Was hatten die, die mich mit solcher Grobheit beäugten, mir vorzuwerfen? Meine Hautfarbe? Manche jener, die laut herausplatzten, waren dunkler als ich. Meine Gesichtszüge? Meine Haare? Ich wusste mir nicht mehr zu helfen. Langsam verlor ich mein Selbstvertrauen und hegte alle möglichen Minderwertigkeitskomplexe.

Selbstverständlich gab es auch magische Momente. In Jaipur übernachteten wir im Rambagh Palace Hotel, nicht weit von Lily Pool, wo die berühmte Gayatri Devi residierte. An einem Abend durften wir die Gartenanlage des Hotels nicht betreten, weil zu Ehren von Prinzessin Ashraf Pahlavi, der Schwester des iranischen Schahs, ein Empfang organisiert wurde. Wir standen auf der Terrasse, als nie zuvor vernommene fremde Melodien an unsere Ohren drangen und uns zum Träumen brachten. Hoch oben auf Elefanten thronende, in leuchtend weiße Jodhpurhosen gekleidete Männer mit prächtigen orangen Turbanen, die wie Flügel ihre Köpfe umflatterten, zogen an uns vorüber. Sie wurden von einem Schwarm Tänzerinnen eskortiert, die an Hand- und Fußgelenken schwere Silberreifen trugen.

Wir besuchten außerdem das Hawa Mahal, den »Palast der Winde«, mit seinen unzähligen Fenstern, die das Auge nicht zu fassen vermochte.

In der stolzen Hauptstadt Neu-Delhi, dem Meisterwerk des englischen Architekten Edwin Lutyens – gekonnt hatte er

Tradition und Moderne miteinander verbunden –, wurden wir von Michel, einem französischen Freund von Raj, beherbergt. Er lehrte an der Universität und war mit einer muslimischen Inderin namens Sarojini verheiratet, deren Augen und Haare braunviolett glänzten. Wir hatten uns kaum auf die Sitzkissen niedergelassen, als ich ohne Umschweife erklärte, dass die Reise für mich allmählich zum Albtraum wurde.

»Dann haben Sie sich eben nicht vorbereitet«, sagte Michel mit einer Nonchalance, die mich verletzte. »Sie hätten gründlich *Gesellschaft in Indien* lesen sollen, da steht alles drin. Offenbar haben Sie nicht bedacht, dass die indische Gesellschaft auf einem Kastensystem basiert, wobei die Hautfarbe ein wichtiges Element darstellt. Wenn man dann noch Ihr Gesicht und Ihre Haare nimmt, die sich ja deutlich von denen der Inderinnen unterscheiden, dürfen Sie sich nicht wundern, dass Sie die Leute auf der Straße irritieren. Sie sind doch intelligent genug, um das zu verstehen, oder?«

Der Ton in seiner Stimme ärgerte mich. Ich sann über seine Erklärungen nach, die mich wenig überzeugten. Harsch fuhr er fort:

»Kaum vorstellbar, dass Ihre Reise ein Albtraum für Sie sein soll – immerhin sind wir von so viel Schönheit umgeben.«

»Eben!«, rief ich aus. »Wie kann eine unmenschliche Gesellschaft etwas Schönes hervorbringen?«

»Sie ist nicht unmenschlich«, protestierte er. »Sie hat bloß eine andere Vorstellung von Menschlichkeit als Sie. Das ist alles!«

Seine Worte wirkten auf mich spitzfindig, als suchten sie etwas zu rechtfertigen, was man schlichtweg Rassismus nennen musste.

Als wir zu Tisch gingen, fasste seine Frau mich sanft bei der Hand und flüsterte: »Verzeihen Sie uns.«

Sie hatte ein traditionelles Gericht zubereitet, in Kokosmilch eingelegtes Lamm mit Spinat. Ich musste mich zum Essen zwingen. Indien blieb mir buchstäblich in der Kehle stecken. Auf einem Foto aus dieser Zeit sieht man mich mit hohlen Wangen und verstörtem Blick. In fünf Wochen Indien muss ich mindestens fünf Kilo abgenommen haben, denn um einigermaßen meinen Hunger zu stillen, nagte ich meistens nur an ein paar Samosas und trank zwei bis drei Lassis, eine Art Trinkjoghurt mit Vanillegeschmack. An jenem Abend nahmen uns Michel und Sarojini zu einer Vorführung traditioneller Tänze mit. Es war ein magischer Moment: die federnden Schritte der Tänzerinnen, ihre vibrierende Gestik, die anmutigen Halsverrenkungen und das harmonische Rasseln ihrer Armreifen. Auf dem Rückweg begegneten wir leider einer Gruppe Sikhs. Ich hatte gelernt, ihre aggressive Spottlust zu fürchten. Sie brachen in schallendes Gelächter aus, dessen Echo durch die Straßen hallte und mich wie eine Klinge durchbohrte. Wie konnten sie nur ihre legendäre Spiritualität und ihre Ablehnung des Kastensystems mit diesem rabiaten Benehmen vereinbaren? Verwandeln religiöse Überzeugungen den Menschen etwa nicht?

Am Tag unserer Abreise schenkte mir Sarojini, die meine Appetitlosigkeit bekümmerte, ein Buch: einhundert Rezepte der traditionellen indischen Küche, fünfzig davon vegetarisch. Sie lächelte traurig:

»Kochen Sie daraus, sobald Sie das alles vergessen haben.«

Wir umarmten uns. Die bitteren Erfahrungen, die ich in dieser Zeit machte, türmten sich zwischen uns auf, entzweiten uns und verhinderten so die Anbahnung einer Freundschaft. Ich sollte Sarojini nie wiedersehen. Das Buch, das sie mir schenkte, habe ich aber immer noch. Ich blättere oft darin. Ich habe daraus gelernt, wie sich Essig und Honig zu einer süßsauren Sauce kombinieren lassen. Indiens beliebteste Gewürze sind darin aufgeführt: Kurkuma, Kreuzkümmel, Koriander, Safran ... sowie die gängigsten Gemüsesorten: Okra, genannt *bhindi,* Aubergine, Spinat. Ich habe jedoch nie versucht, mich von einem der Rezepte inspirieren zu lassen. Das würde zu viele Erinnerungen wachrufen, die ich lieber vergessen möchte.

Wir setzten unsere beschwerliche Rundreise fort. Richard hatte mir mehrmals angeboten, den Urlaub abzubrechen und nach Paris zurückzukehren. Eine Art perverser, als Mut getarnter Masochismus verbot mir, auf sein Angebot einzugehen. Ich wollte keine halben Sachen machen. Ich konnte nicht ahnen, dass uns die schlimmsten Wochen noch bevorstanden.

Den Taj Mahal hat jeder schon einmal gesehen. Er ziert Postkarten und billige Kalender, Reiseposter und Werbeplakate auf der ganzen Welt. Steht man aber erst einmal davor, beschleicht einen ein merkwürdiges Gefühl. Woran mag das liegen? An der außergewöhnlichen Schönheit des Palasts? An den architektonisch klaren Linien? An der überwältigenden Liebe des Shahs Jahan zu seiner Frau Mumtaz Mahal, die uns bis heute imponiert? Ich hatte schwere Beine und ließ mich auf einer Parkbank nieder, während Richard mit Fotografieren beschäftigt war. Dort blieb ich sitzen, völlig niedergedrückt, mit feuchten Augen vielleicht, zweifellos gedankenversunken. Ich musste an Michels Worte denken: »Wie können Sie sagen, dass Ihre Reise ein Albtraum ist, wo doch Indien so viel Schönheit birgt?« Er hatte recht. Kein Land zuvor hatte mir diese überbordende Fülle von Kunstschätzen bieten können. Das allein zählte. Ich wollte mir gerade Vorwürfe machen, da wurde ich von einer Bande Jugendlicher umzingelt, die hämisch kicherten, Grimassen schnitten und immer wieder dasselbe, mir zunächst unverständliche Wort riefen. Dann begriff ich: »*Monkey, monkey!*« Sie nannten mich einen Affen. Diese rassistische Beschimpfung ist zählebig, die französische Justizministerin Christiane Taubira wurde unlängst ebenfalls damit bedacht.* Sie ruft komplexe Reaktionen hervor. Das Opfer empfindet zunächst Mitleid mit seinen Angreifern: Sie müssen ganz schön dumm sein, denkt es, wenn sie mich mit einem Affen vergleichen. Dann wird es von einer grenzenlosen Wut gepackt. Es will Vergeltung. Soll ihnen der Ausdruck doch im Halse steckenbleiben. Auf die Wut folgt verzweifelte Hilflosigkeit, ein Gefühl von Angst und Verwundbarkeit. Sehe ich wirklich wie ein Affe aus?, fragt es sich, zutiefst erschüttert. Ich weiß nicht mehr, wie lange der verrückte Haufen mich umtanzte. Als plötzlich eine Streife – khakifarbene Uniform, flache Schirmmützen und erhobene Schlagstöcke – anmarschiert kam, machten sich die Jugendlichen aus dem Staub. Die Polizisten kamen flott auf mich zu.

»Wurden Sie belästigt?«, wollte einer von ihnen wissen. »Das ist eine Gaunerbande, die Touristen überfällt. Gestern haben sie mehrere Leute bestohlen. Sie haben Glück, dass Ihnen nichts abhandengekommen ist!«

* Im Jahr 2013 durch die rechtsextreme Zeitschrift *Minute*.

Ich erinnere mich nicht, wie ich es bis Varanasi geschafft habe. Eine törichte Hoffnung pulsierte in mir. Varanasi war die heilige Stadt am Ganges. Wer sich dorthin begab, hatte bestimmt eine andere Gesinnung als jene, die mir bislang über den Weg gelaufen waren. Man war auf Wallfahrt und dachte gewiss nur ans Beten und die heilige Betrachtung seines Gottes. Dem war leider nicht so. Die bis zur Hüfte im Wasser des heiligen Flusses stehenden Männer und Frauen unterbrachen ihre rituelle Waschung, um mit dem Finger auf mich zu zeigen und mich auszulachen. Da reichte es mir. Von nun an wollte ich nur noch zurück nach Paris. Die nächsten freien Plätze im Zug nach Bombay gab es wegen des Zustroms an Pilgern und Touristen leider erst in einer Woche. Wir mussten mit einem Flug nach Kalkutta am übernächsten Tag vorliebnehmen. Nachdem ich mich im Wartebereich des Flughafens auf einen Sitz hatte fallen lassen, kam eine Gruppe junger indischer Nonnen herein, in ihrer Mitte eine Europäerin, die Mutter Oberin offenbar. Sie musste um die sechzig sein und ließ unter ihrem weißen, mit blauen Streifen verziertem Schleier leuchtende und gleichzeitig sanfte Augen erkennen, die mich in ihren Bann zogen. Sie grüßte freundlich und kam geradewegs auf mich zu. Ich fühlte mich in meinem Zustand nicht in der Lage, mit einer Ordensschwester die Klingen zu kreuzen. Dennoch konnte ich ihr Lächeln nur erwidern und die Hand drücken, die sie mir reichte.

»Aus welchem afrikanischen Land kommen Sie?«, fragte sie mit weicher Stimme. »Wir hatten einmal eine Schwester aus Namibia.«

Ich erklärte, dass ich eigentlich nicht aus Afrika, sondern aus einem fernen Land, dem kleinen, unbekannten Guadeloupe, stammte.

»Ich war bedauerlicherweise noch nie auf den Antillen. Dabei würde ich so gerne mal nach Haiti. Wenn Sie in Kalkutta sind«, fuhr sie höflich fort, »besuchen Sie doch unser Kinderheim oder unser Armenhaus. Ich würde mich freuen, Sie dort wiederzusehen. Ach, es gibt ja so viel Elend in diesem Land. Wir tun, was wir können. Aber das ist leider nur ein Tropfen auf den heißen Stein.«

Daraufhin reichte sie mir ihre Visitenkarte. Es war Mutter Teresa, von der ich damals noch nie gehört hatte und die noch nicht die Ikone war, die sie einmal werden sollte. Da ich keine Kraft mehr hatte, nahm ich die herzliche Einladung nicht an. Ich war wie angeschlagen. In den drei Tagen, die wir in Kalkutta verbrachten, blieb ich tagsüber auf dem Hotelzimmer. Erst abends ging ich vor die Tür. In der Hoffnung, keine Aufmerksamkeit zu erregen, schlich ich die Hauswände entlang und holte in einem Bistro, das Speisen zum Mitnehmen anbot, Samosas und ein paar Dosen Lassi. Die Neugier, die mich so gequält hatte, war in Kalkutta seltsamerweise deutlich geringer ausgeprägt. Auf den Boulevards tummelte sich ein buntes Völkergemisch. Leuchtende Neonreklamen zerfetzten die nächtliche Dunkelheit. Die Türen der Kneipen standen weit offen.

Die Rückkehr nach Paris versetzte mich in einen Freudenrausch. Niemand betrachtete mich. Niemand drehte sich nach mir um, wenn ich eine Bar oder ein Restaurant betrat, und diese selige Gleichgültigkeit verletzte meine weibliche Eitelkeit nicht im Mindesten, sondern fühlte sich herrlich an. Richard wiederum schrieb an den indischen Botschafter, wie ich während unseres gesamten Aufenthalts behandelt worden war. Er verlangte keine Entschuldigung (denn was hätte das auch genützt?), sondern wollte erklären, wie tief seine Frau und er gekränkt worden waren. Zu unserem Erstaunen erhielten wir eine Antwort. Der Botschafter schickte uns einen wunderschönen Bildband über die Kunstschätze der Maharadscha-Paläste und ein langes, würde- und zugleich teilnahmsvolles Begleitschreiben. Gewiss bedauere er das von uns beklagte Verhalten. Man könne es indessen als oberflächlich betrachten. Indien sollte unter anderen Gesichtspunkten beurteilt werden. Es sei ein Blockfreier Staat, der die Entwicklung Afrikas unterstütze, ihm unter allen Umständen wirtschaftliche und politische Hilfe leiste. So gewähre man afrikanischen Wissenschaftlern Stipendien, ermögliche Forschungsaufenthalte und fördere den Hochschulaustausch.

Wir sollten nie vergessen, dass Indien eines der wichtigsten Länder der Dritten Welt sei.

Einige Wochen später fanden wir uns bei Raj zu einem Hühnchen-Biryani zusammen. Merkwürdigerweise hatte ich wieder Geschmack an der indischen Küche gefunden, als ob die feindselige und abweisende Haltung der Menschen allein meine Appetitlosigkeit verantwortet hätte. Mit so etwas wie rührseliger Dankbarkeit trank ich ein Glas Lassi.

»Warum haben Sie mich denn nicht gewarnt?«, hielt ich Raj vor.

»Ich habe mich nicht getraut«, gab er schlicht zu. »Sie und Richard haben sich so gefreut. Außerdem wusste ich ja, dass Sie *Gesellschaft in Indien* gelesen hatten und mit dem Kastensystem vertraut waren.«

Die Wunden, die ich von der Indienreise davongetragen hatte, verheilten schneller als gedacht. Meine Erinnerungen an das Gelächter, den Spott und die Beschimpfungen verblassten. Nur die schönen Bilder blieben mir im Gedächtnis: der Taj Mahal, Fatehpur Sikri, Udaipur, die Tempel und Paläste. Allerdings brenne ich darauf, meinen vielen indischen Freunden, die ich später in den USA kennenlernen sollte, die folgende Frage zu stellen: Hat Indien sich verändert oder gibt es den Rassismus noch? Wenn ich mich mit dieser Frage bislang zurückgehalten habe, dann, weil sie letztlich absurd ist. Ich könnte die Frage auch allgemeiner formulieren: Hat die Welt sich verändert oder gibt es Rassismus noch?

7. AMERIKA, HAST DU'S BESSER?

Ende 1987 bekam ich einen Brief von einem gewissen Howard Bloch, dem Leiter der Französischabteilung an der Universität von Kalifornien, Berkeley. Meinen zweibändigen, einigermaßen erfolgreichen Roman *Segu,* der mir viele Leserbriefe beschert hatte, erwähnte er seltsamerweise nicht. Stattdessen schwärmte er für mein Buch *Ich, Tituba, die schwarze Hexe von Salem,* das im Vorjahr erschienen war. Er sei selbst Jude und schätze die provokante Neuinterpretation eines in den Vereinigten Staaten allgemein bekannten historischen Ereignisses sowie meine spöttische Darstellung der Beziehungen zwischen Juden und Schwarzen. Er biete mir daher eine sechsmonatige Gastprofessur an. Es war dies eine unverhoffte, süße Rache, da ich Tituba – Sklavin aus Barbados, angeklagt, die Mädchen von Salem verhext zu haben – angerufen hatte, mich von den Enttäuschungen zu befreien, die ich drei Jahre zuvor in den USA erfahren hatte. Dank der Bemühungen einer Bewunderin, Annabelle Rea, hatte ich ein Fulbright-Stipendium erhalten und durfte für ein Jahr am Occidental College, einer kleinen, liberalen Hochschule in Los Angeles, lehren. Barack Obama hatte dort sein *undergraduate* absolviert. Leider war Obama nicht unter meinen Studenten gewesen, und ich hatte ein sehr unerfreuliches Jahr verlebt.

Zunächst einmal hatte Los Angeles, diese riesige, wuchernde Stadt, mir überhaupt nicht gefallen. Sie war ein wüstes Gewirr von Autobahnen und Brücken, über dem eine dicke, gräuliche Dunstglocke hing. Zu den Stränden von Santa Monica oder Malibu, wo zumindest die Luft sauberer war, fuhr man stundenlang inmitten einer Blechlawine. Der *Hollywood*-Schriftzug in einem der umliegenden Hügel brachte mich, die begeisterte Kinogängerin, nicht zum Träumen. Ich erfuhr einen Rassismus, der nicht wie in Indien offen und plump daherkam, sondern leise, dumpf, toxisch. Annabelle Rea ausgenommen, sprachen meine Kollegen nicht mit mir, ja sahen mir nicht einmal ins Gesicht. Ich war, um es mit Ralph Ellison zu sagen, die *invisible woman* geworden.

Ich verspürte nicht die geringste Lust, diese Erfahrung zu wiederholen, und ließ Howard Blochs Einladung, so sehr sie mir schmeichelte, weit hinten in einer Schublade verschwinden.

Allerdings änderte ich meine Meinung und erklärte mich zum zweiten Mal innerhalb kurzer Zeit bereit, in die Vereinigten Staaten zu reisen. Es mag überraschen, aber ich war dem Mythos der Vereinigten Staaten nie anheimgefallen. Wenn ich als Kind mit meinen Geschwistern Shirley Temple mit ihrem berühmten Lockenkopf im Kino sah, war ich trotz meines jungen Alters über die absurde Darstellung der Schwarzen verletzt und verärgert. In einem Film, dessen Titel ich vergessen habe, fragt ein junger schwarzer Schuhputzer dümmlich: »Warum heißt der Schuh Schuh, Miss Shirley?« Später wurde mein Misstrauen durch die Karikierung der Schwarzen in *Vom Winde verweht* verstärkt. Meine geistigen Vorbilder hatten mir die USA obendrein als Höhle des Kapitalismus dargestellt, als Paradies der Ausbeutung des Menschen durch den Menschen.

Als ich jedoch nach dem Erscheinen von *Segu* auf Guadeloupe zurückgekehrt war und etwas hochtrabend verkündet hatte, meinem Land dienen zu wollen, schien niemand meine Dienste zu benötigen. Ich wurde nie gefragt, ob ich an einem Kollektivwerk mitarbeiten wolle, und verbrachte meine Zeit auf der Terrasse mit dem Redigieren von Texten, die keinen interessierten. Unsere Nachbarn reckten jedes Mal die Hälse, wenn sie an unserem Tor vorbeikamen, um die mit sinnlosem Durchstreichen beschäftigte »Afrikanerin« zu erspähen – so nannten sie mich, denn es ging das Gerücht um, ich stammte aus Mali. Die Gäste, die wir auf Guadeloupe empfingen, konnte man an einer Hand abzählen. Zunächst einmal kam mein Bruder mit meiner Schwägerin und einem oder mehreren Kindern regelmäßig aus Basse-Terre. Wir hatten uns nichts zu sagen und sie mochten mein Essen nicht, fühlten sich aber verpflichtet, einmal im Monat bei uns Däumchen zu drehen. Unser Freund José, der Separatist, schaute vorbei, wie er lustig war, um seine Parteizeitung zu verkaufen. Eines Tages tauchte er mit einem zierlichen, schüchtern wirkenden Mulatten auf. Es war der kreolischsprachige Dichter Sony Rupaire, der einer meiner besten Freunde werden sollte.

Ein prosaischerer Grund war, dass ich nicht die geringste Lust hatte, für einen so langen Zeitraum von Richard getrennt zu sein. Er hatte so etwas wie Arbeit gefunden. Wo die Menschen mit den größten Schwierigkeiten zu kämpfen hatten, gab er Übersetzungskurse im Rahmen der beruflichen Fortbildung.

Schließlich dachte ich nicht daran, Guadeloupe zu verlassen. Mit Guadeloupe meine ich ein Gebilde, das ich nur schwer eingrenzen kann. Ich meine die Beschaffenheit des Landes – Meer, Strände, Wälder, Bananenplantagen und Zuckerrohrfelder –, aber nicht wegen seiner Schönheit, die ohnehin durch Bauträger jedes Jahr immer mehr zerstört wurde, sondern weil die verschiedenen Naturelemente eine zarte, leise Melodie nur für mich sangen. Diese Melodie beflügelte meine Fantasie und erleuchtete mein Denken.

All den guten Gründen zum Trotz brach ich im Januar 1988 nach Berkeley auf. Nach fast zwei Tagen unterwegs, in Puerto Rico und in Dallas musste ich umsteigen, schwebte ich abends erschöpft und zutiefst deprimiert in San Francisco, nicht weit von Berkeley, ein. Howard Bloch, der für meine Hochschulkarriere in Amerika eine wichtige Rolle spielen sollte, holte mich vom Flughafen ab. Er lud mich nach Hause zum Abendessen ein, wo seine Frau Helen und ihre vielen Kinder auf uns warteten. Ich stieß auf jene vertraute Atmosphäre, die ich in Paris zurückgelassen hatte: freche Kinder, die ihren Eltern auf der Nase herumtanzen oder keinen Hehl daraus machen, dass ihr Vortrag sie langweilt. Das munterte mich auf. Howard, Helen und ich wurden auf der Stelle Freunde, ja eine echte Familie. Allerdings musste ich ziemlich zermürbt aussehen, denn Helen schalt mich sanft:

»Lassen Sie sich ja nicht anmerken, dass Sie Ihren Mann vermissen. Sie machen sich nur unbeliebt. In Berkeley wimmelt es von Feministinnen.«

»Von Feministinnen und Blaustrümpfen«, ergänzte Howard.

Mich erwartete eine große Überraschung. Bislang war ich an der amerikanischen Küche verzweifelt. In Los Angeles hatte ich mich ein Jahr lang fast nur von Cheeseburgern, Hamburgern und Sandwiches verschiedener Ausführungen ernährt. In dem Stadtteil von Glendale, wo Annabelle Rea wohnte, hatte ich mit

Maria Callenda eine regionale Kette entdeckt, die vor allem keine schlechten *pies* machte. An Thanksgiving hatte Annabelle mich zu einem traditionellen Gericht eingeladen. Der Truthahn, das Herzstück des Abendessens, hatte leider so fad wie gekochte Pappe geschmeckt, weshalb ich verdrießlich mit den Beilagen vorliebgenommen hatte: Preiselbeeren, Rosenkohl, Süßkartoffelbrei. An jenem Abend bei Howard und Helen entdeckte ich die jüdische Küche. Zum ersten Mal kostete ich ein Ragout aus Kartoffeln, Möhren und Fleisch, geschnitten auf eine mir unbekannte Art. Als ich jedoch Helen nach dem Rezept fragte, wich sie mir entschieden aus. Die Kochkunst war für sie keine weltliche Beschäftigung, die sich alle zu eigen machen konnten, sondern von einer Religion, von Traditionen und gemeinsamen Anschauungen beeinflusst, denen ich als Nicht-Jüdin nicht angehörte. Ich musste mich bis zu meinem Umzug nach New York viele Jahre später gedulden, als mir meine aufgeschlossenere Freundin Louise Yellin die Rezepte der aschkenasischen Küche anvertraute: *Latkes**, gebratene Hühnerleber und Fleischklößchen.

Howards und Helens Warnungen verpufften, denn ich verliebte mich augenblicklich in Berkeley. Mein erstes Semester war zauberhaft. Ich konnte mich am Campus, an den uralten Bäumen und den Blumenbeeten einfach nicht sattsehen und hatte noch dazu nie zuvor eine so bereichernde intellektuelle Atmosphäre geschnuppert. Ich durfte meine Kurse frei gestalten und den Lektürekanon selbst zusammenstellen. Keine langweiligen Aufgaben, keine mühseligen Aufsätze, keine Benotungsbögen. Meine Studenten mussten allenfalls Texte lesen oder Referate halten, die anschließend im Plenum diskutiert wurden. Meine Kollegen waren charmant und herzlich. Zwei männlichen Professoren, die zusammenlebten, ging ich sorgsam aus dem Weg, zudem einem dritten, der, wie man im Fachbereich munkelte, in einen Tankwart aus Castro verliebt war, dem Schwulenviertel von San Francisco. Allein mit dem Wort »Homosexualität« konnte man mich jagen. Die drei Männer drohten, in mir einen Schmerz wiederaufflammen zu lassen, den ich fortwährend zu verbergen

* Frittierte Kartoffelpuffer.

bemüht war. Nach einer schwierigen Jugend, die uns beide völlig ausgelaugt hatte, hatte mein Sohn mir eröffnet, dass er schwul war. Ich muss zugeben, dass ich sein Outing ungnädig aufgenommen habe. Tief gekränkt war er nach Afrika gegangen, und seitdem hatte ich nichts mehr von ihm gehört. Von einer seiner Schwestern erfuhr ich, dass er sich in der Elfenbeinküste aufhielt. Und was genau machte er da?

Ich hätte in Berkeley rundum zufrieden sein können, wenn ich nicht einen Traum gehegt hätte. Als große Bewunderin von Martin Luther King wollte ich mich in die afroamerikanische Community eingliedern. Am Occidental College, wo außer mir nur eine weitere Dunkelhäutige aus Louisiana gelehrt hatte, die ständig anderswo eingeladen und selten auf dem Campus gewesen war, war das nicht möglich gewesen. In Berkeley gab es ein großes Institut für Afroamerikanistik, weshalb ich fest entschlossen war, dass die Dinge hier anders verlaufen würden. Kurz nach meiner Ankunft bat ich die Fachbereichsleiterin, eine Frau Mary Wallace, schriftlich um einen Termin. Mein Anliegen war freilich sehr vage. Ich wollte von mir erzählen, meine Bücher vorstellen und vielleicht ein bis zwei Vorträge über die Literatur der Französischen Antillen halten. Mary Wallace antwortete mir mit erheblicher Verspätung. Nach mehreren Wochen trafen wir uns zum Mittagessen im Shattuck Hotel, einer eleganten Einrichtung, die sich rühmte, schon seit Jahrhundertbeginn Gäste zu empfangen. Das Hotel hielt sich außerdem viel auf seine hervorragende Küche zugute, die in Wirklichkeit aus Reuben*- und Club-Sandwiches mit Pommes frites bestand.

Mary Wallace brachte eine Dichterin aus Mississippi mit, die kurioserweise Dorian Gray hieß und offenbar sehr bekannt war. Die beiden Frauen unterhielten sich die ganze Zeit, während ich weitgehend ignoriert wurde. Als Mary Wallace schon um halb drei wieder aufstand und sich mitsamt Dorian Gray verabschiedete, fragte ich mich, warum sie meine Einladung angenommen hatte.

* Sandwich aus Roggenbrot, gepökelter Rinderbrust, Emmentaler und Sauerkraut.

Sie versprach, sich bei mir zu melden, was sie allerdings nie tat. Wenn ich ihr seitdem auf dem Campus begegnete, stets in Gesellschaft von Dorian Gray, küsste sie mich links und rechts auf die Wangen und nannte mich *sister* – dachte aber nicht daran, mir ein Angebot zu machen. Am Ende hatte ich begriffen, dass ich nie zur afroamerikanischen Community gehören würde. Ich sprach ein Englisch mit französischem Akzent. Meine Vorfahren hatten nicht vor der schrecklichen Lynchjustiz des Ku-Klux-Klans zittern müssen. Verwandte und Freunde von mir nicht als *strange fruits** an den Bäumen der Südstaaten gehangen. Meine Mutter nie abgearbeitet im hintersten Teil eines Busses sitzen und ihren Platz auch nie einem Weißen überlassen müssen. Wieder einmal franste die Negritude an den Rändern aus und stieß an ihre Grenzen. Dies hielt mich nicht davon ab, mich für die Veranstaltungen des Instituts für Afroamerikanistik zu interessieren. Ich besuchte zwei Filmvorführungen, bemerkenswerte Dokumentationen über Zora Neale Hurston und Katherine Dunham. An einem Nachmittag fand eine Diskussion mit Alice Walker über den Film *Die Farbe Lila* statt, der einen machistischen Proteststurm ausgelöst hatte.

Eines Abends fand ich den Mut, die Tür zu Martha's aufzustoßen, einem Soul-Food-Restaurant in der an Berkeley grenzenden, mehrheitlich von Schwarzen bewohnten Stadt Oakland. In dem weiträumigen Innenbereich lächelten die berühmtesten Afroamerikaner aus ihren Rahmen: W. E. B. Du Bois, Martin Luther King Jr., Andrew Young, Jesse Jackson, Malcolm X und viele andere. Bei dem Gedanken, mich niemals als ihr Abkömmling bezeichnen zu dürfen, blutete mir das Herz – eine unerträgliche Vorstellung, die von den neugierigen Blicken der anderen Gäste noch verstärkt wurde. Trotzdem nahm ich mir die Zeit, ein unoriginelles Menü zu probieren: leicht zähes frittiertes Huhn, Schwarzaugenbohnen und Süßkartoffeln.

Um mich über diese herben Enttäuschungen hinwegzutrösten, belegte ich an meinem Institut einen Kurs über die Chicano-

* Anspielung an das gleichnamige Musikstück von Abel Meeropol, in dem gelynchte Schwarze als »seltsame Früchte« bezeichnet werden.

Kultur, wie die zahlreichen in Kalifornien geborenen und aufgewachsenen Mexikaner genannt werden. Zwischen Maria Azzaro, die Anthropologie lehrte, und mir spann sich rasch eine Freundschaft an. Mit nicht einmal dreißig Jahren war sie zwar sehr jung, aber trotzdem eine starke, zweifach geschiedene Persönlichkeit. Aus der Sorge heraus, ihr einziger Sohn könne ihrer Karriere im Weg stehen, hatte sie ihn ohne mit der Wimper zu zucken seinem Vater überlassen, wozu ich nie in der Lage gewesen wäre. Es gab vieles, was uns trennte, aber ich bewunderte ihre Intelligenz und ihre Schönheit. Wenn wir Zeit miteinander verbrachten, beschränkten wir uns nicht darauf, *Das Labyrinth der Einsamkeit* von Octavio Paz oder Gloria Anzaldúas brillante Thesen zur Bevölkerung an der Grenze zwischen den USA und Mexiko zu kommentieren. Uns verband auch eine Leidenschaft für die Kochkunst, und gemeinsam plünderten wir die vielen mexikanischen Restaurants von Berkeley, San Francisco oder Sausalito. Am Wochenende trafen wir uns zum Essen bei ihr oder bei mir. Am liebsten ging ich zu ihr, denn unter vielen Gästen schmeckt es besser. In ihrer Villa tummelte sich immer ein Schwarm von Cousins und Cousinen, Neffen und Nichten, die in einer nach heißem Fett riechenden Dunstwolke Tacos und Tortillas verschlangen. Einmal im Monat kam ihre Mutter mit körbeweise Lebensmitteln aus Sacramento. Sie veranstaltete richtige Kochshows. Einmal mühte sie sich ab, im Garten zwischen den Azaleen ein Loch zu graben, weil sie eine *cochinita pibil,* Schweinefleisch mit verschiedenem Gemüse, zubereiten wollte.

»Das gehört doch zum Grillen in Bananenblätter gewickelt«, wiederholte Maria entnervt.

Aber vergeblich, ihre Mutter, die einen großen Vorrat Alufolie mitgebracht hatte, wollte einfach nicht hören. Bananenblätter hin, Alufolie her, die *cochinita pibil* erwies sich als ausgezeichnet, wenn auch zu scharf für meinen Geschmack. Ich hasse Peperoni. Sie brennen im Mund und stumpfen ihn gegen die Komplexität der Geschmacksempfindungen ab. Die Beziehung zwischen Maria und ihrer Mutter hat mir sehr geholfen mir vorzustellen, wie meine eigene Mutter zu meiner Großmutter Victoire gestanden hat. Sie haben zur Entstehung meines Romans *Victoire* beigetragen. Tatsächlich vergötterte Maria ihre Mutter, die sie nach dem rätselhaften Tod ihres Mannes, eine Drogengeschichte vielleicht, mit dem mickrigen Gehalt einer Restaurantköchin würdig großgezogen hatte. Gleichzeitig gerieten die beiden ständig aneinander, weil Maria sich für die Ignoranz ihrer Mutter schämte. Nach dreißig Jahren in den USA sprach sie immer noch kein Englisch und wusste nicht einmal, wie der Präsident hieß. Maria warf ihr vor, eifersüchtig und besitzergreifend und damit mitverantwortlich für das Scheitern ihrer Ehen zu sein.

Marias kulinarische Spezialität waren *albóndigas,* pikante Fleischklößchen, die zu Reis gegessen wurden. Eines Tages bat ich zaghaft um die Erlaubnis, einen *mole de Puebla** machen zu dürfen. Ich mochte dieses ungewöhnliche Gericht, das sehr herbe Bitterschokolade mit sehr süßem Dörrobst kombinierte.

»Du hast Talent«, räumte Maria nach wenigen Löffeln ein. »In den Ferien muss ich dich zu meiner Großmutter nach Cuernavaca mitnehmen. Der *mole* ist ihre Spezialität.«

Nichts hätte mir mehr schmeicheln können.

Zu jener Zeit bat mich die Martinikanerin Béatrice Mole, an der Tulane University, wo sie lehrte, einen Vortrag über *Zurück ins Land der Geburt* von Aimé Césaire zu halten. An dieser Stelle möchte ich betonen, dass Aimé Césaires Bekanntheit in den USA den Bemühungen der wenigen karibischen Professoren zu verdanken ist, die damals einen Lehrstuhl im Land innehatten. Bis in die Fünfzigerjahre hinein war der Name Aimé Césaire höchstens einer Handvoll Intellektuellen bekannt, die obendrein selten etwas von ihm gelesen hatten. Durch uns nahmen *Zurück ins Land der Geburt, Über den Kolonialismus* sowie *Und die Hunde schwiegen* ihren wohlverdienten Platz in den Romanischen Fachbibliotheken ein.

Die Tulane University befand sich in New Orleans. New Orleans! Ich dachte nicht im Traum daran, diese Einladung abzulehnen. Allein um den Namen dieser Stadt rankten sich unzählige Mythen: Wiege des Jazz, Heimat von Louis Armstrong und der

* Mexikanischer Chilieintopf.

Cajun-Musik*, kulinarische Kostbarkeiten und das Geheimnis der Bayous**. Ich hätte das ganze Land zu Fuß durchquert, nur um einmal in New Orleans gewesen zu sein. Bislang hatte ich von den USA nur zwei vollkommen gegensätzliche Städte in Kalifornien gesehen: Los Angeles, die urbane, vom Auto beherrschte Megacity, und das windumtoste, zum Ozean hin geöffnete San Francisco. Später bekam ich öfters Einladungen nach New Orleans, und die Stadt wurde mir fast vertraut. Die Nonnen der katholischen Xavier University spendierten mir eines Tages ein kleines, unvergessliches Mittagessen am Ufer des Mississippi. Zwei meiner Theaterstücke wurden in universitärem Rahmen aufgeführt: *Pension Les Alizés****, inszeniert von dem Nigerianer Akin Euba, und *Comme deux frères***** unter der Regie des Martinikaners José Exelis.

Ich werde nie mein Staunen vergessen, als ich New Orleans zum ersten Mal sah. Nicht nur die hochmütige Schönheit der Stadt mit ihren eleganten, noch aus der Sklavenzeit stammenden Häusern, die reizvolle Exotik des Französischen Viertels und die üppig blühenden Bäume zu beiden Seiten der breiten Alleen beeindruckten mich, sondern auch und vor allem die Hautfarbe ihrer Bewohner. In Kalifornien hatte es an Afroamerikanern gewiss nicht gemangelt, sie stellten eine bedeutsame Minderheit dar. Allerdings hielten sie sich überwiegend in den ehemaligen Ghettos ihrer Städte auf und verließen die schwarzen Viertel nur selten. In New Orleans waren sie überall – Straßen, Gehwege, Busse, Trams, wo man auch hinsah. Ich fühlte mich fast wie in Pointe-à-Pitre oder Basse-Terre.

Béatrice Mole, eine bildhübsche *chabine* – obwohl ihr Gesicht von Sommersprossen übersät war, die sie aussehen ließen, als habe sie sich durch ein Sieb gesonnt –, holte mich vom Flughafen ab.

* Traditionelle Musik der französischsprachigen Einwanderer (Cajuns) in Louisiana.

** Stehende oder langsam fließende Gewässer.

*** Dt. etwa: *Pension der Passatwinde.*

**** Dt. etwa: *Wie zwei Brüder.*

»Das ist ja ein ganz anderes Amerika hier«, rief ich begeistert. »Sie haben Glück, hier zu wohnen!«

»Ich würde viel lieber in Castro wohnen«, erwiderte sie schwarzhumorig.

»Castro?«, fragte ich verblüfft.

Ihre Gesichtszüge verhärteten sich.

»Ich bin lesbisch«, versetzte sie. »Ich lebe mit Cassia, einer anderen Frau, zusammen. Die afroamerikanische Community sind die engstirnigsten Leute, die man sich vorstellen kann. Sie verabscheuen uns, niemand will was mit uns zu tun haben.«

Als ich das hörte, war ich wie vom Schlag gerührt. Schon wieder Homosexualität? Sie ließ mich also nicht in Frieden. Ich konnte noch so viele Meere und Ozeane überqueren, sie kehrte immer wieder zu mir zurück. Mir hämmerten die Schläfen, als wir mit dem Taxi erst in das Bed and Breakfast fuhren, in dem ein Zimmer für mich reserviert worden war, dann zu Béatrice. Das Herz schlug mir bis zum Hals. Dies ist der Grund, weshalb New Orleans nicht einfach nur eine gastronomische Hauptstadt für mich ist, die Stadt der Krapfen aus dem Französischen Viertel, die Königin von Crawfish Étouffée* und Gumbo**, all jener Gerichte, die die Sklaven mitbrachten, als ihre Herren Ende des achtzehnten Jahrhunderts aus Haiti vertrieben wurden. Ich habe kein einziges Mal bei Gallatoire zu Mittag gegessen, wo sich – besonders herausgeputzt, die Damen mit breitkrempigen Hüten – die feine Gesellschaft versammelte, um Krebsfleisch nach Sardou***-Art zu genießen. New Orleans ist der Ort, an dem mich der Schmerz, den ich in mir trug, abermals überwältigte.

Béatrice Mole wohnte ganz am Ende einer abgelegenen Straße in einem Haus mit einem Garten, in dem Azaleen und Rhododendren wild durcheinanderwuchsen. Gegen Abend kam auf einem roten Motorrad ihre Partnerin Cassia angeknattert. Ich muss

* Gedünstetes Krebsfleisch mit Staudensellerie, grüner Paprika und Zwiebeln.

** Würziger Eintopf mit Staudensellerie, grüner Paprika, Zwiebeln und Meeresfrüchten oder Fleisch.

*** Mit Artischocken, Spinat und Sauce hollandaise.

zugeben, dass ihr nicht an Charme fehlte, einer Mischung aus Koketterie und Unschuld. Die beiden Frauen begrüßten einander mit einem leidenschaftlichen Kuss. Ich wandte unwillkürlich den Blick ab und schämte mich sogleich dafür. War ich in meinem Alter wirklich immer noch so prüde? Wir setzten uns zu einem einfachen Abendessen zusammen, bestehend aus Kürbissuppe und Schokoladenkuchen. Danach zog Béatrice Cassia zu sich heran, was mich wiederum schockierte. So an die Schulter ihrer Partnerin geschmiegt, geriet Cassia ins Schwärmen:

»Sie stammen doch auch von den Antillen, oder? Ich würde so gern auf Martinique leben, in Le François vielleicht, in einem Häuschen am Meer. Wir würden Seeigel-*blaf* und frisch gefangenen Fisch essen.«

»So ein Unsinn«, unterbrach Béatrice sie sanft. »Auf Martinique sind die Leute schlimmer als hier. Die Antillaner wollen der Homosexualität nicht ins Auge sehen«, fuhr sie fort und rief mich zur Zeugin auf. »Frantz Fanon geht sogar so weit zu behaupten, sie käme in unserem Land gar nicht vor. Das ist grundverkehrt. In den Arbeitervierteln leben überall Frauen zusammen. *Zanmi,* so werden sie da genannt. Audrey Lorde erzählt großartig in einem ihrer Bücher davon.«

Homosexualität auf Guadeloupe? Ich erwiderte nichts, denn ich konnte mich beim besten Willen an nichts dergleichen erinnern. Ich entsann mich nur der Männer, die sich zum Karneval plump als Frauen verkleideten und denen der Schimpfname *makoumé* anhaftete.

Als ich tags darauf meinen Vortrag über Aimé Césaire hielt, war ein Trupp afrikanischer Studenten mit dem Bus aus dem nahegelegenen Baton Rouge gekommen, um mir zu widersprechen. Es ging ihnen weniger um Aimé Césaire, den sie so gut wie gar nicht gelesen hatten. Vielmehr fochten sie meine Darstellung Afrikas in *Segu* an. Seit drei Jahren wurden mir die immer gleichen Vorwürfe gemacht. Ich hätte die weibliche Genitalverstümmelung nicht verurteilt. Durch die Figur des Malobali hätte ich den Eindruck erweckt, alle Afrikaner seien entweder Säufer oder Vergewaltiger, und durch Tiekoro, der mit seiner Gefährtin Nadié den Nigerfluss herunterfährt, alle Afrikaner seien lüstern. Ich war solche

Albernheiten allmählich gewohnt und wurde mit meinen armen Opponenten leicht fertig.

Das Abendessen bei Béatrice war so frugal wie am Vortag: Vier-Gemüse-Suppe. Als wir uns den Nachtisch, einen Obstkuchen, teilten, wandte sich Cassia an mich. Sie wollte wissen, ob eine Schriftstellerin unbedingt die Wahrheit erzählen müsse. Habe sie nicht auch das Recht, die Wirklichkeit ganz auszublenden? Oder sie zu entschärfen, zu beschönigen, damit die Leser träumen und so das Leben besser ertragen können? Kurzum: Cassia fragte sich, ob ein Schriftsteller nicht in erster Linie ein Märchenerzähler sein solle. Vielleicht hatte sie recht. Ich persönlich konnte meine Feder allerdings nur in die Tinte der Wahrheit eintauchen. Béatrice umarmte sie wieder, was abermals tiefes Unbehagen in mir auslöste.

»Sie fragt deshalb«, sagte Béatrice, »weil sie davon träumt, Schriftstellerin zu werden.«

»Ich habe schon fünfzig Seiten von meinem ersten Roman geschrieben«, erläuterte Cassia. »Aber ich wüsste ganz gern, ob meine Staatsangehörigkeit mir nicht am Ende im Weg steht. Von einer Chilenin wird doch erwartet, dass sie sich am Putsch von Pinochet abarbeitet, am Tod von Allende, am Verschwinden von so vielen Patrioten. Aber ich gebe ganz ungeniert zu, dass mich das nicht die Bohne interessiert. Ich will die Magie ausdrücken, die meine Liebe zu Béatrice in mein Leben gebracht hat.«

Ein sapphischer Roman, dachte ich verächtlich. Ich war von Gilberto Freyre beeinflusst und fand, dass ein Roman das Bewusstsein der Leser schärfen musste.

»Mir soll's recht sein«, beteuerte Béatrice strahlend und gab Cassia einen Kuss, »die Hauptsache ist doch die künstlerische Freiheit.«

Und dabei beließen wir es. Ich verabschiedete mich früh, denn die beiden Frauen konnten schon bald nicht mehr die Finger voneinander lassen. Sie wollten offenbar allein sein. In jener Nacht in meinem Bed and Breakfast spukte mir Béatrices Behauptung im Kopf herum. Was meinte sie damit? Durften Schriftsteller ihren Lesern wirklich alles erzählen? Mussten sie schockieren? Sollte das Schreiben nicht einer gewissen Selbstzensur unterworfen sein?

Meinen letzten Vormittag verbrachte ich damit, die Anwesen der amerikanischen und französischen Plantagenbesitzer zwischen New Orleans und Baton Rouge zu bewundern. Die der Amerikaner waren spektakulärer, wahre Mammon-Tempel mit ihren Portalvorbauten und Säulenreihen. Durch manche, zu Museen umfunktionierte Häuser streiften Touristen, die auf alles ihre Objektive richteten. Ich versuchte mir vorzustellen, wie unzählige Sklaven hier bemüht waren, die Launen ihrer Herren zu befriedigen, Essen zubereiteten oder unter der Glut der Sonne Baumwolle anbauten. Aber ich fühlte nichts dabei. Da meine Eltern über die Sklaverei wie gesagt nie mit mir gesprochen haben, spüre ich bei dem Gedanken an die Qualen meiner Vorfahren keinerlei Anteilnahme oder Trauer. Das Angebot des damaligen Ministers Christian Paul unter der Regierung Jospin, Vorsitzende des nach der Verkündung des Taubira-Gesetzes* gegründeten Gremiums zum Gedenken an die Sklaverei zu werden, habe ich nur deshalb angenommen, weil ich die sträfliche Leerstelle ausfüllen, die unerhörte Nichtliebe wiedergutmachen wollte.

Zurück in Berkeley, schleppte ich Maria nach Castro, das ich bislang verdrängt hatte: Zwar hatte ich um dieses Viertel gewusst, wo Homosexuelle aus der ganzen Welt zusammenströmten, die Augen vor der schmerzhaften Wahrheit aber verschlossen. Nur mit Mühe konnte ich Maria überreden, deren größte Sorge es war, man könnte uns für ein lesbisches Paar halten.

»Na und?«, spöttelte ich schulterzuckend.

»Du bist verrückt!«, rief sie und starrte mich entsetzt an.

Ich gebe zu, dass mir unter den vielen gleichgeschlechtlichen Paaren, die an den exklusiv für sie reservierten Orten rauchten, plauderten, lachten und lasziv umschlungen tanzten, anfangs mulmig zumute war. Ich war zwar nicht katholisch genug, um sie dafür zu verurteilen, aber sie störten mich. Erst mit der Zeit begriff ich, dass sie sich vor denselben Menschen schützten, die auch gegen Schwarze und Juden hetzten. Erst mit der Zeit er-

* Gesetz von 2001, mit dem Frankreich den Sklavenhandel und die Sklaverei als Verbrechen gegen die Menschlichkeit anerkannte.

kannte ich, dass Homosexuelle auf ihre Art auch ein Stück weit Freiheitskämpfer waren.

Ein Stück weit? Lässt sich Freiheit stückeln? Kann man sie in Scheiben schneiden? Nein, sie ist ein unteilbares Ganzes.

Als ich nach New Orleans zurückkehrte, waren Cassia und Béatrice bereits nach Vermont in eine Frauenkolonie gezogen. Mit Béatrice pflegte ich weiterhin Briefkontakt. Einige Jahre später erfuhr ich, dass Cassia und sie eine Tochter bekommen hatten, Laurence. Cassia hatte das Kind ausgetragen, ihre Schwangerschaft war durch künstliche Befruchtung herbeigeführt worden. Das roch für mich nicht mehr wie früher nach Science-Fiction. Es schockierte mich nicht mehr. Ich hatte endlich akzeptiert, dass die Welt in einem unumkehrbaren Wandel begriffen war. In meiner Jugend mussten Frauen noch Angst haben, dass ihre Liebesnächte unerwünschte Schwangerschaften zur Folge hatten. Inzwischen konnten sie Kinder bekommen, wann immer sie wollten, mitunter auch ohne direkten männlichen Partner. Von dem Roman, den ihre Partnerin begonnen hatte, schrieb Béatrice allerdings nie. Ich schloss daraus, dass Cassia eine Schöpfung aus Fleisch und Blut der Schöpfung ihrer Fantasie vorgezogen hatte. Wahrscheinlich glaubte sie sich auf diese Weise sicherer.

Als sich das Semester in Berkeley dem Ende zuneigte, bot mir Howard Bloch einen unbefristeten Lehrauftrag an. Somit hatte ich ihm zu verdanken, dass ich den Königsweg einschlug, der zur festen Professur, der *tenure* führen sollte, wie die Amerikaner sagten. Ein schöner Erfolg! Dennoch bat ich um ein paar Tage Bedenkzeit. Es war mir nie leichtgefallen, Entscheidungen zu treffen. Einen Entschluss fassen bedeutet für mich, auf weitere Möglichkeiten zu verzichten, die Türen zu anderen Perspektiven zu schließen. Ich wollte mich nicht damit abfinden, für den Rest meines Lebens in den USA zu bleiben. Zugegeben, auf Guadeloupe war ich isoliert, wenn nicht gar ausgeschlossen gewesen. Signierte ich bei Jasor, der wichtigsten Buchhandlung im Land, meine Bücher, befolgte ich nur ein sinnentleertes Ritual. Niemand interessierte sich wirklich für meine Arbeit. Das war jedoch nicht die Hauptsache. Ich führte wie gesagt ein fruchtbares

Zwiegespräch mit der ganzen Insel. Wenn ich frühmorgens, bevor ich mich an den Computer setzte, mein Schlafzimmerfenster mit Blick auf die noch nebelverhangenen Ausläufer der Soufrière öffnete, fiel ich in einen wunderbaren Sinnesrausch. Diesen Dialog sollte ich beenden? Während ich noch zauderte, wurde Howard ungeduldig.

»Ich bräuchte Ihre Antwort bis Monatsende«, sagte er.

Um Zeit zu gewinnen, erwiderte ich, dass ich Richards Meinung abwarten wollte.

Natürlich nahm ich das Angebot am Ende an. Zu diesem besonderen Anlass entkorkten wir bei Howard und Helen gemeinsam mit ihrem Freund Leo Feldman einige Flaschen Champagner. Leo Feldman ging schon auf die achtzig zu und hatte immer eine Anekdote parat. In der Zwischenkriegszeit als Jude aus Deutschland vertrieben, war er mit seiner Familie in New York gestrandet. Seinem Vater hatte eine Fabrik für Perlmuttknöpfe in Brooklyn gehört, wodurch er zu Reichtum gelangt war und seinem Sohn ein Biologiestudium finanziert hatte. So war Leo Feldman ein renommierter Wissenschaftler geworden, der um ein Haar den Nobelpreis bekommen hätte.

Leider verließ Howard Bloch unterdessen die Berkeley, um Leiter der Französischabteilung an der Columbia University in New York zu werden. Es entbehrt nicht einer gewissen Komik, dass er mich später nach New York berief und ausgerechnet, als ich in New York anfing, nach Yale ging. Im Juli kam Richard nach, und wir bauten uns in Berkeley das Leben auf, das wir fortan führten: Die Weihnachts- und Sommerferien verbrachten wir auf Guadeloupe, das übrige Jahr lebten wir in den Vereinigten Staaten, dazu unsere Besuche bei seinen Eltern in England. Diesem etwas komplizierten Konzept konnten wir bis 2007 folgen.

Es war Sommer, als Richard kam. Kalifornien war eine einzige bunte, duftende Blumenwiese. Beide verliebten wir uns in die so schöne, so abwechslungsreiche Umgebung. Zwei Tage verbrachten wir im Yosemite-Nationalpark, maßen den Umfang der Mammutbäume und paddelten im Kajak die Flüsse hinauf.

Leider hielt mich bald nichts mehr in Berkeley, denn nach und nach gingen alle meine Freunde. Zum Vorlesungsbeginn 1989 nahm Maria Azzaro einen Ruf nach Yale an.

»Ich hole dich nach Yale«, versprach sie mir bei unserem letzten gemeinsamen Abendessen. »Dich und Richard. Ihr haltet einen Vortrag über die komplexe Beziehung zwischen Autor und Übersetzer. Wir nennen ihn ... Wie sollen wir ihn nennen?«, fabulierte sie.

»*Intimate Enemies*«, schlug ich vor.

Nach heftigen Auseinandersetzungen mit meinen Verlegern war Richard tatsächlich der englische Übersetzer meiner Bücher geworden. Allerdings veranstaltete Maria den besagten Vortrag nie, der Jahre später an der Columbia gehalten wurde. Sie lehrte nur ein Jahr in Yale, dann wurde sie Leiterin des Instituts für Anthropologie an einem unbekannten College in Maine, das ihr ein verlockendes Angebot gemacht hatte.

Ja, so ist das an den amerikanischen Hochschulen. Die Dozenten wechseln von hier nach da, sie begegnen einander oder ihre Wege kreuzen sich, je nachdem, welches Angebot sie für attraktiv oder prestigeträchtig halten. Selten fühlen sie sich einer bestimmten Einrichtung zugehörig. So ließ auch ich mich von der Tradition anstecken und verkaufte mich immer wieder dem Höchstbietenden. Bis 1995, als ich, erneut angeworben von Howard Bloch, an der Columbia blieb. Von der University of Virginia in Charlottesville steuerte ich gemeinsam mit Richard über die University of Maryland in College Park bis Cambridge an die Harvard University. Bis zum heutigen Tag denke ich mit Wehmut an das renommierte Harvard zurück. Was ich allerdings vermisse, sind weder die klobigen, schmucklosen Backsteingebäude noch die exzellenten, in frankophoner Literatur wenig bewanderten Studenten noch die intellektuelle Brillanz meiner Kollegen, die nicht selten geistige Koryphäen waren, sondern eine besonders schmackhafte kulinarische Spezialität, die man dort wegen der Nähe zum Meer und zu Boston genießen konnte: Der Panzer einer bestimmten Krebsart wird zur Häutungszeit weich und mürbe und kann mit dem Fleisch gegessen werden. Diese *soft shell crabs* müssen nicht angemacht werden. Ein bisschen Zitronensaft und etwas geschmolzene Butter genügen.

8. DER GESCHMACK VON TOKIO

Auf New York hatte mich nichts vorbereitet. Fast zehn Jahre hatte ich im Rhythmus amerikanischer Kleinstädte gelebt, die mit ihren Universitäten aufgewacht und eingeschlafen waren. Alle hatten sie wie schlechte Reproduktionen von Edward-Hopper-Gemälden ausgesehen. Die Einkaufsmeile, in der Regel Main Street genannt, bestand aus wenigen Modeboutiquen, einem Drugstore, einem Supermarkt und vor allem einer Kneipe, die schon kurz nach Sonnenuntergang brechend voll war. Die Main Street war in regelmäßigen Abständen von Nebenstraßen durchzogen, die reihenweise Häuser mit einheitlichen Fassaden säumten. Im Winter waren die Vorgärten schneeweiß. Im Sommer flatterten Kleidungsstücke an den Wäscheleinen. Dreimal wöchentlich gab ich meine Kurse, die ich unter zahlreichen leisen, strebsamen Studenten in der Bibliothek stundenlang gewissenhaft vorbereitet hatte. Nach Feierabend pflegte ich zu schreiben. Ich schrieb meine Romane. Dabei war ich derart in mich versunken, dass ich nichts von dem wahrnahm, was um mich herum geschah. Nicht das winterliche Grau, nicht den Raureif, vielleicht nicht einmal, dass es schneite. Ich hatte jedes Zeitgefühl verloren.

Dann kam Richard in mein Büro gestürmt, der im Nebenzimmer an seinen Übersetzungen arbeitete.

»Ich sterbe vor Hunger«, rief er ohne Zorn, »weißt du eigentlich, wie spät es ist?«

Beschämt unterbrach ich mein Tun und eilte in die Küche. Mittags musste es schnell gehen, also bereitete ich nur einen Snack zu, kein Festmahl. Das sparten wir uns für den Abend auf.

Nach Feierabend hatte ich nicht viel Auswahl. Mal hörte ich mir einen Gastvortrag an, mal besuchte ich ein Konzert der Musikhochschule. Wenn es einen Kinoklub gab, zog ich den Film vor, selbst wenn er schon ein paar Jahre alt war oder ich ihn bereits kannte. Sonntags wurde nichts angeboten, damit die Professoren ihre Kinder zum Sport begleiten konnten. Die ungeschlagene Nummer eins war Baseball. Abends luden wir uns gegenseitig zum Essen ein. Da es keine Konkurrenz gab, galt meine Küche als die beste im weiten Umkreis. Die Leute rissen sich darum, an meiner Tafel speisen zu dürfen.

Plötzlich war alles anders. Ich war an einem Ort, der niemals schlief. Die Nächte waren genauso laut wie die Tage: das Tatütata der Krankenwagen, das Martinshorn der Polizei, das Hupen der Autos, der Klamauk der Schaulustigen ... Mir war ganz schwindelig von dem reichen, vielfältigen Kulturangebot, das ich mir so nicht erträumt hatte. Wie sollte ich mich zwischen Musical, Oper, Theater, Tanz und Kino bloß entscheiden? Vor den Festsälen, wo die berühmtesten Referenten, Autoren oder Poeten auftreten sollten, bildeten sich endlose Schlangen. Da die Columbia University im Stadtteil Morningside Heights an der Grenze zu Harlem lag, das die Konformisten damals abschreckte, blieb sie von dem intellektuellen Tohuwabohu lange Zeit ausgeschlossen. Als ich mich 1995 in New York niederließ, hatte der Bürgermeister Rudy Giuliani seine Sicherheitsmaßnahmen bereits abgeschlossen, und Harlem machte niemandem mehr Angst. Geschäftsleute jeder Couleur waren herbeigeströmt, hatten die ursprünglich hier ansässigen Juden verdrängt und ein funkelnagelneues Geschäft nach dem anderen eröffnet. Allein im Umkreis unserer Wohnung gab es ein koreanisches, ein ghanaisches, zwei chinesische, zwei indische, zwei japanische und vier italienische Restaurants sowie eine Brasserie nach französischem Stil, von den unzähligen Fastfoodketten wie McDonald's, Pizza Hut oder KFC, die vielerorts wie Pilze aus dem Boden schossen, ganz zu schweigen. Wenn man abwärts bis zur 110. Straße lief, kam man an einem Thailänder vorbei, an einem Türken, wo schöne Frauen Bauchtänze aufführten, und an einem Afghanen. In dem kubanischen Restaurant *Rosita* hatten Richard und ich gemeinsam mit René Depestre, der in die Stadt gereist war, um seinen Gedichtband *Poète à Cuba** vorzustellen, hervorragend zu Abend gegessen.

In New York gelangte ich zu der festen Überzeugung, dass es weder möglich noch wünschenswert war, der traditionellen Küche im strengen Sinne nachzueifern. Jeder sollte nach Gusto erfinden

* Dt. etwa: *Ein Dichter auf Kuba.*

und neu erfinden, nach Lust und Laune Bewährtes abwandeln dürfen. In der Küche sind alle Kühnheiten erlaubt. An eine Einladung zu Thanksgiving hüte ich eine besonders angenehme Erinnerung: Ich hatte den obligatorischen Truthahn durch eine Gans ersetzt, die ich mit einer Mischung aus Orangensaft und altem Rum mariniert hatte. Meine amerikanischen Freunde waren begeistert. Seitdem kennt mein Einfallsreichtum keine Grenzen mehr.

Meine Bücher gingen indessen ohne mein Wissen ihren Weg. Mein jüngster Roman *Das verfluchte Leben,* eine Fiktion über Vaters sozialen Aufstieg, war irgendwie einem Japaner aus Seattle namens Suga in die Hände gefallen. Er beschloss, das Buch zu übersetzen. Daher bat er die Vereinigung der japanischen Französischdozenten, mich zum Jahrestreffen in Tokio einzuladen und so der Hochschulgemeinde vorzustellen. Um kein Missverständnis aufkommen zu lassen: Ich war das fünfte Rad am Wagen. Das Jahrestreffen war Marcel Proust gewidmet, Ehrengast war ein Oxford-Dozent, der viel über *Auf der Suche nach der verlorenen Zeit* geschrieben hatte. Ich sollte erst gegen Ende des Kolloquiums, kurz vor dem Schlusswort, auftreten. Trotz dieser Vorbehalte war ich ganz aus dem Häuschen vor Freude und stolz auf die Einladung nach Japan. Dessen kulturelle Vielfalt war mir nach drei Jahren Berkeley nicht mehr unbekannt. Ich litt bereits unter Gelenkschmerzen, besonders am rechten Knie, und hatte mehrere Massagekuren nach der berühmten japanischen Shiatsu-Methode gemacht. Im Anschluss an die Massagen suchte ich oft ein traditionelles japanisches Restaurant auf, in dem die Speisen auf einer Art Züglein einen langen Tisch entlangfuhren. Es kam darauf an, im Vorbeifahren zu greifen, was einen reizte. Ich war keine besonders talentierte Akrobatin und stieß die Sushi- und Sashimi-Schälchen regelmäßig um, sehr zur Erheiterung der anderen Gäste.

Auch viele japanische Schriftsteller hatte ich gelesen: Mishima natürlich, Abe Kōbō, Kawabata, Shūsaku Endō, Murakami, Ōe und einige mehr. Als meine Reise bewilligt wurde, vertiefte ich mich erneut in die Lektüre von Henri Michaux' *Ein Barbar auf Reisen*. Der Barbar, das bin ich, dachte ich stolz.

Am späten Nachmittag schwebten Richard und ich auf dem Flughafen in Narita ein. Wir hätten nicht mit Sicherheit sagen können, ob einen Tag vor oder einen Tag nach unserem Abflug vom JFK-Airport. Wir wurden von niemandem empfangen: Erstens war ich ein vergleichsweise unwichtiger Gast, zweitens lag der Flughafen zu weit außerhalb von Tokio. Fast zwei Stunden lang fuhr der – unter größter Mühe ausfindig gemachte – Minibus über eine Landstraße, die schier endlos durch einen dichten Wald aus mir unbekannten Bäumen schnitt. Japans Bäume sind herrlich. Ich weiß nicht, wo Henri Michaux hingeschaut hat, als er schrieb:

»Die Bäume sind kränklich, mickrig und dürftig, erheben sich nur matt, werden nur schwer dicker, kämpfen gegen ein widriges Schicksal und werden vom Menschen möglichst früh gequält, damit sie noch zwergenhafter und armseliger wirken.« Im Gegenteil. Die Vegetation entlang der Straße zur Stadt war so üppig, dass Dornröschen hier dreimal hundert Jahre hätte schlafen können. Ich weiß nicht mehr, wie wir unser Hotel gefunden haben, denn der Busfahrer setzte uns auf einer Esplanade vor einem undurchdringlichen Park ab. Er beherrschte nicht eine Fremdsprache und beschränkte sich darauf, uns mit Gesten die Richtung zu weisen. Unser Hotelzimmer war komfortabel, aber wir konnten vor Aufregung nicht einschlafen. Also beschlossen wir, uns ins Abenteuer zu stürzen.

Schon an diesem ersten Abend rief Tokio einen Schrecken in mir hervor, wie ich ihn nie zuvor empfunden hatte. Tokio war zu riesig, zu voll, von unzähligen Fußgängern bevölkert, die wie eine disziplinierte Meute bei Grün die Straße überquerten. Die Stadt war grell erleuchtet, das Neonlicht vergewaltigte die nächtliche Dunkelheit, zugleich konnte ich weder Schilder noch Werbeplakate entziffern. Sie waren mit Zeichen übersät, die mir vollkommen unverständlich waren. Ich hatte das Gefühl, mich in einer feindseligen, abweisenden Umgebung zu befinden. Unwillkürlich kam mir ein afrikanisches Märchen in den Sinn, das ich irgendwo aufgeschnappt hatte, *Das Ungeheuer-Baby:* In einem Dorf im Sahel brachte eine Frau einen kleinen Jungen zur Welt. Kaum war er aus ihrem Bauch gekommen, da verjagte er die Hebamme und seine Verwandten, die zur Unterstützung gekommen waren. Dann sprang er auf die Füße und schrie nach Milch. Da seine Mutter ihm keine geben konnte, drückte er sie so fest an sich, dass sie erstickte. Das Kind tötete seine Mutter wie Tokio seine Menschen. Kaiser Meiji hätte sich in seinen kühnsten Träumen nicht vorstellen können, dass sich das konventionelle Edo eines Tages in Tokio verwandeln würde.

Gegen Mitternacht betraten wir ein Restaurant. Es war proppenvoll. Die Gäste warfen uns verstohlene Blicke zu und steckten tuschelnd die Köpfe zusammen, ehe sie uns erst anlächelten, dann zunickten. Da wir die Speisekarte nicht lesen konnten, kredenzte uns der Kellner eigenmächtig eine Suppe und eine Vorspeisenschale mit Saubohnen, Buschbohnen und Schwarzem Rettich in Scheiben. Dann zweimal Hähnchenspieße, die mir später als Yakitori vorgestellt wurden. Nach dem Essen setzte er ein verschmitztes Gesicht auf und kam mit einer Flasche altem J.M.-Rum aus Martinique an. Obwohl ich Rum nicht sonderlich mag, war ich sehr ergriffen. Richard und ich stießen mit den anderen Gästen an, die ihren Sake rasch beiseiteschoben. Da sie kein Englisch, geschweige denn Französisch sprachen, lächelten und nickten wir einander abermals zu. Völlig betrunken brauchten Richard und ich über eine Stunde, um unser Hotel wiederzufinden. Am Empfang war uns eine in einwandfreiem Französisch verfasste Nachricht hinterlassen worden: Chikako Mori habe uns zum Abendessen ausführen wollen und hole uns am nächsten Morgen um halb neun für die Konferenz ab. Chikako Mori? War das ein Mann oder eine Frau? Es war eine blutjunge, bildhübsche Frau mit cremeweißem Teint, die funkelnden Pupillen halb von den Lidern bedeckt. Im Speisesaal des Hotels erzählte sie uns bei einem Kaffee, nach wie vor in gepflegtem Französisch, sie promoviere an der Hochschule für Sozialwissenschaften EHESS in Paris über die Jugendsprache der Banlieues. Souverän referierte sie über die Vororte nordöstlich von Paris, die weder Richard noch ich jemals betreten hatten. Es war eine surreale Szene.

Anschließend lotste sie uns durch die labyrinthische U-Bahn zu dem Ort, wo die Jahresversammlung der Französischdozenten stattfinden sollte. Erschöpft vom Jetlag und der so gut wie schlaflosen Nacht nickte ich ein. Die Konferenz wurde in einem geräumigen Hörsaal abgehalten und war feierlich wie ein Hochamt. Auf dem Podium sprachen erst der Oxford-Dozent, dann die japanischen Hochschullehrer.

Als der Nachmittag sich zum Ende neigte, verlasen zwei junge Frauen eine in blumigem Französisch zu Protokoll gebrachte Synthese des Kolloquiums. Während sich alle zum Ausgang schoben, stiegen wir mit Chikako in den vierten Stock – es gab keinen Fahrstuhl – und betraten einen kleinen Raum voller junger Leute, offenkundig Studenten. Da nur wenige Plätze vorhanden waren, saßen einige auf dem Boden. Andere drängten sich vor den weit geöffneten Fenstern, denn die Hitze war unerträglich. Keine Klimaanlage auf dieser Etage. Auch keinerlei Dolmetschausrüstung. Ich sollte meinen Vortrag auf Französisch halten. Der Übersetzer neben mir unterbrach mich regelmäßig, um Details zu erfragen. Nachdem ich mehr schlecht als recht gesprochen hatte, bemühte ich mich, die Fragen zu beantworten, die eine junge Frau mit rot- und eine andere mit grüngefärbtem Haar gesammelt und übersetzt hatten. Die Diskussion wollte kein Ende nehmen. Doch obwohl die Veranstaltung schlecht organisiert und das Gespräch zäh war, spürte ich tiefe Zufriedenheit. Ich war an einem Punkt angelangt, wo die Literatur eine ihrer wesentlichen Funktionen erfüllte: Verständnis für eine wildfremde Kultur zu wecken. Wir vollzogen einen Identitätstransfer. Diese jungen Japaner, verwöhnte Kinder des Pazifiks, verloren plötzlich ihren Hochmut und gaben ihre *Splendid Isolation* auf. Das dreifache Gewicht von Ausplünderung, Vertreibung und Exil der Bewohner der Karibik lastete nun auf ihren Schultern. Sie lernten das Plantagensystem kennen, wo ihr grausamer Herr sie mit der Peitsche antrieb. Sie wurden selbst zu den Verdammten dieser Erde.

Chikako geleitete uns zum Abendessen, und hinter dem Lärm und dem Neonlicht der Hauptstraßen und Boulevards kam ein Labyrinth aus schmalen, von blühenden Gärtchen umsäumten Gassen mit unscheinbaren Kneipen und Restaurants zum Vorschein. Die Studenten, die mitgekommen waren, umdrängten uns wie Stars. Sie übertrafen sich gegenseitig an Freundlichkeit. Der eine empfahl uns eine blinde Shiatsu-Masseurin, denn die seien bekanntlich die besten. Eine andere bot an, uns die umliegenden Tempel zu zeigen. Der nächste wollte uns sogar bis zu dem berühmten Goldenen Pavillon fahren, den Mishima unsterblich gemacht hatte. Chikako stellte uns einen hochgewachsenen jungen Mann vor, der schwarzes Blut erkennen ließ – als Antillanerin hatte ich dafür einen Blick. Er hieß Michaël Ferrier und war ihr Partner. Ein zweiter Mann neben Chikako stellte sich vor. Er hieß Nobutaka Miura.

»Mein Name ist zu lang«, sagte er lächelnd. »Nennen Sie mich einfach Nobu. Und das ist meine Frau Makiko.«

Nobu war Professor an der Chūō-Universität. Drei Monate im Jahr lehrte er japanische Kulturgeschichte an der Université des Antilles et de la Guyane auf Martinique. Er kannte die literarische Gruppe der Kreolisten. So schloss sich der Kreis. Da hatte ich eine halbe Weltreise gemacht und war doch fast wieder zu Hause. Chikako bestellte für uns. Wir kosteten Tempura*-Gemüse, Tempura-Garnelen, Rindfleisch-Teriyaki** und Shiitake-Pilze. In Japan sind die Portionen so winzig, dass man viel Verschiedenes probieren kann.

Chikako, Michaël, Nobu und Makiko standen uns bald sehr nahe. Wir sahen uns regelmäßig wieder – auf Guadeloupe, in Tokio, Paris oder New York. Michaël Ferrier lud ich zu einem Kolloquium an der Columbia University ein, das ich zum Thema Mündlichkeit–Schriftlichkeit organisierte. Er hielt einen bemerkenswerten Vortrag über Louis Ferdinand Céline. Er wurde ein bekannter Schriftsteller, der vor allem ein hervorragendes Buch über die Fukushima-Katastrophe in Japan schrieb.

Makikos zahlreiche Reisen zu den karibischen Inseln versetzten sie in Staunen und inspirierten sie zu *Martinique mon amour*.

Ich werde mich nicht über den touristischen, zwangsläufig banalen Teil dieser ersten Japanreise ausbreiten. Wir besuchten sämtliche Tempel in der Umgebung und bewunderten die mitunter meterhohen Buddha-Statuen. Die Harmonie der Zen-Gärten machte uns sprachlos. Um uns einen Einblick in das

* Japanischer Teig zum Ausbacken von Speisen.

** In einer Mischung aus Sojasauce, Sake und Zucker mariniertes Rindfleisch.

Japan vor dem westlichen Einfluss zu gewähren, führte uns Nobu nach Hakone: Häuser mit beweglichen Raumteilern aus Papier, kahle Zimmer ohne Möblierung, Tatamis*, gemeinsame Bäder in zweiundvierzig Grad heißem Wasser.

Eines Abends besuchten wir ein Nō-Theaterstück. Ich staunte nicht schlecht, als nach wenigen Minuten das halbe Publikum zu schlafen schien, und fragte mich, ob der vermeintliche Schlaf nicht in Wirklichkeit extreme Konzentration war. Ich habe es nie herausgefunden. Eine endlose Stunde langweilte ich mich, ging in Gedanken wieder und wieder sämtliche feinsinnigen Essais durch, die ich dazu gelesen hatte und die das Nō förmlich zum Inbegriff des Theaters erklärt hatten. Die Schauspieler bewegten sich in langen, wallenden Gewändern und Holzsandaletten über die Bühne. Sie machten Geräusche, die vom spitzen Schrei bis zu derbem Grunzen und Gurgeln reichten. Was war die Handlung? Das fragte ich am Ende Nobu, der ebenfalls in scheinbaren Schlaf versunken war. Er war in einen Stadtplan vertieft, denn wie alle, die in Tokio mit dem Auto unterwegs waren – Taxifahrer eingeschlossen –, hatte er seine Mühe, einen Weg durch das Labyrinth aus Straßen, Gässchen und Sackgassen zu finden.

»Hat es Ihnen nicht gefallen?«, fragte er zerstreut.

»Na ja, ich habe nichts verstanden«, räumte ich verlegen ein.

»Ich bringe Ihnen morgen ein Buch mit«, versprach er, »das wird alle Ihre Fragen beantworten.«

Er tat nichts dergleichen, und das Nō ist mir bis heute ein großes kulturelles Rätsel.

Ich möchte zwei Dinge hervorheben, die mir wichtig erscheinen. Erstens das Gefühl, das mich ständig begleitete. Ich hatte immer Angst in Tokio, in Japan allgemein. Ich weiß nicht, ob Angst das richtige Wort dafür ist. Michel Butor, der selbst viele Male ins Land der aufgehenden Sonne reiste, hat den womöglich treffenderen Ausdruck geprägt: »lähmende Verunsicherung«. Was mich nicht mehr losließ, war keineswegs die Furcht vor menschlicher Gewalt. Ich lebte in New York, einer Stadt, die zwar sehr viel braver geworden, in manchen Gegenden aber nach wie

* Mit Reisstroh gefüllte Matten.

vor gefährlich war. Mir war ganz schwindlig von den Geschichten über die japanische Gutmütigkeit: In der U-Bahn herumliegende Brieftaschen voller Yens wurden unversehrt zur Polizei gebracht, Diebstähle mit Einbruch oder als Rammbock benutzte Fahrzeuge waren gänzlich unbekannt. Nein, mein Gefühl rührte eher vom Bewusstsein meiner Andersartigkeit her. Ich hatte nicht das Recht, diese jahrtausendealte Kultur zu ergründen. Ich – Sklaven-Abkömmling, Enkelin des Caliban* – war nicht an meinem Platz. Ich vollzog eine Umkehr des Blicks, eine regelrechte Umwälzung.

Zweitens ist die japanische Küche die einzige, die ich zwar liebe, aber nie nachgekocht oder in meinem Sinne interpretiert habe. Die Nahrungsaufnahme ist in Japan nämlich auch ein ästhetischer Akt. Die alltäglichen, ja ordinären Essensbestandteile müssen zunächst verkleidet werden. Der Roten Bete, der Gurke, dem Rotkohl, der Alge oder dem Pilz muss eine ungewöhnliche, sie adelnde Form verliehen werden. Jedes bisschen Reis wird zum kostbaren Schmuckobjekt. Die Idee der Sättigung, die dem Akt der Nahrungsaufnahme zugrunde liegt, tritt in den Hintergrund. In *Das Reich der Zeichen* erläutert der große Intellektuelle Roland Barthes dies auf seine Weise: »Da die Zubereitung der Nahrung allein in deren Zusammenstellung besteht, bereiten Sie, wenn Sie Ihre Bissen zusammenstellen, selbst zu, was Sie verzehren.«

Man muss schon ein Wahnsinnstalent sein, um aus etwas Lebendigem ein Stillleben zu machen. Ich kenne meine Grenzen sehr gut. Ich weiß, dass ich kein Talent für die bildenden Künste habe. Wie eine fromme Bewunderin hat meine Mutter die Bilder meiner Kindheit aufbewahrt und eingerahmt: Häuser am Strand unter kreisrunder Sonne, Segelboote auf einem zu blauen Meer und so weiter. Ich kann in meinen kindlichen Kritzeleien beim besten Willen keine Begabung erkennen. Würde ich mich also an die japanische Küche wagen, dann würde ich sie nur verschandeln.

Am Ende unseres dritten oder vierten Tokio-Aufenthalts schliefen wir einige Nächte bei Nobu und Makiko, die in dem einigermaßen noblen Stadtteil Yoyogi-Shihuya wohnten. Wie

* Figur aus William Shakespeares Drama *Der Sturm*, Anagramm von *canibal* (»Kannibale«).

allerdings in Tokio üblich, war ihre Wohnung klein und mit Teppichen, Gemälden und verschiedenen Gegenständen vollgestopft. Es gab zum Glück ein Zimmer – Nobu hatte es eigentlich für seine kranke Mutter eingerichtet, die letztlich im Krankenhaus geblieben war –, das als Gästezimmer fungierte. Zu dem unvergesslichen Abschiedsessen luden sie auch Chikako und Michaël ein. Alle tranken Sake bis zum Abwinken – außer mir. Denn Nobu, der meine Vorlieben kannte, hatte für teures Geld eine Flasche Bollinger-Champagner gekauft. Auf dem Esszimmertisch standen überall kleine, rotlackierte Gefäße verstreut, die mit allerlei schräg, würfel- oder rautenförmig geschnittenem Gemüse gefüllt waren. In der Mitte thronte eine Platte mit wunderbar karamellisiertem Fisch. Dazu gab es verschiedene Tempura: Einige waren braun, andere knallgelb, wieder andere orangerot. Nach dem Reis – weiß wie die Zähne einer schönen Frau, besagt ein Sprichwort aus Guadeloupe – servierte uns Makiko ein besonders schmackhaftes Fleisch auf Spießchen, das ich nicht bestimmen konnte. Ich dachte nicht daran, Fragen zu stellen. Das war Japan: Es schenkte uns fast mystische Augenblicke des Miteinanders. Ganz gleich, ob ich etwas Ähnliches schon probiert hatte, an dieses Mal sollte ich mein Leben lang zurückdenken.

Jene Reise erneuerte die Verbindung mit unserem japanischen Freund Mitsu und seiner französischen Frau Noëlle, die frankophone Literatur an der New School lehrte. Wir gewöhnten uns zwar an, Manhattans japanische Restaurants unsicher zu machen, aber den Zauber wie bei unseren Freunden in Tokio spürte ich dort nie. Spaßigerweise verlangte und vertilgte Mitsu, wenn er zum Essen kam, stets eine ganze Schale »meines *callaloo*«, zu dem Adélias Küchenlektionen mich inspiriert hatten, vor allem aber meine Erfahrungen in Benin. Mein *callaloo* war eine alles andere als ästhetische Mischung aus Okraschoten, Spinat, Pökelfleisch und Garnelen. Dass es ausgerechnet Mitsus Leibspeise war, ist ein guter Beweis dafür, dass der Gaumen keine Nationalitäten kennt.

Ich bin oft nach Japan zurückgekehrt, fünf- oder sechsmal, glaube ich. Neben *Das verfluchte Leben* wurden dank den Bemühungen Nobus und einiger Professoren mehrere meiner Bücher ins Japanische übersetzt – *Ich, Tituba, die schwarze Hexe von Salem, Mein Lachen und Weinen, Sturminsel* – und ich von verschiedenen Hochschulen eingeladen, um sie mithilfe von Dolmetschern zu besprechen. Leider, das muss ich zugeben, hat sich die Literatur der Französischen Antillen in Japan nicht durchgesetzt. Aimé Césaire, den funkelnden Leitstern, einmal ausgenommen, haben sich nie mehr als eine Handvoll Intellektuelle für sie, diese exquisite Kuriosität, interessiert. Obwohl viele Studenten ihre Doktorarbeit über meine Bücher geschrieben haben, verkaufen sie sich nicht, was ich zutiefst bedaure.

9. CUBA LIBRE

Tituba ließ mich einfach nicht mehr los. Während in den französischsprachigen Ländern mein Roman *Segu* über den Niedergang des Königreichs von Bambara im heutigen Mali am meisten Leser fand und eine gewisse Medienaufmerksamkeit erlangte, bot im Rest der Welt die verflixte Hexe ihren ganzen Charme auf. Für alle, die den Roman nicht kennen: Tituba ist eine historische Figur, eine aus Barbados stammende Sklavin, die in die Aktivitäten der angeblichen Hexen von Salem bei Boston verwickelt war. Es ist wenig über Tituba bekannt. Da sie Leibeigene war, wurde sie nicht hingerichtet, sondern ins Gefängnis gesteckt, in dem sie viele Jahre sitzen musste. Dann wurde sie an werweißwen verkauft. Da kaum Tatsachen überliefert sind, konnte ich meiner Fantasie freien Lauf lassen. Ich schenkte Tituba eine imaginäre Lebensgeschichte und machte eine Heldin aus ihr, wie Jamaikas Nanny of the Maroons oder Guadeloupes Mulâtresse Solitude*. An den amerikanischen Hochschulen kann ich Titubas Triumph gut nachvollziehen, denn sie wurde tatkräftig von Angela Davis unterstützt. Deren Freund Howard Bloch hatte ihr eine Originalausgabe meines Buches geschenkt, und Angela Davis konnte perfekt Französisch. *Tituba* gefiel ihr so gut, dass sie ein Vorwort für die amerikanische Fassung schrieb. Ein glänzendes Vorwort, wenn auch etwas zu politisch für meinen Geschmack. Sie sah in Tituba eine Frau, die wegen ihrer ethnischen Herkunft und ihres sozialen Status von der Geschichte unterschlagen worden war. Es wäre mir lieber gewesen, sie hätte den Schwerpunkt auf Titubas provokante Liebesbeziehungen und die gewollten Anachronismen gelegt, etwa die Begegnung mit Hester Prynne im Gefängnis oder die Überlegungen zum Feminismus. Im Rest der Welt hat *Titubas* Erfolg mich immer wieder überrascht. So kam es, dass ich innerhalb eines Jahres zu Lesungen nach Kuba

* Historische Figur, verkörpert den Widerstand der schwarzen Sklaven, die 1802 gegen die Wiedereinführung der Sklaverei kämpften.

und nach Israel eingeladen wurde – in zwei so weit voneinander entfernte und so unterschiedliche Länder. Im Übrigen musste ich feststellen, dass Kuba und Israel trotz ideologischer Unterschiede erstaunlich viel gemeinsam hatten. Hier wie da waren die Menschen herzlich, neugierig und literaturinteressiert.

Zur Zeit der Kubanischen Revolution war ich zwanzig Jahre alt. Damals schwirrte mir die heroische Epoche der Barbudos*, Helden der Sierra Maestra, durch den Kopf, und Fidel Castro wurde eines meiner Idole. Besonders gern erinnere ich mich an Che Guevaras Besuch des Winneba Ideological Institute während meines Aufenthalts in Accra. Ich war ein naiv-sentimentales Mädchen, hingerissen von dem Adonis mit dem lockigen langen Haar. Scherz beiseite: Er legte uns vier Stunden lang seine Vision von einer sozialistischen Welt dar. Es gäbe weder Unterdrücker noch Unterdrückte. Alle wären in der Sorge um die Geringsten vereint. Später hörte und las ich viele kritische Stimmen, die mit der Castro-Regierung oft hart ins Gericht gingen. Sie konnten mich nicht beeindrucken, ich glaubte weiter unerschütterlich an die Kubanische Revolution.

Und doch reagierte ich nicht gerade begeistert auf das Angebot der Casa de las Américas. Das mag überraschen. Die Einladung kam im Februar – wer würde da nicht das kalte New York gegen die sinnliche Wärme der Antillen tauschen? Zum einen habe ich, wie alle echten New-York-Fans, eine Schwäche für diese Stadt im Winter. Jedes Jahr aus Neue entfaltet sie einen besonderen Zauber. Weihnachten schmückt die Plätze, Gärten und Kreuzungen mit Tannenbäumen, deren Äste sich unter dem Gewicht bunter Lichterketten biegen. Bisweilen tragen die Straßen ein bauschiges, weißes Kleid. Die Menschen wuseln geschäftig durch die Dunkelheit, erleuchtet von den Anzeigetafeln der Theater und Musicals. Allerorts vibriert die Luft, riecht nach Gewürzen und weckt die Sinne.

Zum anderen ist Kuba von den USA aus nicht gut zu erreichen. Wir mussten in aller Frühe aufstehen und von Toronto aus eine Maschine nach Havanna nehmen. Torontos Flughafen ist

* »Bärtige«: Spitzname der Rebellen während der Kubanischen Revolution.

riesengroß und ich erinnere mich, dass wir stundenlang durch die endlosen Gänge liefen, ehe wir unser Abfluggate erreichten. Am frühen Nachmittag landeten wir in Havanna. Nach einem strengen Verhör durch die Einwanderungsbehörde empfingen uns zwei freundliche, fröhliche Vertreter der Casa de las Américas und brachten uns vom Terminal zum Taxi. Ich hatte die Glut der Sonne vergessen, die weißen Wolken vor stahlblauem Himmel und die tückische Hitze, die einem bis in die Knochen zu kriechen schien. Was mich auf Kuba die ganze Zeit über irritierte, war die Mischung aus vertraut und ungewohnt. Die beiden Abgesandten der Casa de las Américas sahen wie zwei Mulatten von Guadeloupe aus. Aber sie verhielten sich viel zuvorkommender und kameradschaftlicher. Ein kleines Mädchen mit Schleifchen im Haar spazierte an der Hand eines Erwachsenen gedankenverloren zur Schule. Als sie am Bordstein stehen blieb, fiel mir plötzlich wieder ein, dass ich nicht sie war. Die Bougainvilleen und Wunderstrauchbeete, die auf der Fahrt in die Stadt zu beiden Straßenseiten an uns vorüberzogen, ließen mich an Montebello oder Capesterre-Belle-Eau denken, schienen aber in ein anderes, gleißenderes Licht getaucht. Amerikanische Oldtimer – Plymouths, Dodges, Studebakers, Chevrolets – verwandelten die Stadt in ein Hollywoodstudio der fünfziger Jahre. Da aber solche Bilder mit dem Kino allgegenwärtig geworden waren, vermittelten sie mir kein Gefühl von Fremdheit.

Wir waren im Hotel El Presidente untergebracht, einem ziemlich heruntergekommenen Luxushotel aus den Jahren vor 1920. Die Abgesandten der Casa de las Américas begleiteten uns in den Speisesaal. Ich staunte über die vielen Touristen, wusste ich doch nicht, dass trotz des amerikanischen Embargos so viele Besucher nach Kuba kamen. Eine laute venezolanische Fußballmannschaft okkupierte mehrere Tische. Ich glaube, ich habe in meinem ganzen Leben nie so schlecht gegessen wie an jenem Tag: eine fade Gemüsesuppe, geschmackloses Hühnchen und krümelige frittierte Kochbananen. Sogar der Kaffee fand keine Gnade vor meinen Augen. Womöglich war es nicht einmal *kiololo**, sondern

* Kreolischer Ausdruck für stark verdünnten Kaffee.

irgendeine bräunliche Flüssigkeit von unbestimmtem Geschmack. Als wir zu unseren Zimmern wollten, funktionierte der Fahrstuhl nicht. Wir mussten über eine Stunde auf der Terrasse warten, ehe die Mechaniker ihre Arbeit getan hatten. Mir fiel das Treiben einiger junger Frauen, fast noch Teenagern, auf, die um die Touristen herumstrichen. Was hatten sie vor? Sie benahmen sich sehr aufreizend.

All die Unannehmlichkeiten waren wie weggeblasen, als wir den großen Saal der Casa de las Américas betraten, die sich ganz in der Nähe, gegenüber des Malecón befand, wie der Uferdamm entlang der Küste Havannas heißt. Im Saal drängte sich ein bunt gemischtes Publikum: Schwarze, Mulatten und zu meinem Erstaunen auch Weiße – auf Guadeloupe sondern sich die Weißen, wenn sie nicht gerade *métros** sind, für gewöhnlich ab. Jedes Alter war vertreten: Junge saßen neben Alten, die lustige Strohhüte trugen. Während ich auf dem Podium zwischen der Dichterin Nancy Morejon, der ich auf Guadeloupe, Martinique und in den USA bereits mehrmals begegnet war, und Marco Alexander saß, einem Übersetzer der Universität, überkam mich ein schwer zu beschreibendes Gefühl. Es war anders als das, was ich einige Jahre zuvor in Japan empfunden hatte. Literatur war nicht nur in der Lage, zwischen grundverschiedenen Kulturen eine Verbindung herzustellen, eine innige Gemeinschaft zu stiften. Sie schlug auch eine Brücke der Liebe zwischen den Menschen. Gabriel García Márquez, der gesagt hat: »Ich schreibe, um geliebt zu werden«, wäre wunschlos glücklich gewesen. Plötzlich war ich wie verwandelt. Ich war die Mutter, die Tochter, die Schwester all der Menschen um mich herum. Ein Wärmestrom erfasste mich, er hatte seinen Ursprung im Herzen und im Geist des Publikums.

Die kubanische Übersetzung von *Tituba* war in einer günstigen Ausgabe erschienen, damit jeder Zugang zu ihr hatte. Ich signierte so viele Bücher, dass mir schwindelig wurde. Ich musste frische Luft im Garten schnappen, und alle sorgten sich um mich. Die Sonne war so unvermittelt untergegangen wie auf den Antillen üblich. Es war bereits dunkel. Vom Meer her, das ein paar Meter

* Abkürzung für *métropolitains:* Kontinentalfranzosen.

weiter, hinter dem Damm des Malecón sanft rauschte, wehte eine kühle Brise. Ich war so glücklich wie selten zuvor.

Fabienne Viala, eine junge Dozentin der Universität Paris V, die eigens geladen worden war, um diesen Lesern mit wenigen Vorkenntnissen *Tituba* zu präsentieren, wandte sich an mich:

»Wir essen heute Abend bei Freunden. Die Restaurants sollte man hier nämlich meiden: Sie taugen entweder nichts oder sind überteuert und taugen trotzdem nichts. Die Casa de las Américas ist so blank, dass sie nur ein Essen organisieren kann, morgen Abend, glaube ich, im Hotel Nacional, dem Grandhotel von Havanna.«

Die Straßen waren schlecht beleuchtet, weshalb Havanna nach Einbruch der Nacht etwas Unheimliches an sich hatte. Das spärliche Laternenlicht kam gegen die Finsternis nicht an. Die vielen Fußgänger, die in der Stadt noch unterwegs waren, wirkten sonderbar gespenstisch. Die Hauseingänge sahen wie gähnende Schlünde aus. Fabiennes Freunde wohnten am Rande der Altstadt.

»Für Sie ist eine Führung vorgesehen. Die Altstadt ist wunderschön, ein echtes Juwel. Das Rathaus hat keine Kosten gescheut, um fast hundert Paläste zu restaurieren.«

Wir mussten eine steile, unbeleuchtete Treppe in den dritten Stock nehmen, denn es gab keinen Aufzug in dem alten Gebäude. Zwei junge Pärchen um die dreißig warteten mit ihren Kindern auf uns. Die beiden Frauen waren Krankenschwestern in derselben Klinik, die zwei Männer Regierungsangestellte. Ihre Wohnung war geräumig, wenn auch spärlich möbliert. Sie sprachen leider kaum Französisch und erst recht kein Englisch. Obwohl unser Besuch sie merklich einschüchterte, waren sie überaus aufmerksam und sympathisch. Wir stießen zunächst mit Mojito an, der aber dem Punsch – Früchtepunsch oder einfach Zitrone-Rum-Zucker – nicht das Wasser reichen kann, wie ich finde. Dann wurde ein sehr einfaches Gericht serviert: Schweinebraten, frittierte Kochbananen, Reis und Schwarze Bohnen. Es schmeckte jedoch hervorragend und wir schlugen kräftig zu.

»Sie können sich nicht vorstellen«, raunte mir Fabienne beim Dessert zu, einem Kokospudding, der mich an Adélia denken ließ,

»was für Umstände sie sich unseretwegen gemacht haben. Ihre Mittel sind begrenzt. Sie können nur in Läden einkaufen, wo man mit Kubanischen Pesos bezahlt und bloß das Nötigste bekommt.«

Dieses System kannte ich nur zu gut. Staatliche Läden, in denen mit entwertetem Geld bezahlt wurde, und für die Wohlhabenderen Devisengeschäfte. Mir brannten Fragen auf der Zunge, aber ich wollte nicht indiskret sein und wagte nicht, sie zu stellen. Was dachten unsere Gastgeber über die Revolution? Wir wussten natürlich um die großen Errungenschaften im Bildungs- und im Gesundheitsbereich. Kubanische Lehrkräfte und Ärzte leisteten enorm viel Entwicklungshilfe auf der ganzen Welt. Aber wie war der Alltag? Sich anziehen, trinken, essen, Freunde einladen, Kinder großziehen, liebevoll für sie sorgen?

Kurz vor Mitternacht verabschiedeten wir uns. Da wir kein Taxi mehr bekamen, mussten Richard und ich zu Fuß über den Malecón zum Hotel zurück. Fabienne sorgte sich. Der Weg sei nicht sicher. Es seien schon viele Fußgänger überfallen worden. Ich stellte mich taub, denn ich hatte lange keine Seeluft mehr geatmet oder mein Gesicht von ihr umschmeicheln lassen. Wir hatten keine einzige unheimliche Begegnung, von zwei leise in der Dunkelheit kopulierenden Hunden einmal abgesehen. Im Hotel war schon wieder der Fahrstuhl kaputt. Wir mussten uns mit mehreren anderen Gästen in einen Lastenaufzug zwängen, der zum Glück funktionierte.

Am nächsten Morgen um acht wurden wir aus dem Bett geklingelt. Auf der Hotelterrasse, wo abermals ein Schwarm Mädchen um die Touristen scharwenzelte, erwartete uns eine Leserin. Sie entschuldigte sich. Sie habe gestern nicht in die Casa de las Américas kommen können, wolle aber unbedingt ihr Buch signieren lassen. Sie war eine Mulattin mit fast weißer Haut, das schöne Gesicht von grau meliertem Wuschelhaar umrahmt, und trug ein gestreiftes, schulterfreies Leinenkleid. Ihr herrischer, geradezu scharfer Ton verriet ihre Herkunft. Sie sprach fließend Englisch und Französisch. Sie stellte sich als Eugénia Reynolds vor. Hieß das, dass ihr Mann Amerikaner war? Sie reichte mir ein kleines, wie eine Mumie in Papierstreifen eingewickeltes Gemälde:

»Das habe ich Ihnen mitgebracht«, sagte sie. »Es ist von mir. Ich male ab und zu und schreibe Gedichte. Ich wollte, dass mein Bild als Cover für *Tituba* verwendet wird. Am Ende war es der Casa de las Américas aber zu teuer und sie mussten verzichten.«

Ich löste einen Streifen nach dem anderen – und hielt inne. Das Gemälde war von sonderbarer Schönheit. Es zeigte eine schwarze Frau in rotem Torselett auf einem Hof kniend. Sie hielt eine Kröte in der Hand, deren lange, krallenbewehrte Beine mit den Fingern der Frau verflochten waren. Die Frau blickte nicht auf die Kröte hinab, sondern starrte mit großen Augen geradeaus. Ihr Haar war zerzaust. In solchen Situationen klingt ein Dankeschön immer aufgesetzt oder gekünstelt. Ich gab mein Bestes.

Wir fragten sie, ob sie mit uns frühstücken wolle, doch sie schüttelte verächtlich den Kopf:

»Ich würde so was hier normalerweise nie betreten. Ich kann diese Hotels nicht ausstehen.«

Sie begleitete uns trotzdem in den Speisesaal, setzte sich zu uns und musterte ihre Umgebung mit demselben kritischen, abschätzigen Blick. Die freundlichen Grüße der venezolanischen Fußballer erwiderte sie kaum.

»Schade, dass Sie bald wieder abreisen«, sagte sie. »Ich hätte Sie in mein Landhaus eingeladen, in einem kleinen Dorf an der Küste. Es sind nur ein paar Meter bis zum Meer. Wir würden Obst und fangfrischen Fisch essen. Da holt man sich keine Ruhr, im Gegensatz zu hier.«

Eine Meinung zur Revolution würde ich von ihr ganz bestimmt bekommen. Aber ich wollte gar nicht wissen, was sie von ihr hielt. Ich wollte eine ausgewogene, objektive Meinung. Ausgewogen und objektiv – gibt es so etwas überhaupt? Hatte ich denn in *Heremakhonon* eine ausgewogene, objektive Meinung über Guinea geäußert? Meinungen sind immer subjektiv.

»Ich habe ja viel von Ihnen gehört«, fuhr sie fort. »Meine Tochter lehrt in Winnipeg, gemeinsam mit einer Kollegin aus Guadeloupe, die zur selben Zeit wie Sie am Gymnasium war. Mein Sohn lebt auch in Kanada. Er ist Arzt in Montreal. Ich bin allein hier. Mein Mann war Kanadier. Nach unserer Scheidung habe ich ihm die Kinder überlassen. Es war das Beste für sie.

Seitdem sehe ich sie nur noch ein-, zweimal im Jahr. Für gewöhnlich an meinem Geburtstag. Sie wissen ja, dass wir das Land nicht verlassen können.«

Es war kurz still, ehe sie mit ihrer leicht theatralischen Stimme erneut anhob:

»Ich weiß natürlich, was Sie denken. Ich hätte gehen können, wie alle, wie so viele andere. Die Amerikaner haben Florida an unsere Exilanten verloren. Sie fürchten und sie hofieren uns. Leider liebe ich mein Land. Ich könnte woanders weder leben noch malen. Und die Kunst bedeutet mir alles. Ich bewundere Sie dafür, dass Sie immer noch schreiben, obwohl Sie Guadeloupe ja aufgegeben haben.«

Ich protestierte heftig:

»Ich habe Guadeloupe doch nicht aufgegeben! Ich verbringe immer Weihnachten und die Sommerferien dort.«

»Drei Monate im Jahr«, spottete sie, »und das reicht Ihnen?«

Ich war zutiefst verletzt und versuchte mich zu erklären:

»Ein Land ist nicht nur ein physischer Ort, eine geografische Tatsache. Sondern vor allem eine Reihe von Empfindungen, Eindrücken, Stimmungen, eine geistige Landschaft, die man in sich trägt.«

Da bahnten sich leider die beiden Abgesandten der Casa de las Américas einen Weg zu uns. Sie holten uns für die besagte Altstadtbesichtigung ab. Ich war gezwungen, mich von Eugénia zu verabschieden, obschon ich jetzt, da unser Gespräch langsam zum Wesentlichen kam, am liebsten geblieben wäre. Exil? Ich, die ich im eigenen Land wie eine Fremde behandelt worden war, glaubte eigentlich nicht daran. Ich sage es noch einmal und hätte auch gern Eugénia davon überzeugt: Ein Land trägt man in sich und entwirft es mit dem Herzen neu.

Unsere Stadtführer waren übermotiviert. Der eine wollte uns unbedingt eine wichtige Sehenswürdigkeit zeigen, El Templete, an dem 1827* in Havanna die erste Messe gelesen wurde. Mit einer Horde Touristen aus der ganzen Welt irrten wir den

* Irrtum der Autorin. Die erste Messe in Havanna wurde 1619 gelesen, zur Erinnerung daran wurde 1827 El Templete errichtet.

ganzen Vormittag durch verschlungene Gassen, drängten uns unter die Arkaden, traten in den riesigen Räumen der Paläste auf der Stelle, überquerten kleine, öffentliche Plätze, erquickten uns am Brunnenwasser, schossen allenthalben ein paar Fotos. Zur Mittagszeit folgten wir der Masse ins Bodeguita del Medio, das nur ein paar Schritte von der Kathedrale San Cristóbal und dem El Patio entfernt war, wenn man die Abkürzung über die Empedrado nahm. Die äußerlich schlichte Kneipenwirtschaft war durch Ernest Hemingway berühmt geworden. Es gab dort exzellente Mojitos. Das Essen dagegen – Schweinebraten, frittierte Kochbananen, Reis und Schwarze Bohnen – glich aufs Haar dem Gericht, das wir am Vorabend bei Fabiennes Freunden gegessen hatten, schmeckte nur längst nicht so köstlich.

Es war nicht schwer zu erraten, dass Havanna nicht mehr das Paradies des guten Essens war. Wenn René Depestre in Paris weilte, schleppte er mich ins Celtique, eine kleine Bar gegenüber der Buchhandlung *Présence africaine*. Er erzählte mir von Kuba, wo er immer noch lebte. Er sprach von den glanzvollen Zeiten, als noch ganze, mit Gewürzkraut und Zuckerrohrscheibchen gefüllte Hammel am Spieß gebraten wurden, von Perlhühnern mit grobem Salz, Ananas mit Fleischfüllung und in Papier gebackenem Fisch. Diese Zeiten waren sichtlich vorbei. Jetzt war die Ära des Überlebens angebrochen, mit all ihren Einschränkungen. René Depestre erwähnte auch den auf Kuba grassierenden Rassismus.

»Früher waren die Tanz- und Theatersäle von Seilen zweigeteilt, damit die Schwarzen nicht die Weißen oder die Mulatten belästigen konnten. Mit Fidel ist alles anders geworden«, versicherte er mir.

Als ich den Kubaner Carlos Moore kennenlernte, bekam ich etwas anderes zu hören. Ihm zufolge hatte Fidel nichts gegen den Rassismus unternommen, der Kubas wunder Punkt geblieben sei. Die Menschen, die mich umgaben, waren zugegebenermaßen so freundlich, dass ich den Rassismus, sofern es ihn noch gab, nicht suchen wollte.

Ich weiß, ich weiß, dass ich meine Kubareise in vielerlei Hinsicht nicht ausgenutzt habe. Die Altstadt etwa habe ich nicht ausreichend bewundert, ein in der Karibik, wo alles auf Plünderei und

Überseehandel zu fußen scheint, so seltenes Gebäudeensemble von so großem Wert. Bei dem Festessen mit rund zwanzig Personen, das die Casa de las Américas mir zu Ehren im Hotel Nacional ausrichtete, habe ich die vielen Fotos von Clark Gable, Errol Flynn, Gary Cooper, Rita Hayworth und so weiter nicht genug bestaunt – von der ganzen Clique amerikanischer Stars, die aus Hollywood herbeigeströmt waren, als die Insel das Freudenhaus des Westens war, wie Frantz Fanon sie genannt hatte. Ich habe mich nicht zur Genüge auf die Spuren Hemingways begeben, obwohl ich fast alle seine Bücher kenne. Ich habe mir nicht die Mühe gemacht, sein Haus in einem Vorort von Havanna zu besichtigen, das inzwischen ein Museum war. Ich hatte nur Augen für die namenlosen Menschen, die sich um mich drängten. Ich habe nicht versucht herauszufinden, ob die Revolution sie wirklich glücklich gemacht hat. Stundenlang saß ich mit ihnen in der Casa de las Américas, signierte meine Bücher und konnte mich aufgrund der Sprachbarriere kaum unterhalten. Die Menschen gaben mir ein Gefühl von Verbundenheit, das ich nicht mehr missen wollte.

Ganz am Ende meines Aufenthalts kam das Theaterensemble Siyaj aus Guadeloupe angereist, um mein Stück *Comme deux frères* aufzuführen. Ich hatte es im Auftrag von Félix Proto, damals Präsident des Regionalrats von Guadeloupe, anlässlich des zweihundertsten Jahrestags der Französischen Revolution für Gilbert Laumord geschrieben, den ich schon sehr lange kannte. Gilbert hatte 1989 die Rolle des Märchenerzählers Zephyr gespielt. Er kannte Kuba und hatte viel mit dem Theatermann Eugenio Hernández Espinosa gearbeitet, gemeinsam hatten sie den Einfluss unserer traditionellen Märchen auf das moderne Theater analysiert, das heißt die Kontinuität zwischen Vergangenheit und Gegenwart zu erfassen versucht. Mehrmals hatte Gilbert Eugenio nach Guadeloupe eingeladen oder war für Aufführungen nach Kuba gekommen. Obwohl *Comme deux frères* auf Französisch gespielt wurde, waren beide Vorstellungen sehr gut besucht, das Publikum lachte und applaudierte, als ob es die Texte der Schauspieler einwandfrei verstünde. Am letzten Abend öffneten sich die Schleusen des Himmels und Wasserhosen überschwemmten die Straßen. Ein außergewöhnliches Ereignis, nachdem wir die ganze Woche über herrliches Wetter gehabt hatten. Es bedeutete, dass ich Kuba nachtrauerte, sagte der Volksmund. Und tatsächlich bedauerte ich, dass ich abreisen und mich vom Land und all meinen Freunden verabschieden musste. Eine Woche lang hatte ich mich gefühlt, als wäre ich in die Geborgenheit des Mutterschoßes zurückgekehrt.

10. THE LAND OF MILK AND HONEY

Meine Israelreise dagegen stand von Anfang an im Zeichen von Disput, ja Verwirrung und Schwierigkeiten. Meine Pressesprecherin im Verlag *Mercure de France* teilte mir mit, dass ein martinikanischer Schriftsteller seine Einladung nach Israel abgelehnt hatte, weil er die Politik der amtierenden Regierung nicht zu unterstützen gedachte. Sollte ich es ihm gleichtun? Ich war verunsichert. Nach einiger Überlegung entschied ich mich dagegen. Meines Wissens war es keine offizielle Einladung. Sie kam vom französischen Auslandskulturinstitut, nicht von der israelischen Regierung, die ganz bestimmt noch nie von mir gehört hatte. Ich sollte dem Lesepublikum auf unterhaltsame Weise einen im Grunde harmlosen Roman vorstellen, was mit Politik nichts zu tun hatte. Dann bat mich meine Freundin Louise Yellin, die Reise keinesfalls anzutreten, aus ähnlichen Gründen wie der martinikanische Schriftsteller:

»Es ist gefährlich«, versicherte sie mir. »Sie wollen zu allem deine Meinung hören. Zum Beispiel über den Rückzug der Israelis aus den besetzten Gebieten.«

»Ach, das glaube ich nicht«, erwiderte ich schulterzuckend. »Wen interessiert schon die Meinung einer bescheidenen Schriftstellerin – zu diesem bitterernsten Thema, das die ganze Welt spaltet?«

Dahingegen bat mich meine Freundin Ronnie Scharfman, die Einladung nach Israel keinesfalls auszuschlagen, und nannte mir zahlreiche jüdische Verbände in Tel Aviv, die sich für die Sache der Palästinenser einsetzten. Es fiel mir nicht leicht, ihr verständlich zu machen, dass ich in nur sieben Tagen bestimmt nicht dazu kommen würde, die Verbände zu kontaktieren. Ich hatte andere, wirklich ernsthafte Sorgen. Mein Sohn, der nach seiner Rückkehr aus Afrika eine ziemlich erfolgreiche Karriere als Schriftsteller eingeschlagen hatte, war ein Jahr zuvor HIV-positiv getestet worden und einer der ersten Patienten, die eine Kombinationstherapie erhielten. Ständig musste er ins Krankenhaus und wurde ein paar Tage später wieder entlassen, nur um kurz darauf erneut eingeliefert zu werden. Wir wussten nie, wie lange er in seiner Wohnung an der Place des Abbesses bleiben würde. Es war schrecklich. Noch einen Tag vor unserem Abflug wussten wir nicht, ob wir verreisen konnten.

Was soll ich zur israelischen Einwanderungsbehörde sagen, nachdem uns schon die kubanische penibel und inquisitorisch vorgekommen war? Sie verschonten Richard, dem wohl seine Hautfarbe und sein britischer Pass zugutekamen, und fielen über mich her. Drei Männer mit undurchdringlicher Miene vernahmen mich fast eine Stunde lang. Ich musste schwören, dass ich keinem Maghrebstaat angehörte und nie Kommunistin gewesen war, eine absurde Unterstellung angesichts der Tatsache, dass ich in den USA lebte und arbeitete. Für einen Augenblick war ich versucht, den unfreundlichen Beamten, die ein herzlich wenig einladendes Bild von ihrem Land vermittelten, einfach den Rücken zu kehren. Das Flugzeug war voller orthodoxer Juden mit schulterlangen Locken unter dunklen Filzhüten, wie ich sie aus Brooklyn kannte, sie schoben ihre großen, Perücke tragenden Frauen und ihre zahlreichen Kinder vor sich her. Ich mag Kinder. Ihre Spontaneität und Neugier begeistern mich immer wieder aufs Neue. Bald spielte ich mit einigen kleinen Mädchen, bis eines von ihnen auf meinem Schoß einschlief.

Am späten Abend schwebten wir in Tel Aviv ein. Sobald wir in die Stadt kamen, schlug mir ihre besondere Atmosphäre entgegen. Fröhliche Jugendgruppen zogen zu Fuß oder auf Mofas durch hell erleuchtete Straßen. Auf öffentlichen Plätzen fanden Konzerte statt. Die Alten saßen auf Bänken, sangen und schlugen den Takt. Ich staunte nicht schlecht. Ich hatte mir die Israelis finster, bedrückt vorgestellt, besessen von ihrem unseligen Streit mit den Palästinensern. Ich hatte mich wohl getäuscht.

In unserem Hotel angekommen gingen wir an die Bar, um etwas zu trinken. Zwei junge Leute setzten sich einfach zu uns.

»Was führt Sie nach Israel?«, wollten sie wissen.

Sie gestanden, dass sie noch nie von mir gehört hatten, versprachen aber brav, ein Buch von mir zu lesen, sofern sie in der Buchhandlung fündig würden. Dafür kannten sie Guadeloupe und Martinique. Sie hätten an Bord der *Costa Serena* gearbeitet, eines Kreuzfahrtschiffes, das in viele karibische Häfen eingelaufen sei. Auf Saint-Barthélemy seien sie Kellner in einem Hotel gewesen.

»Genießen Sie Ihren Aufenthalt in Israel«, wünschten Sie uns noch, ehe sie sich verabschiedeten.

Neben *Tituba* sollte ich auch ein Buch vorstellen, das noch nicht ins Hebräische übersetzt war: *À la courbe du Joliba**, ein Kinderbuch, das ich geschrieben und meine italienische Freundin Letizia Galli illustriert hatte. Wir waren gemeinsam nach Guadeloupe gereist, um das Buch zu bewerben. Die Schüler, über surrealistische Verfremdung kaum im Bilde, hatten Letizia mit Fragen überhäuft:

»Warum haben die Menschen drei Augen?«, wunderten sie sich. »Warum haben sie zwei Nasen?«

Die Grundschule, die mich eingeladen hatte, lag in Jaffa bei Tel Aviv. Da die Entfernungen in Israel kurz sind, hatten wir Zeit für einen Stadtrundgang. Tel Aviv entbehrte nicht eines gewissen Charmes. Die strahlende Sonne warf ihr Licht auf die luxuriösen Häuserreihen entlang des Meeres. Junge Leute mit gebräunter Haut tummelten sich auf Tennisplätzen oder räkelten sich auf goldgelbem Sand. Alles stand in scharfem Widerspruch zu meinen Fantasievorstellungen: fromme Asketen, die an der Klagemauer beten, ernste Rabbiner mit Rauschebart.

An der Schule in Jaffa wurde ich von einer dritten Klasse empfangen: rund zwanzig Kinder zwischen acht und neun Jahren, hübsch artig und mit süßen schwarzen Löckchen. Mir wurde aber schnell klar, dass diese Begegnung völlig anders verlaufen würde als damals auf Guadeloupe. Die Schüler interessierten sich nicht sonderlich für mein Buch, das sie mit ihrer Lehrerin freilich gelesen hatten. Sie interessierten sich nur für mich.

»Gibt es Juden auf Guadeloupe?«, fragte mich ein Kind mit ernster Miene.

Ich kramte in meinem Gedächtnis. Ich glaubte mich zu erinnern, dass in Bas-du-Fort vor kurzem eine Synagoge eröffnet worden war.

* Dt. etwa: *An der Nigerbiegung.*

»Wie denken die Leute da über uns?«, wollte ein anderes wissen. Noch während ich nach einer Antwort suchte, rief ein drittes:

»Die mögen uns auch nicht, oder?«

Urplötzlich und völlig unvorbereitet konfrontierten mich die Kinder mit der Israelfrage. Ich mobilisierte all mein diplomatisches Geschick und versuchte, der anschwellenden Flut von Fragen mit wohlüberlegten Worten zu begegnen. Ich dachte an Louises Warnungen. Sie hatte recht gehabt. Wenn schon die Fragen der Kinder eine solche Wucht erreichten, wie würde es erst mit den Erwachsenen werden, die ich am späten Nachmittag treffen sollte? In diesem Klassenzimmer erlebte ich eine der schwersten Stunden meines Lebens und verließ die Schule mit zitternden Knien. Das Kollegium und ich aßen vorzüglich in einem Restaurant ganz in der Nähe: Lebergeschnetzeltes mit Auberginenpüree. Doch ich erkannte allmählich, dass sich meine Israelreise nicht auf schmackhafte Rezepte beschränken würde.

Gegen sechzehn Uhr brachte uns ein Wagen der Kulturabteilung ins sechzig Kilometer entfernte Jerusalem, wo mich die Autorenresidenz Mishkenot sha'ananim empfing. Entlang der Landstraßen erstreckten sich in endlosem Wechsel fruchtbare Felder und Wiesen mit obstbehangenen Bäumen. Kaum zu glauben, dass hier einst Wüste gewesen war, weit und breit nichts als Kieselsteine und Dornengestrüpp. Der unglaubliche Erfindungsreichtum der Israelis hatte dieses Wunder bewirkt. Ich musste an Mutter denken. Wie gern sie, die so fromm, geradezu frömmlerisch gewesen war, an meiner Stelle, in der Wiege des Christentums, gewesen wäre. Wie gern sie die heiligen Stätten besucht hätte, am Golgotha niedergekniet, andächtig vor dem Grabe Jesu verharrt wäre. Was für mich eine gewöhnliche Urlaubsreise war, wäre für sie eine bedeutende Pilgerfahrt von unschätzbarem Wert gewesen.

Die Autorenresidenz Mishkenot sha'ananim verbarg sich in einem herrlichen, von einem Park mit allerlei Obstbäumen umsäumten Palast.

Leider waren keine weiteren Gäste anwesend. Die Residenz war unbewohnt, weshalb Richard und ich uns allein an dem ganzen Luxus, der ganzen Pracht erfreuen mussten.

Im französischen Kulturzentrum betraten wir einen überraschenderweise brechend vollen Saal. Ich fragte mich, wer diese Menschen waren, die alles stehen und liegen ließen, um eine mäßig bekannte Schriftstellerin anzuhören, die sie wahrscheinlich noch nie gelesen hatten. Tapfer ergriff ich das Wort. Ich hatte schon verstanden, dass ich nicht wie in Tokio oder auf Kuba leichtes Spiel haben würde. Ich hatte mich immer gegen eine bestimmte Lesart von *Tituba* gesträubt. Deshalb war ich auch nicht uneingeschränkt angetan von Angela Davis' Vorwort, das die spöttisch-humorvolle Geschichte in ernste, engagierte Literatur verwandelte. In Jerusalem ging es jedoch nicht, und das spürte ich, um die Auslegung eines Romans. Sondern es ging um mich – um mich, die Schriftstellerin, die Autorin. Maryse Condé. Die Roland Barthes für tot erklärt hatte. Die in den Unterrichtsräumen, in denen Literatur besprochen wurde, nie dabei war. Auf einmal war ich wieder lebendig. Ich erhielt mein Werk zurück. Ehe das Publikum mir dorthin folgen würde, wo ich es haben wollte, erwartete es, dass ich mich ihm gegenüber positionierte. Mich politisch positionierte. Solange ich nicht deutlich machte, was ich von den Israelis hielt, würden sie nicht einen Schritt auf mich zugehen. Meine Ansichten zum Nahostkonflikt sind zugegebenermaßen vage, vielleicht sogar grob vereinfachend. Ich bin nie auf den Gedanken verfallen, Israel seine Daseinsberechtigung abzusprechen, und das Grundproblem mag sich mir entziehen. Meine Freundinnen Louise und Ronnie haben mir ohne Pathos, ohne Rührseligkeit vom Leid und der Verfolgung ihrer Eltern berichtet – den Gründen für ihr Exil auf dem amerikanischen Kontinent – sowie den schmerzlichen Versuchen, sich einzugliedern. Ich träumte sogar davon, manche ihrer Erinnerungen in einen meiner Romane einzubauen. Auf jeden Fall fand ich es ungerecht, dass die USA Israel ständig zu Hilfe eilten. Letztlich glaubte ich, dass der Konflikt zwischen Israel und Palästina eine neue Version des Kampfes David gegen Goliath war, ausgenommen natürlich das Happy End. Die Palästinenser taten mir leid, ich hielt sie für die Hauptleidtragenden. Genau das versuchte ich über zwei Stunden lang einer höflichen, aber überhitzten Zuhörerschaft demutsvoll, aber nachdrücklich zu erklären. Als sich die Leute allmählich wieder zerstreuten und in Grüppchen unterhielten, kamen eine junge Frau und ein etwas rundlicher Mann mit Glatze auf mich zu.

»Sie haben sich gut geschlagen«, beglückwünschte sie mich. »Wundern Sie sich nicht, hier wird nur über Palästina geredet.«

»Wie anstrengend!«, schnaufte ich erschöpft, ein bisschen zu mir selbst. Sie hakte sich einfach bei mir unter.

»Ein guter Punsch und Sie kommen wieder zu Kräften. Dürfen wir Sie und Ihren Mann zum Abendessen einladen?«

Sie hieß Vincente und war Martinikanerin. Mit Nathan, ihrem Mann, lebte sie seit zwölf Jahren in dessen Geburtsstadt Jerusalem.

Draußen herrschte ein außergewöhnlich lebhaftes und lautes Treiben. Auf einem kleinen Platz trommelten Musikanten, ein paar Verrückte tanzten wild um sie herum. Viele junge Leute waren unterwegs, plauderten und lachten. Eindruck machten auf mich aber die bis an die Zähne bewaffneten Polizisten, die vor den Bars und Restaurants Wache standen.

»Wovor habt ihr Angst?«, wisperte ich verwundert.

»Wir sind in Jerusalem«, entgegneten Vincente und Nathan unisono, als wäre dies Erklärung genug.

Da sie nicht weit vom französischen Kulturzentrum entfernt wohnten, gingen wir zu Fuß. Ihre Wohnung mit den weißen Diwanen und den veilchenblauen Kissen war sehr elegant. Ihr Balkon zeigte auf die gewaltige, von den Israelis hochgezogene Mauer, die die Palästinenser abblocken sollte. Es war schrecklich. Das anschließende Mahl tröstete mich jedoch: Fischfrikadellen mit sämiger Safransauce und karamellisierten Rübchen.

»Das ist sephardisch«, erläuterte Vincente stolz und zufrieden, weil ich ihrem Essen so tüchtig zusprach. »Die Familie meines Mannes stammt nämlich aus Marokko. Die israelische Küche ist sehr vielfältig. Sie vereint die Spezialitäten aller Völker, die sich hier niedergelassen haben.«

Und damit stürzte sie sich in eine Beschreibung der Gerichte, die ihre Schwiegermutter liebevoll zu kochen pflegte.

»Wenn Sie möchten, begleite ich Sie in eine Buchhandlung, in der Sie Kochbücher kaufen können«, versprach sie mir.

Schon bald wurden wir von allen Seiten mit ausgesuchter Freundlichkeit und Zuvorkommenheit überschüttet – solange wir nur nicht die Beziehung zu den Palästinensern ansprachen. Manche Einheimischen zerrissen sich förmlich, damit wir möglichst viel von der reizvollen Umgebung zu sehen bekamen. Ein Pärchen etwa brachte uns bis nach Jericho in den besetzten Gebieten, eine der ältesten Städte der Region; ein anderes führte uns ins American Colony Hotel aus, wo wir ein Festmahl begingen, das ich so schnell nicht vergessen werde. Das Luxushotel rühmte sich, so unterschiedliche Persönlichkeiten wie Lawrence von Arabien, Tony Blair und Philip Roth empfangen zu haben. Mit einer Gruppe besuchten wir ein Seebad am Toten Meer. Es war sehr beliebt und quoll über von Badegästen. Junge Frauen trugen gewagte Bikinis mit tiefen Dekolletés. Das Wasser war glatt, dunkel und lud zum Ertrinken ein, dachte ich und weigerte mich zu baden, denn ich habe panische Angst vor Wasser. Diese Furcht geht auf meine Kindheit zurück. Das Sommerfrischehaus meiner Eltern lag unweit der Plage de Viard, keines schönen Strandes. Nicht zu vergleichen mit den Stränden, auf die Grande-Terre oder die Küste unter dem Winde so stolz waren. Man musste durch ein Gestrüpp, so undurchdringlich wie ein Mangrovensumpf, ehe man ein Gestade aus schwarzem, schlammigem Sand erreichte, den das trübe Meerwasser unablässig mit Seetang überspülte. Es war ehrlich gesagt nicht die hässliche Umgebung, die mich beklemmte. Adélia hatte mir eine (wahre oder erfundene?) Geschichte erzählt, die mir unaufhörlich durch den Kopf spukte: Ein *blanc-pays**, der in der Gegend eine Plantage besaß, habe Amélie, eine seiner Sklavinnen, vergewaltigt. So etwas sei oft vorgekommen, erläuterte Adélia mit einer Gefasstheit, die mich erschaudern ließ. Die Opfer bewahrten gemeinhin Stillschweigen und gebaren neun Monate später ein Mulattenbaby. Nicht so Amélie, die sich an der Plage de Viard lieber ertränkte. Bevor Seeleute sie herausfischten, trieb ihre Leiche tagelang im Wasser, an ihrer Scham hingen Algen.

Tagsüber schöpfte ich Kraft für die anstrengenden Abendveranstaltungen. Vincente zuliebe ließ ich mich auf eine Signierstunde

* Weißer, der von den ersten Kolonisatoren abstammt.

in der Buchhandlung einer ihrer Freundinnen ein. Die Gäste kamen zahlreich. Aber ich verkaufte kein einziges Exemplar. Alles drehte sich nur um einen »Terroranschlag« in Ostjerusalem. Die Attentäter, drei junge Palästinenser, seien getötet worden. Ohne Zorn, aber voll Gram, fuhr mich eine Frau an:

»Sehen Sie doch, sie wollen uns vernichten, uns auslöschen! Und Sie verteidigen sie auch noch.«

Ich? Ich verteidigte niemanden. Dazu wusste ich nicht genug.

Unser Aufenthalt in Haifa stand unter besten Vorzeichen. Unser Hotel überragte einen blauen, weit zum Horizont hin ausgerollten Teppich: das Meer. Richard und ich erlagen dem Charme dieser Stadt, in der Juden und Araber harmonisch nebeneinanderher zu leben schienen. Am Mittag aßen wir Couscous in einem netten Restaurant wenige Schritte von einem imposanten Bahai-Tempel entfernt. Das Kulturzentrum war gut besucht. Eine Stunde lang sprachen wir sogar über Literatur und *Tituba*. Als das Publikum jedoch seine Fragen stellen durfte, stand ein junger Mann auf und wollte wissen, was ich über die ungerechte Behandlung der Falaschen und der vielen afrikanischen Einwanderer dachte. Einige stellten ihn zur Rede. Ein Streit entzündete sich. Alle fingen an laut zu gestikulieren. Die zwei Veranstalterinnen bekamen es mit der Angst zu tun und setzten der Diskussion ein Ende. Das Publikum musste den Raum verlassen. Auf dem Bürgersteig kam ein Mann auf mich zu:

»So ist das in Israel. Frauen gegen Männer, Jung gegen Alt. Die, die aus Europa kommen, haben was gegen die, die aus Afrika stammen, und so weiter.«

Ob ich seinen Worten Glauben schenken konnte? Ich wusste es nicht.

Auf dem Rückweg zum Hotel bekamen Richard und ich einen großen Schreck. Eine Gruppe von sechs Jugendlichen folgte uns in einigem Abstand; jedes Mal, wenn sie uns zu nahekamen, blieben sie stehen. Wir vermuteten Araber, waren uns aber nicht sicher, denn Juden und Araber sehen einander ironischerweise oft ähnlich. Sobald wir uns ins Hotelzimmer gerettet hatten, huschten wir ans Fenster. Die Jugendlichen hatten sich nicht zerstreut. Sie saßen auf einer Parkbank gegenüber dem Hotel. Manche rauchten. Andere unterhielten sich wild gestikulierend. Wer waren sie? Unschuldige Spaziergänger? Warum hatten sie uns dann verfolgt? Waren sie Zuschauer aus dem Kulturzentrum und wollten weiterdiskutieren? Als wir gegen Mitternacht noch einmal aus dem Fenster schauten, war die Gruppe verschwunden – und wir haben nie erfahren, was sie von uns wollte.

Am nächsten Morgen fuhren wir nach Tel Aviv zurück. Das Nachmittagsgespräch im Kulturzentrum dauerte fast vier Stunden. Wie immer wurde niemand unhöflich oder ausfällig. Doch das Trommelfeuer der Fragen zu Themen, die mit Literatur nicht im Entferntesten zu tun hatten und auf die ich nicht vorbereitet war, erschöpfte mich. Ich fühlte mich wie ein flügellahmer Vogel in einer Grube voller Raubtiere, die jeden Augenblick zubeißen konnten. Niemand wollte mich fressen, dennoch zitterte ich vor Angst.

Ich hätte meine Israelwoche in schlechter Erinnerung behalten können. Aber weit gefehlt. Das gute Essen, das mir sowohl auf förmliche Einladung hin als auch in den einfachsten Kneipen serviert wurde, trug seinen Teil dazu bei. Auf der Speisekarte des American Colony Hotel etwa standen die verlockendsten Spezialitäten: Hummus, Puffbohnenpüree, eingelegte Auberginen, geschmortes Hammelfleisch, Zitronenhühnchen mit Perlzwiebeln ... Dennoch war ich froh, wieder in New York zu sein. Die lebendige, pulsierende, schwingende Stadt war absurderweise meine Oase des Friedens. Hier fand ich meine selige Anonymität wieder, und vor allem wollte niemand etwas aus mir machen, was ich nicht war.

Ich hatte mein altes, ruhiges, intellektuelles Leben zurück. Die Studenten in meinem Seminar diskutierten eifrig die *Éloge de la Créolité**. Sie bestürmten mich mit Fragen:

»Warum haben Sie nie auf Kreolisch geschrieben?«, fragte der eine.

»Haben Sie es denn nie versucht?«, wollte die andere wissen.

»Glauben Sie, dass Sie eines Tages auf Kreolisch schreiben werden?«, fragte der Nächste.

* Dt. etwa: *Lobrede auf die Kreolität.*

Erst in der Konfrontation mit ihren Fragen begann ich über mein Verhältnis zu den beiden Sprachen nachzudenken. Am Ende ist ein Satz dabei herausgekommen, den ich oft wiederholt habe: Ich schreibe nicht auf Französisch, ich schreibe nicht auf Kreolisch, ich schreibe auf Maryse Condé. Trotzdem wandelte ich meine Kurse behutsam ab. Ich hatte verstanden, dass Literatur und Politik sich nicht ganz voneinander trennen ließen. Ein Buch spricht zwar nicht, ist aber immer engagiert, ob es will oder nicht. Angela Davis hatte recht. *Tituba* war nicht nur meine Schöpfung – Medium des Anachronismus, Gelegenheit zum Spott –, sondern auch ein Zeugnis über die Situation der schwarzen Frau im Amerika des siebzehnten Jahrhunderts.

Ich hatte mir angewöhnt, nach meiner Rückkehr von Auslandsreisen unsere Freunde einzuladen, um sie mit einer neu entdeckten Speise bekannt zu machen. Als ich aus Israel kam, kochte ich wie dort gesehen nach Rezepten unterschiedlicher Herkunft. Höhepunkt dieses Essens war das Hammelfleisch mit Zitrone und Knoblauch, ein sephardisches Gericht, das ich bei Vincente kennengelernt hatte.

11. NO WOMAN, NO CRY

Das Jahr danach begann traurig, voller Schmerz. Ich kam nicht über den Tod meines Sohnes hinweg und stürzte in eine bodenlose Depression. Ich konnte nicht schreiben, mein Kopf spulte immer wieder die aufreibenden Jahre ab, die wir gemeinsam durchgestanden hatten: die ständigen Zerwürfnisse, die kurzzeitigen Versöhnungen und schließlich seinen sanften Tod, der uns wieder zusammengeführt hatte. Er wurde wieder zu dem kleinen Jungen, der schüchtern war, zart, und sehr an seiner Mutter hing. Und ich war so von den damals herrschenden Rollenklischees beeinflusst, dass ich ihn lange zu unmännlich fand und immer wieder zurückwies. Ich schickte ihn in Zeltlager und Kurse, wo er Springen, Schwimmen, Boxen lernen sollte, alles Dinge, die er hasste – und doch bemühte er sich, meine Erwartungen zu erfüllen. Mein Gott, was hatte ich mir nicht alles vorzuwerfen.

Für Auslandsreisen fehlte mir die Kraft. Auf Richards Drängen hin ließ ich mich auf Kolloquien an Hochschulen in der Nähe ein. An der Penn Station stieg ich in den Zug nach Boston. Ich mag die amerikanischen Züge; für Entfernungen, die ein französischer TGV in wenigen Stunden zurücklegt, brauchen sie mehrere Tage. Ich mag auch Boston, mit seinen eleganten Backsteinhäusern eine kalte, aristokratische Stadt. Mein Roman *Insel der Vergangenheit* spielt teilweise dort. Marie-Noëlle wird hier nach einigen Fehlstarts und Misserfolgen Literaturprofessorin.

Es war Herbst. An der Universität vollzog sich ein tiefgreifender Wandel. Die Baumkronen schmückten sich mit roten, orangen, gelben Blättern und vermittelten den Eindruck, als wandelte man vor einer prächtigen, geheimnisvollen Opernkulisse. Jutta M'Bahya, die mich eingeladen hatte, war mit einem politischen Flüchtling aus Kamerun verheiratet. Ihre Schwiegermutter schickte regelmäßige Fresspakete. Das Abendessen war bemerkenswert: *miondo* genannte Maniokstangen und eine vorzügliche braune Pastete, die ich noch nie gegessen hatte. Als ich wissen wollte, woraus sie bestand, erfuhr ich, dass es sich um Insekten, eine Mischung aus roten Ameisen und einer Raupenart, handelte. Ich weiß nicht, wie mein Magen mit dieser Erkenntnis fertigwerden konnte.

Auch der Einladung von Ama Soumaoro folgte ich, einer jungen muslimischen Dozentin an der großen katholischen University of Notre Dame. Ich war früh genug angekommen, um die Messe zu hören, und betrat eine Kapelle voller inbrünstig betender Studenten. Ich ließ mich mit der Menge zum Altar treiben und empfing die heilige Kommunion, was ich seit Jahren nicht mehr getan hatte. Kommunizieren ohne zur Beichte zu gehen? Nachdem ich womöglich eine Todsünde begangen hatte? Mein Kinderglaube holte mich ein und ich erwartete die Strafe für meinen Frevel. Aber Gott machte sich gemäß seiner Gewohnheit nicht bemerkbar. Abends organisierte die kolumbianische Leiterin des Fachbereichs ein Essen, bei dem uns eine dicke Suppe aus Mais, Kartoffeln, Hühnchen und Schweinefleisch serviert wurde. Es war eine Spezialität ihres Landes und nannte sich Ajiaco Santafereño. Dummerweise zeigte ich mich interessiert, weshalb sie mich in ihr Büro schleppte und mir fast eine Stunde lang die besten kolumbianischen Rezepte abtippte.

In Montclair, New Jersey, ließ eine andere, diesmal chilenische Fachbereichsleiterin ein Fischkopfragout bestellen, an dessen Gräten ich beinahe erstickt wäre.

Diesen oft unterhaltsamen Veranstaltungen zum Trotz war ich missmutig, träge. Häufig saß ich stundenlang auf einer Bank im Riverside Park, schenkte weder den dick eingemummelten Kindern noch den Joggern noch den an der Leine geführten Hunden Beachtung. Immer wieder warf ich mir vor, meinen Sohn nicht verstanden zu haben.

Im Mai wusste Richard nicht mehr weiter und überredete mich, die Einladung des jamaikanischen Calabash-Festivals anzunehmen. Die Sonne, das Meer und der Austausch mit anderen Schriftstellern würden mich vielleicht auf andere Gedanken bringen. Wir waren schon einmal auf Jamaika gewesen und hatten Professor Michael Dash kennen gelernt, der damals auf der Insel gelehrt hatte. Jamaika hatte durchaus seinen Reiz. Für *Das verfluchte Leben* lieh ich mir ein Gästehaus in Black River, das Waterloo Guest House, und machte es zum Nest für die Liebschaften meiner Romanheldin Thécla. Diesmal reisten wir einmal quer durch das angeblich so gefährliche Land der Maroons. Wir gelangten bis ins hinterste Tal, um andächtig vor dem vermeintlichen Grab von Nanny of the Maroons zu verharren, die im achtzehnten Jahrhundert die englischen Truppen in die Flucht geschlagen hatte. Ein Luxushotel in Ocho Rios wartete mit typisch englischem Abendessen auf: Hammelkeule, Minzsauce, gedünstetem Gemüse. Ich erinnere mich an den blütenweißen Strand von Negril, der sich weithin erstreckte und menschenleer war, sah man von ein paar Rastafaris mit ihren blonden amerikanischen Frauen ab. In Montego Bay waren wir daher nicht auf den Ansturm amerikanischer Touristen vorbereitet: regelrechte Horden von Männern und Frauen, Schwarzen und Weißen, manche ausgesprochen schmerbäuchig, in den gleichen, überwiegend geschmacklosen Shorts und Blumenhemden.

Glücklicherweise konnten wir rasch fliehen, denn das Calabash-Festival fand kilometerweit (drei Autostunden) entfernt bei Black River statt. Jamaikas Schönheit ist weltbekannt. Beidseits der Straße zogen die harmonischsten, abwechslungsreichsten Landschaften an uns vorüber: sanft geschwungene, üppig bewachsene Hügelketten, zackige Steilküsten und wüstenhafte Weiten.

Wir erreichten Black River bei Einbruch der Nacht. Unser Hotel Jake's Place lag einige Kilometer außerhalb in der Gemeinde Treasure Beach. Seine hübschen Cottages standen verstreut in einem großen Garten mit Pool. Sie überragten die unermessliche Weite des Meeres und seine abertausend Wellen, die sich bis zum Horizont kräuselten. Das anschließende Abendessen war diesem Rahmen nicht ebenbürtig. Zum Glück ließen uns die Klänge eines Reggae-Ensembles die Enttäuschung vergessen. Ich wunderte mich über den Andrang. Immer mehr Menschen strömten herbei, suchten sich einen Platz und setzten sich zur Not mitten auf die Gartenwege.

Schon bald erkannte ich, dass das Calabash-Festival ein unverwechselbares Profil besaß, das seine allgemeine Beliebtheit erklärte. Es war eine Institution und jedes Jahr aufs Neue ein Ereignis. Rundfunk und Presse berichteten über jede Einzelheit. Die Veranstalter versäumten nicht, bekannte Autoren zu bemühen, diesmal Michael Ondaatje, Caryl Philips, Kwame Dawes, Colin Channer und ein afroamerikanisches Dichterinnenquartett. Allerdings waren sie von untergeordneter Bedeutung, denn das Festival basierte auf fünf außergewöhnlichen Regeln.

Erstens: Jeder Mensch erlebt etwas Einzigartiges, von dem er erzählen kann.

Zweitens: Es gibt keine Erzählnormen und alle dürfen sich ausdrücken, wie sie wollen.

Drittens: Kreativität erwächst nicht allein aus Bildung. Jemand, der als »bildungsfern« gilt, kann von Einfällen sprühen.

Viertens: Die Veröffentlichung fesselt das Wort. Man sollte nicht danach trachten, publiziert zu werden, sondern die Spontaneität der Mündlichkeit wahren.

Fünftens: Frauen sind genauso kreativ wie Männer.

Ich war von diesen Regeln mitnichten überzeugt. Literatur ist ein schwieriges Handwerk, das man nur mit tiefreichender Weltkenntnis erlernen kann. Gute Bildung ist eine Voraussetzung.

Unterhalb des Hotelgartens standen zwei große Zelte. Das eine diente als Kantine, in der man jederzeit etwas zu essen bekam. Im anderen waren Stühle aufgereiht, davor ein kleines Podest mit Mikrofon. Hier fanden täglich Open-Mic-Sessions statt. Jeder konnte sich auf eine Liste setzen lassen und dem Publikum seine Geschichte erzählen. Jeder durfte so lange sprechen, wie er wollte, und wenn er lustig war, auch zweimal am Tag. Zu den Open-Mic-Sessions stürmten die Gäste das Zelt. Sogar aus der Hauptstadt Kingston oder aus Port Antonio kamen sie angereist.

Auch Richard und ich besuchten die Sessions. Sie gefielen mir ehrlich gesagt nicht besonders, ja sie langweilten mich. Was als Spontaneität durchgehen sollte, wirkte unvorbereitet. Die meisten Auftritte waren monoton und uninspiriert. Die Frauen beklagten sich ein ums andere Mal über männlichen Chauvinismus, besitzergreifende Kinder und fehlenden Raum für Kreativität. Die Männer wiederum beklagten sich über die Gleichgültigkeit und die Kälte einer Gesellschaft, der es nur um materiellen Wohlstand geht.

Nirgendwo erkannte ich ein besonderes Talent. Die Klagelieder kamen mir trivial vor. Als die erregten Zuschauer mit Diskutieren gar nicht mehr aufhören wollten, fühlte ich mich sehr fehl am

Platz. Ich versuchte, Anschluss an ein paar Frauen zu finden. Sie nahmen mich nicht gerade begeistert auf. Vermutlich schreckte mein Status als Professorin sie ab. Ob ich wollte oder nicht, ich war die dröge, schulmeisternde Oberlehrerin.

Dennoch kam ich mit einer gewissen Edna ins Gespräch. In einem langen Prosagedicht hatte sie zum Ausdruck gebracht, was sie beim Tod ihrer Tochter empfunden hatte. Ihr Text hatte mich zutiefst bewegt. Ich hörte darin meine eigene Reue widerklingen. Ansonsten war Edna nicht sehr umgänglich. Sie wies die leiseste Kritik zurück und empfand ihr Werk offenbar als perfekt. Ein regionaler Zeitungsartikel, der sie in höchsten Tönen lobte, war ihr zu Kopf gestiegen. Sie hatte sich sogar den Luxus geleistet, ein Angebot des einzigen jamaikanischen Verlags auszuschlagen. Ich ließ mich wie eine Anfängerin, einen Neuling behandeln, denn auch das ist Literatur: eine Schule der Demut. Edna musste vorzeitig in ihre Heimatstadt Porto Antonio zurückkehren. Dort sollte sie Ehrengast einer Abendveranstaltung sein.

Die Festivalverpflegung war fettig und schwer. Es gab vor allem Zicklein-*colombo* und *jerk pork,* dicke Scheiben geräuchertes Schweinefleisch, mit der immer gleichen Reisbeilage. Wir aßen daher lieber in Treasure Beach, einem netten Fischerdorf. Unser liebster Rückzugsort wurde *Captain Nemo,* ein Pfahlbau im Wasser. Dort gab es immerhin frischen Fisch.

Eines Mittags begegneten wir im *Captain Nemo* Kwame Dawes und einer der afroamerikanischen Dichterinnen, Laura Adamson. Sie war sehr zurückhaltend und nahm an den Open-Mic-Sessions teil, ohne Fragen zu stellen oder auch nur den Mund aufzumachen; ich wusste, dass sie in Yale Philosophie lehrte. Ihre Gedichte erschienen in *Sulfur,* einer namhaften amerikanischen Zeitschrift.

Kaum hatten wir uns zu ihnen gesetzt, da rief mich Laura zur Zeugin auf:

»Ein tolles Festival, oder? Ich würde gern ein paar von den Frauen fragen, ob ich ihre Geschichten für einen Gesang von mir verwenden darf.«

Ich gestattete mir einige maßvolle Einwände. Konnte man den Schriftstellern, auch wenn sie sich als Schriftsteller der besonderen Art bezeichneten, nicht empfehlen, mehr an ihren

Texten zu feilen? Gefühle trugen nicht weit genug. Auch Wörter und Metaphern mussten sorgfältig ausgewählt werden.

»Sie sind aber elitär«, versetzte Laura lachend.

War ich das? Ich wollte mich gerade verteidigen, als sie fortfuhr:

»Kommen Sie doch morgen Nachmittag in mein Hotelzimmer, um ein paar Autorinnen kennenzulernen. Das wird gemütlicher als auf dem Festival.«

Ich war ein wenig pikiert und nahm Lauras Einladung nicht an. Meine alten Ängste bezwingend, entschied ich mich für einen Ausflug aufs Meer, den das Festival organisierte. Ich wusste nicht, was mich erwartete. Wir mussten uns in kleine Boote zwängen und die dunklen, unergründlichen Wasser des Black River hinauffahren, der an Steilufern und kleinen Buchten vorbeimäanderte, wo halbnackte Männer ihre Tiere tränkten. Wir kehrten ins Port Grove ein, ein sonnenverwöhntes Wirtshaus, das von Lucy und Terrence betrieben wurde, einem jamaikanischen Paar mit weißer Haut und ziegelroten Wangen. Wir bekamen eine üppige Mahlzeit serviert. Neben dem unverzichtbaren *jerk pork* hatten Lucy und Terrence auch eine Art Nationalgericht zu bieten: Akee, eine Obstsorte, die ich nicht beschreiben kann, mit Klippfisch. Jeder kannte die beiden und auch sie kannten jeden und verteilten freundschaftliche Schulterklapse nach allen Seiten.

Gegen drei kehrten wir zur Mündung des Black River zurück. Dort ließen wir die Küste hinter uns und trieben, wie mir schien, weit aufs Meer hinaus. Metalltreppen, die aus den Wellen emporragten, führten auf eine einfache Plattform mit einer Bar. Eine erstaunliche, mit den Tiefenströmungen hin und her wogende Konstruktion. Mir schien, die Fluten könnten mich jederzeit fortreißen. Während die anderen sich auf den Rumpunsch stürzten, krallte ich mich an meinem Tisch fest.

»Wovor hast du denn Angst?«, spöttelte Kwame Dawes. »Wir sind doch alle erfahrene Schwimmer. Wenn du ins Wasser fällst, ziehen wir dich wieder raus, fertig.«

Jamaika war kein Wundermittel. Dennoch konnte ich fortan wieder nach vorn blicken und mein Leben weiterleben. Was geschehen war, war geschehen, ich konnte nichts daran ändern. Ich fand an den Schreibtisch zurück und fing wieder zu schreiben an:

einen Roman, aus dem *Requiem für einen schwarzen König* wurde. Beim Korrekturlesen wurde mir bewusst, dass er widerspiegelte, was mich auf dem Calabash-Festival beschäftigt hatte. Wenn mein Held Djéré die traditionellen Geschichten aufzuschreiben versucht, die sein Großvater ihm erzählt hat, als er noch ein kleiner Junge war, lasse ich damit meine Überlegungen zum Verhältnis von Mündlichkeit und Schriftlichkeit erkennen. Jean-Jacques Rousseau, der Bücher bekanntlich verabscheute, betont die Überlegenheit der gesprochenen Sprache gegenüber dem geschriebenen Text. Im Kern geht er so weit, das Geschriebene mit einer Leiche zu vergleichen, an der man die Schönheit des lebendigen Wesens vergeblich sucht. Solche Behauptungen finde ich übertrieben. Mündlichkeit und Schriftlichkeit sind eng miteinander verflochten, beide wollen sie der Literatur ihren Stempel aufdrücken. Ich persönlich brauche Musik zum Schreiben und kann mich für alle Musikrichtungen begeistern. Was bedeutet, dass ich mich nicht sehr weit von der Mündlichkeit positioniere.

Als wir Jamaika verließen, verlor sich mein Kontakt mit Laura Adamson. Obwohl Yale und Columbia nicht weit auseinanderlagen, bemühten wir uns nicht um ein Wiedersehen. Rund ein Jahr nach unserer Begegnung ließ sie mir ein Buch mit dem Titel *Hubbub* zukommen. Es war ein langes, eindringliches Gedicht voll Wehmut und nicht ohne Charme. Ich meinte die Geschichte Ednas darin zu erkennen. Sie war aber so bereinigt, geschliffen, verklärt, dass ich mir nicht sicher bin. Ich schickte ihr eines jener konventionellen, nichtssagenden Glückwunschschreiben. Erst viele Jahre später sollte ich Laura unvermutet wiedersehen.

12. NKOSI SIKELEL' IAFRIKA

Ich muss gestehen, dass ich keine eifrige Kämpferin der Anti-Apartheid-Bewegung war, obwohl mir das System natürlich höchst ungerecht vorkam. Ich nahm zwar an allen Protestmärschen und Demonstrationen der Universitäten teil, an denen ich lehrte. Ich unterzeichnete Petitionen und wiederholte die Parole »Desinvestiert!«, die meine Studenten der Regierung an den Kopf warfen, weil sie mit dem verfemten Staat Handel trieb. Doch ich war nicht mit ganzem Herzen dabei. Ich fand, das in den Medien viel diskutierte Problem Südafrikas, das die ganze Welt missbilligte und gelöst haben wollte, verdecke ebenso ungeheuerliche Affronts gegen weniger bekannte Völker, die allerdings auf Gleichgültigkeit stießen. Als Nelson Mandela am 11. Februar 1990 aus seiner Haft entlassen wurde, verfiel auch ich dem bezaubernden Paar, das er und seine Frau Winnie abgaben. Beide waren so schön, so würdevoll. Ihre Trennung und spätere Scheidung erlebte ich wie einen persönlichen Schicksalsschlag. Natürlich bewunderte ich Winnie nach wie vor. Hartnäckig weigerte ich mich, an die Anklagen zu glauben, die gegen sie vorlagen. Sie verkörperte für mich eine Art revolutionäre Gewalt, die angesichts der für das Regieren notwendigen Kompromisse zur Belastung wurde.

Als große Anhängerin Frantz Fanons nahm ich die Einrichtung der Wahrheits- und Versöhnungskommission mit Skepsis auf. Hatte mein geistiges Vorbild nicht behauptet, für seine Wiedergeburt müsse der neue Mensch mit dem Blut seines Peinigers getauft werden? Der Begriff der Versöhnung war wohl vor allem dem Gehirn von Desmond Tutu entsprungen. Kirchenführer dürfen sich niemals in die Politik einmischen. Dieser Fall war, wie ich fand, der beste Beweis. Südafrika blieb für mich ein fernes, irgendwie mythisches Land. Umso größer war mein Erstaunen, das bald in helle Freude umschlug, als zwei Einladungen bei mir eintrafen.

Die erste kam vom Literaturfestival *Time of the Writer,* das jedes Jahr in Durban stattfand. Die zweite von Françoise Verges, die mich für ein Kolloquium über schwarze Ästhetik anwerben wollte, ausgerichtet vom französischen Kulturinstitut in Kapstadt. Das Problem war, dass ein Zeitraum von über einem Monat zwischen den beiden Veranstaltungen lag. Richard und ich überschlugen fieberhaft, ob wir durchgehend in Südafrika bleiben konnten, wo wir niemanden kannten. Wir mussten im Hotel wohnen, jeden Tag essen gehen und ein Auto mieten, wenn wir uns frei bewegen wollten. Ohne zu wissen, wie wir über die Runden kommen sollten, ließen wir es darauf ankommen und flogen von Atlanta über Johannesburg nach Durban.

Bereits in den ersten Tagen legte sich mir eine Enttäuschung auf die Brust, die ich nicht beschreiben kann. Das *Time of the Writer* hatte kein klares Profil wie das Calabash-Festival, nichts von seinem Zulauf oder seiner Medienwirksamkeit. In größtenteils leeren Räumen fanden öde Vorträge und Gesprächsrunden statt. Mit viel Geld hatten die Veranstalter hochkarätige Namen versammeln können, darunter die Französinnen Sylvie Germain und Nancy Huston, die Engländerinnen Margaret Drabble und Joanna Trollope sowie den Ivoren Ahmadou Kourouma. Die hatten aber offenbar nichts zu sagen und nicht die geringste Lust, dort zu sein, wo sie waren. Joanna Trollope setzte sich übrigens einfach ab und unternahm auf eigene Faust eine Tournee durch die südafrikanischen Buchläden. Wenig später verschwand auch Nancy Huston in Richtung Kapstadt, um dort Coetzee und Breyten Breytenbach zu treffen. Das *Time of the Writer* wurde mir bald lästig. Was aber konnte ich stattdessen tun? Womit sollte ich mir die Zeit vertreiben? Das Nightingale-Hotel, wo die Mitwirkenden untergebracht waren, lag an einem weitläufigen Strand vis-à-vis dem spiegelglatten, blassblauen, zur Haiabwehr von Netzen durchzogenen Indischen Ozean – genug, um jede Anwandlung von Badelaune zu unterbinden. Nur wenige Unerschrockene entfernten sich zaghaft einige Meter von der Küste. Jeden Morgen gegen zehn holte uns ein Bus ab, und widerwillig fuhren wir ins Kulturzentrum. Wir durchquerten die Vorstädte von Durban, eine Aneinanderreihung gleichförmiger Türme mit einheitlich bepflanzten Balkonen. Ebenso trostlos war die Innenstadt. Schnurgerade Straßen, die sich im rechten Winkel schnitten. Streng gestutzte, in regelmäßigen Abständen auf die Bürgersteige gesetzte Bäume. Eingezäunte, für Haustiere verbotene Rasenplätze.

Durban beherbergte ein Apartheid-Museum. Wer dorthin eilte, wurde allerdings schwer enttäuscht. Es gab nur ein paar schlechte Fotografien aus dieser vergangenen Zeit zu sehen. Die einzige Attraktion: Dank der ethnischen Herkunft seiner Einwohner strotzte Durban von indischen Restaurants. Wir wurden Stammgäste des Oriental Palace, ungeachtet seines schwülstigen Namens ein gewöhnliches Wirtshaus.

Die Inder in Durban waren ganz anders als die Inder in Indien. Sie waren die Freundlichkeit selbst. Die meisten hatten noch nie von Guadeloupe gehört. Also hielt ich jedes Mal einen kleinen landeskundlichen Vortrag, bei dem ich die zahlreichen Inder auf den Antillen erwähnte.

»Fahren Sie nach Pietermaritzburg«, empfahl uns Srinivas, einer der Kellner, immer wieder. »Da ist Mahatma Ghandi als junger Anwalt aus dem Zug geworfen worden – von einem Weißen, der sich darüber aufgeregt hat, dass ein Inder erster Klasse reist. Dort ist die gewaltlose Bewegung entstanden.«

Aus mir unbekannten Gründen – vielleicht, weil ich aus Guadeloupe stamme – wurde von allen in Durban anwesenden Schriftstellern ausgerechnet ich für ein Gespräch mit einer muslimischen Schulklasse ausgewählt. Ich wurde im Ehrensalon empfangen, wo Porträts von rund zehn schnurrbärtigen Männern hingen. Muslimische Persönlichkeiten wahrscheinlich, die ich nicht kannte. Es erwarteten mich rund dreißig indische Teenager in eleganten gelbgrünen Schuluniformen, umringt von einem Dutzend wie knurrige Zerberusse aussehenden Lehrkräften. Sie sprachen sofort ein Thema an, das ihnen am Herzen zu liegen schien: Soeben sei die über Salman Rushdie verhängte Fatwa vom Ajatollah Khomeini bekräftigt worden. Was ich darüber dächte. War das nicht gerecht? Ich hatte *Die satanischen Verse* nicht gelesen und kannte Salman Rushdie noch nicht. Trotzdem verteidigte ich die Freiheit des Schriftstellers. Es folgte eine turbulente Diskussion. Die Lehrer schienen der Fatwa größere Wichtigkeit beizumessen als ihre Klasse. Gegenüber den wenig einflussreichen Gesprächspartnern dieser Provinzschule riskierte ich nicht viel. Dennoch bin ich froh, fest zu meiner Meinung gestanden zu haben.

Nach der Abschlussveranstaltung des *Time of the Writer* überlegten Richard und ich, einige Tage in Johannesburg zu verbringen, womit wir einen Proteststurm auslösten. Ob wir verrückt seien? In Johannesburg würden inzwischen die meisten Gewalttaten verübt, es sei der gefährlichste Ort der Welt. Mit dem Ende der Apartheid hätten die Weißen ihre Villen und Apartments verlassen, die anschließend von Arbeitslosen, Drogendealern und anderen Schurken besetzt worden seien. Jeden Tag türmten sich am Straßenrand neue Leichen auf.

Das apokalyptische Szenario machte uns Angst. Als wir uns gerade beratschlagten, bot das in Südafrika sehr aktive französische Kulturinstitut allen Autoren, die in Johannesburg durch die Frankophonie*-Tage führten, eine Kostenübernahme an. Trotz meiner Vorbehalte gegen den Begriff »Frankophonie« konnte ich nicht anders, als das Angebot anzunehmen.

Also steckte man uns in eine Villa im Vorort Melville, deren Zimmer um einen winzigen Pool angeordnet waren. Bereits am frühen Morgen hörten wir die Bediensteten schwatzen, schimpfen oder lauthals lachen. Abends setzte sich eine Einsatzgruppe des Sicherheitsdienstes auf den Gehweg und spielte laut Karten. Der einzige ungestörte Moment war das Frühstück. Ahmadou Kourouma, der unter Schlaflosigkeit litt und alle Nächte durchschrieb, las aus seinem künftigen Roman *Allah muss nicht gerecht sein* vor. Ahmadou Kourouma war schon sehr geschwächt. Seinen Humor, seine Höflichkeit und seine extreme Einfachheit hatte er sich aber bewahrt.

»Lad mich doch nach Amerika an deine Uni ein«, neckte er mich. »Du wirst schon sehen, ich hab viel zu erzählen.«

Ich kam nicht mehr dazu. Noch während ich die interessierten Romanischen Institute abklapperte, erreichte mich die traurige Nachricht von seinem Tod.

In der Villa von Melville betrat ich ungeniert die Küche. Die Bediensteten, von meinen häufigen Überfällen zutiefst

* Weltweite französische Sprachgemeinschaft.

schockiert, reagierten mit versteinerten Gesichtern und einsilbigen Antworten. Trotzdem lernte ich, wie man Ragout von der Impala, vom Kudu oder vom Afrikanischen Strauß machte. Eine besonders feindlich gesinnte Angestellte grummelte etwas vor sich hin, was meine Mutter sofort unterschrieben hätte:

»Eine echte Dame hat in der Küche nichts zu suchen.«

Auch die Zubereitung des *pap* lernte ich, der Schwarzen wie Weißen schmeckt und als südafrikanisches Nationalgericht gilt. Es handelt sich um Maisbrei mit Tomaten und der Würzsauce *chakalaka*.

Man konnte jedoch kaum so dicht an Johannesburg wohnen, ohne es zu besichtigen. Eines Tages hielten wir es nicht mehr aus und beschlossen, alle Warnungen in den Wind zu schlagen. Drei Taxis weigerten sich, uns mitzunehmen. Ein viertes willigte unter zwei Bedingungen ein: Es würde nicht anhalten und die gefährlichsten Stadtteile meiden. Als wir uns geeinigt hatten, verriegelte der Fahrer die Türen und kurbelte die Scheiben hoch – wir saßen in einem Brutkasten. Abgesehen von den dunklen Fassaden verlassener Gebäude mit ihren weit offenstehenden oder brettervernagelten Fenstern bekam ich nicht besonders viel von Johannesburg zu sehen. Es herrschte ein Kommen und Gehen, statt fröhlich bunter *camisoles** oder *pagnes* wie in Westafrika trugen die Menschen triste alte Fetzen.

Die Frankophonie-Tage waren nicht interessanter als das *Time of the Writer*. Vormittags standen Signierstunden in leeren Buchhandlungen an. Nachmittags in Bibliotheken und Mediatheken, wo ebenfalls niemand kam. Den Bemühungen des Kulturinstituts zum Trotz war die französische Sprache in Südafrika offensichtlich nicht gefragt.

Große Ehre: Der französische Botschafter lud uns zum Mittagessen nach Pretoria auf seinen prunkvollen Amtssitz ein. Er war ein redegewandter Mann und ein persönlicher Freund von Präsident Chirac. Ich fühlte mich geschmeichelt, denn er hatte *Segu* gelesen und verglich ihn mit einem historischen Roman, den er selbst geschrieben und von dem ich zu meiner Schande noch nie gehört hatte.

* Weite Bluse.

»Thomas Mofolo macht uns Konkurrenz mit seinem *Chaka*«, scherzte er, »aber unsere Bücher sind genauso gut.«

Beim Essen – einem Klassiker: Tournedos Rossini mit Rissolée-Kartoffeln – sprach er ausführlich über seinen Roman. Die Zulu faszinierten ihn. Die Volksgruppe sei von allen bekämpft worden, die sich in Südafrika angesiedelt hätten: Engländern, Buren, aber auch anderen afrikanischen Völkern. Inzwischen seien sie zu Touristenattraktionen herabgesunken, die als Tänzer und Speerwerfer die Fremden unterhielten. Beim Dessert, einem Omelette surprise, fragte er mich:

»Möchten Sie den Präsidenten Nelson Mandela kennenlernen?«

Ich stammelte ein verblüfftes Ja.

»Er würde sich über ein Gespräch bestimmt sehr freuen«, fuhr er fort. »Ich werde ein Treffen arrangieren.«

Für ein paar Tage schwebte ich über allen Wolken. Endlich würde ich Mandela alle Fragen stellen können, die mir auf der Seele brannten. Hatte die furchtbare Gewalt, die das Land seit dem Ende der Apartheid entstellte, ihren Ursprung nicht zum Teil auch in der befohlenen Vergebung und Versöhnung? Da sich das Volk nicht an seinen einstigen Peinigern vergreifen durfte, wandte es sich in einem Akt der Selbstverstümmelung gegen die eigenen Leute. Wahrscheinlich musste die Gefahr eines Bürgerkriegs gebannt werden, aber standen denn keine anderen Mittel zur Verfügung? Leider kam es nie zu unserem Treffen. Eines Morgens rief mich ein Sekretär an und teilte mir mit, dass der Terminkalender des Präsidenten zu voll sei. Unsanft landete ich wieder auf der Erde.

Nach den Frankophonie-Tagen blieb uns noch eine Menge Zeit. Richard und ich beschlossen, den Nationalpark Kwa Maritane zu besuchen. Wenn schon kein Großwild, so würden wir zumindest die Zeit totschlagen. Es gab da nur eine Sache, die wir nicht bedacht hatten. Bislang hatten wir uns stets im Schutz einer bunten Gruppe von Afrikanern, Europäern, Indern und Asiaten bewegt. Von einem Tag auf den anderen standen wir allein da. Wehrlos. Ein weißer Mann und seine schwarze Frau, in einem Land, in dem Mischehen bis vor kurzem gesetzlich verboten waren. Aus den Blicken sowohl der Weißen als auch der Schwarzen um uns herum sprach tiefe Feindseligkeit, wenn nicht gar Hass.

Anfangs spielte Richard den starken Mann. Er wollte mir einreden, dass meine schriftstellerische Fantasie mit mir durchging. Mit der Zeit erkannte er, dass die giftige Atmosphäre keine Einbildung war und auch auf ihn abfärbte.

Kwa Maritane beherbergte einen Hotelkomplex und ein Casino. In dem mehrere Tausend Hektar großen Nationalpark bewegten sich die Tiere fast auf freiem Fuß. Um sie bei ihren gewohnheitsmäßigen Aktivitäten zu überraschen, stiegen die Besucher bei Sonnenaufgang in Jeeps mit Rangern am Steuer und durchstreiften den Park auf befahrbaren Wegen. Mir wurde sehr schnell klar, dass die schlafenden, spielenden, kopulierenden oder jagenden Wildtiere harmloser als die Menschen waren. Jedes Mal, wenn ich den Speisesaal betrat, lief es mir eiskalt über den Rücken. Eine Totenstille machte sich breit und hundert Blicke durchbohrten uns. Sogar die Kellner kamen nur zögerlich auf uns zu. In einer Ecke war zum Glück ein herrliches Buffet angerichtet, an dem Selbstbedienung herrschte. Wir hüteten uns, das reiche Unterhaltungsangebot in den Veranstaltungsräumen zu nutzen: Filmvorführungen, Konzerte, Vorträge. Hastig verschlangen wir unser Frühstück und zogen uns wieder aufs Zimmer zurück, wo wir bei jedem Geräusch aufschreckten: Motorenknattern wie Kalaschnikowsalven, unerklärliches Donnergrollen, Explosionen. Am schlimmsten waren die Abende. Um zum Essen in den Speisesaal zurückzukehren, mussten wir einen weitläufigen, spärlich beleuchteten Park durchqueren, in dem geisterhafte Schatten ihr Unwesen trieben. Hinter jedem Gebüsch wähnte ich einen Angreifer.

Ungemein erleichtert ließen wir Kwa Maritane hinter uns und nahmen ein Flugzeug nach Kapstadt. Die Erleichterung war leider von kurzer Dauer. In *Histoire de la femme cannibale** habe ich die nachhaltigen Eindrücke zu schildern versucht, die Kapstadt bei mir hinterlassen hat. Faszination. Abscheu. Entsetzen. Ich hoffe, dass sich mittlerweile etwas geändert hat. Als ich 1998 nach Kapstadt kam, war es eine weiße Stadt, eine für Weiße gemachte Stadt der Weißen. Von der Apartheid geprägt, scherte es sich

* Erschienen 2005. Dt. etwa: *Die Geschichte der Kannibalin.*

wenig um die demokratischen Veränderungen im Land und verbannte erbarmungslos jeden, den es für minderwertig hielt, in den umliegenden Slumgürtel. Wenn ich nachts von einem Restaurant kam, stellte ich mir vor, wie Polizisten aus der Dunkelheit auftauchten, meinen Ausweis verlangten, den ich nicht vorzeigen konnte, und mich ins Gefängnis warfen, wo ich grün und blau geschlagen wurde.

Als wir Kapstadt erreichten, erschütterte ein schreckliches Ereignis die Gemüter. Die Leiterin eines Sonntagschors, Fiela, eine allseits respektierte, von ihrer Kirche geschätzte schwarze Frau, hatte ihren Mann ermordet. Anschließend hatte sie ihn in Stücke geschnitten in den Kühlschrank gelegt. Seither aß sie ihn, mal als Ragout, mal als Schaschlik. Manchmal hackte sie ihn fein und machte jene dicken, in Südafrika sehr beliebten Würstchen aus ihm. Den Polizeibeamten, die sie festnahmen, soll Fiela schlicht gesagt haben: »Es war an der Zeit. Er oder ich.« Man kann *Histoire de la femme cannibale* wie einen Dialog mit der grausamen, rätselhaften Mörderin lesen, was die wiederkehrenden Metaphern erklärt. Psychiater, manche waren aus England angereist, untersuchten ihr Verhalten. Eine Paarbeziehung sei der Schauplatz eines wilden Machtkampfs, behaupteten sie, und einer von beiden unweigerlich das Opfer. Ich, die ich die Partnerschaft immer als wunderbaren Hand-in-Hand-Spaziergang gesehen hatte, staunte nicht schlecht. Was für ein Abgrund, was für eine Falle verbarg sich dahinter? Fielas Gesicht, zu sehen im Fernsehen und auf den Titelseiten sämtlicher Zeitungen – düster, undurchdringlich, die Augen zu glasigen Schlitzen verengt, die Lippen über den Reißzähnen zusammengepresst –, dieses Gesicht ließ mich nicht mehr los. Vierzig Jahre war sie die perfekte Ehefrau gewesen, hatte ihren Mann bekocht und seine Wäsche gewaschen und gebügelt, bis zu ihrer entsetzlichen, verhängnisvollen Tat. Welche geheimen Spannungen verbergen sich hinter scheinbarer Nähe und Vertrautheit? Da kam mir die Idee, in *Histoire de la femme cannibale* das Porträt eines gemischten Paares wie uns zu zeichnen, wobei der Mann ein Doppelleben führt, von dem seine Frau nichts ahnt. Sie ist auch Malerin, Künstlerin also, und sucht nach einer Ausdrucksmöglichkeit.

Im Gegensatz zum *Time of the Writer* war das Kolloquium über schwarze Ästhetik wundervoll. Es brachte einige der gefragtesten Intellektuellen zusammen, darunter Françoise Verges, Achille Mbembe und seine Frau Sarah, den Bildhauer Ousmane Sow. All diese brillanten Geister waren aber aus dem Sinn, einfach vergessen, als wir die Bekanntschaft des französischen Vizekonsuls Henri de la Salle machten. Nicht, weil wir an den Roman* von Marguerite Duras denken mussten und auch nicht, weil Henri de la Salle bestechend intelligent war. Sondern weil er in gemischter Ehe lebte. Er war mit Zena verheiratet, einer großen, schönen Somalierin mit samtschwarzem Teint, immer weißgekleidet, als wollte sie ihre Hautfarbe unterstreichen. Henri, Zena, Richard und ich wurden unzertrennlich. Jeden Nachmittag gingen wir ins Mount Nelson Hotel, eine von zehn Einrichtungen, die für ihren *afternoon tea* weltbekannt waren. Wir tranken Dry Martini in hippen Bars. Wir aßen in den besten Restaurants, besuchten Weingüter in der Umgebung und verkosteten nicht selten die erlesensten Tropfen. Manchmal fuhren wir weiter bis Cape Point und bestaunten die beiden Ozeane, den Atlantik und den Indischen Ozean, die hier wütend zusammenströmten.

Zena und ich reagierten sehr unterschiedlich. Während ich ängstlich und innerlich angespannt war, freute sie sich über die stumme Gewalt und den Zorn, die wir allenthalben provozierten. Wenn es nach ihr gegangen wäre, hätten wir verbal – oder besser noch: körperlich – angegriffen werden können, was wohl auch geschehen wäre, hätten wir uns statt in den vornehmsten Vierteln Kapstadts in den umliegenden Townships herumgetrieben.

»Wir sind Verräterinnen unserer Rasse«, frohlockte sie.

Ich widersprach. Und verteidigte mich vehement. Ich zählte alle Gesichtspunkte auf, die ich in meinen Romanen und Essays genannt hatte.

Sie zuckte mit den Schultern.

»Und wer liest dich?«, lachte sie. »Ich spreche davon, wie du wirkst, wenn du mit deinem weißen Mann daherkommst.«

* 1966 erschien Marguerite Duras' Roman *Le Vice-Consul* (deutsch: *Der Vize-Konsul*, aus dem Französischen von Walter Maria Guggenheimer).

Eines Tages schlug sie mir vor, sie zu den Wohltätigkeitsveranstaltungen zu begleiten, ihrer Haupttätigkeit als Gattin des Vizekonsuls. Dort sollte sie Geschenke an Waisenkinder und andere Bedürftige in Krippen, Behinderteneinrichtungen und Seniorenheimen verteilen. Ohne nachzudenken willigte ich ein, denn ich sah eine gute Gelegenheit, in die Townships zu gelangen, wobei mir das riesige Khayelitsha unweit von Kapstadt am spannendsten erschien. Der gefährliche Ruf der Townships hatte sie mir verboten. Kaum saß ich jedoch auf dem Rücksitz der schwarzen Limousine, die unter französischer Flagge fuhr, erkannte ich meinen Irrtum. Ich war für diese Rolle völlig ungeeignet.

Khayelitsha war blitzsauber. Kein Müll, keine Abfälle, keine leeren Flaschen. Auf den blank gefegten Bürgersteigen standen reihenweise Mülleimer. Wohlgesinnte Architekten hatten die Häuschen links und rechts der Straßen in Regenbogenfarben, Gelb oder Orange streichen lassen, um ein bisschen Fröhlichkeit zu verbreiten. Die öffentlichen Gärten waren verwaist, weil die arbeitende Bevölkerung zu dieser Uhrzeit in Kapstadt schuftete. Die Parkbänke nahmen die kuriosesten Formen an: Raketen, Flugzeuge, Hubschrauber. Überall Blumen und buntblättrige Sträucher. Und doch hing eine solche Traurigkeit über der Stadt! Ich fühlte mich wie in einem Hochsicherheitsgefängnis, das Heiterkeit vorgaukeln wollte.

Als wir ins Kinderheim Albert-Luthuli kamen, schwenkten die im Hof zusammengescharten Kinder französische Fähnchen und erhoben ihre klagenden Stimmen zu *Frère Jacques*. Zena verteilte ihre Geschenke. Die Leiterin umarmte sie fest und bedankte sich herzlich. In allen Einrichtungen, die wir besuchten, spielte sich die gleiche Szene ab. Nach dem Zentrum für behinderte Kinder hielt ich es nicht länger aus:

»Warum gibst du dich für so eine Maskerade her?«, fragte ich.

»Welche Maskerade?«, machte Zena in gespielter Unschuld.

»Du weißt doch genau, dass diese Leute dich hassen und verachten«, rief ich. »Du bist für sie nicht besser als eine Hure.«

»Eben«, lächelte sie. »Sie dürfen es nicht zeigen. Es ist verzwickt: Sie können nicht einfach eine Frau beleidigen, die eine verbündete Großmacht repräsentiert und ihnen die Geschenke macht, die sie so dringend brauchen.«

Sie hatte eine böse Freude daran. Ich dagegen war niedergeschlagen.

Andererseits wollte Zena uns nicht nach Robben Island begleiten, ja brachte mich sogar davon ab.

»Ein ganz schlimmer Ort«, versicherte sie. »Voyeuristische Touristen aus der ganzen Welt strömen auf die Insel, um die Zelle zu fotografieren, in der Mandela jahrelang dahinvegetiert hat, und in dem Steinbruch zu posieren, wo er Steine geklopft hat. Das ist, wie wenn die katholische Kirche Fotos von Leuten schießen ließe, die so tun, als wären sie gerade auf dem Golgatha gekreuzigt worden. Auf Robben Island ist auch ein Mythos entstanden, der die Leute beschwichtigen sollte: Nelson Mandela, wie er Afrikaans lernt, um sich mit den Wachen zu verbrüdern, und seine Versöhnungstheorie entwickelt. Geh nicht. Du hältst es nicht aus.«

Zu Richards Erstaunen folgte ich ihrem Rat. Die Wochen in Kapstadt waren für mich zu schmerzlich gewesen. Ich hätte einfache, widerspruchsfreie Freuden gebraucht. Zu meinem großen Bedauern musste ich von Zena Abschied nehmen. Henri, dessen Vertrag in Südafrika ausgelaufen war, kehrte mit seiner Familie nach Paris zurück. Als Zena und ich ungeniert in Tränen ausbrachen, zuckte Henri mit den Schultern:

»Warum weint ihr? Als ob ihr euch nie wiedersehen würdet!«

Ich sollte Zena und Henri in ihrem vornehmen Apartment in der Rue du Ranelagh wiedersehen. Aber Frankreich ist nicht Südafrika. Paris ist trotz seiner Schwächen nicht Kapstadt. Die glühende, vibrierende Bande, die mehrere Wochen zwischen uns bestanden hatte, war zerrissen. Zena war jetzt die Frau eines hohen französischen Beamten, der bald nach Dubai versetzt würde. Ich war eine heimatlose Schriftstellerin geblieben. Wir blickten einander wie Fremde an.

Die Natur verabscheut das Vakuum, das ist allgemein bekannt. Zena und Henri fanden in unseren Herzen bald Ersatz. *The Last Resort*, unser Bed and Breakfast, schmiegte sich an ein elegantes einstöckiges Haus, die weit geöffneten Türen und

Fenster gaben den Blick auf eine ansprechende Einrichtung frei: Sessel, ultraflache Divane, Schaukelstühle, Betten mit Moskitonetzen. Nachdem wir uns auf dem Bürgersteig der Camp Street mehrmals über den Weg gelaufen waren und uns beim Flanieren in unseren Gärten gesehen hatten, lernten wir unsere Nachbarn, Jesse und Catherine Brand, endlich kennen. Sie hatten die Apartheid nicht wirklich bekämpft, die Regierungspolitik aber auch nie gutgeheißen. Beide waren Musiker, sie Pianistin, er Flötist, und hatten zahlreiche Engagements in England und Amerika gehabt, während ihre Kinder in Genf zur Schule gegangen waren. Erst 1994, mit der Wahl Nelson Mandelas zum Präsidenten, waren sie endgültig nach Kapstadt zurückgekehrt. Derzeit unterrichteten sie an einer Musikschule, gegründet von einem englischen Dirigenten, die Sängerinnen und Sänger aus den Townships heranzog.

Eines Abends luden sie uns zu einer Aufführung von Händels *Messiah* ein. Ich war an die Klänge der Griots* gewöhnt und wusste nicht, was ich von den afrikanischen Sopranen, Mezzosopranen, Tenören, Countertenören und Bässen halten sollte. Der Countertenor war ein zarter, sichtlich homosexueller junger Mann gemischter Abstammung mit lockigem Haar. Wie kann man in Südafrika seine Homosexualität ausleben? Ich wusste, dass nicht so brutale Richtlinien wie beispielsweise in Kenia oder Zimbabwe galten. Ich konnte mir aber vorstellen, dass es nicht leicht war, mit solchen sexuellen Vorlieben in Südafrika aufzuwachsen und zu leben.

Aus Neugier ging ich auf ihn zu, und wir waren bald in ein langes Gespräch verwickelt.

»Ich habe durchs Radiohören singen gelernt«, erzählte er mir. »Am liebsten waren mir die Opernarien. Ich habe keinen Unterschied zwischen Puccini, Verdi und Mozart gemacht. Es war einfach schön.«

Eines Sonntags führten uns die Brands in einen Naturpark, wo

* Fahrende Sänger und Instrumentalisten in Westafrika, die die mündliche Tradition überliefern und denen übernatürliche Kräfte zugeschrieben werden.

sie am Ufer eines künstlich angelegten Sees ein Braai ausrichteten. Das Braai, eine Art Grillparty, ist eine soziale Institution. Man isst nicht zu zweit oder zu viert. Es braucht viele Gäste, um das Impala- oder Straußenfleisch, das zuvor mehrere Tage eingelegt wird, zu zerlegen, zu grillen und zu servieren. Die Gäste müssen auch viele Humpen Bier oder etliche Gläser Wein trinken und im Chor singen können. Also luden die Brands zwei weitere befreundete Paare ein. Sie kamen in einem grauen Geländewagen, die Männer trugen identische Shorts und Hawaiihemden, die Frauen breitkrempige Damenhüte. Zum ersten Mal war ich in Gesellschaft weißer Südafrikaner. Ich fand sie überraschend liebenswürdig, höflich und humorvoll, obwohl ich unbewusst viele Befürchtungen gehegt hatte.

»Sie sind Autorin«, rief Bill, einer der beiden, »und Ihr Mann übersetzt Sie. Das riecht nach Ehekrach!«

Unter allgemeinem Gelächter beteuerten wir das Gegenteil.

»Außerdem liest sie meine Übersetzungen nie«, sagte Richard.

»Noch schlimmer«, prustete Shirley.

In diese weitere Lachsalve hinein erklärte ich, dies sei ein Vertrauensbeweis. Ich war überzeugt, dass Richard niemals meine Gedanken verraten würde.

Genau so hätte ich Kapstadt und ganz Südafrika gern in Erinnerung behalten: eine Gruppe von lustigen, herumalbernden Kosmopoliten, die die Regenbogennation erahnen ließ, die Nelson Mandela immer wieder versprach.

In Kapstadts Wohngebieten wurden ab zehn Uhr abends alle Häuser von Sicherheitsbeamten mit Repetiergewehren bewacht. Sie sprachen fast alle Französisch, stammten aus dem Kongo oder aus Ruanda. Sie saßen auf den Bürgersteigen, kochten sich Minztee und aßen frittierte Garnelen. Der Beamte vor dem Last Resort hieß Kadima. Manchmal führten wir so etwas wie ein Gespräch. Er erzählte von dem bitteren Elend seiner Heimatregion, die seit Jahren von den Stiefeln dreier rivalisierender Armeen zertrampelt wurde – die Frauen vergewaltigt und die Kinder, die keiner haben wollte, in Notunterkünfte gesteckt. Er beklagte auch die erschreckende Fremdenfeindlichkeit der Südafrikaner, die sich über die vielen Einwanderer empörten.

»Wenn sie uns töten könnten, würden sie uns töten«, behauptete er.

Einen Tag vor meiner Abreise schenkte er mir eine einfache Kette aus blauen Körnern, deren Herkunft mir unbekannt ist. Ich habe sie einem hübschen Perlhuhn aus Holz, das ich in Durban gekauft habe, mehrfach um den Hals gewickelt.

13. TUPI OR NOT TUPI, THAT IS THE QUESTION

*À quelque chose malheur est bon**, besagt ein französisches Sprichwort, und auf Englisch echot es: *Every cloud has a silver lining.* Meine Südafrika-Erfahrung hatte mich zwar tief gekränkt, gleichzeitig aber in ein originelles Recherchestadium geführt. Ich verließ Kapstadt in der Überzeugung, das beste Ventil für meine Erleidnisse sei ein Roman, der in dieser Stadt spiele. Zu meiner Überraschung erwiesen sich die Vorentwürfe als uninteressant. Es mochte mir nicht gelingen, eine zufriedenstellende Geschichte zu konzipieren. Vermutlich, weil ich wie gesagt weder beschimpft noch angegriffen worden war. Alles war auf Blicke, Gesichtsausdrücke und Verhaltensweisen beschränkt gewesen, für die ich vielleicht zu empfänglich war und die ich – wer weiß? – falsch interpretiert hatte. Tatsächlich schrieb ich mehrere Jahre an *Histoire de la femme cannibale.* Der Roman ist mir gelungen, weil ich ihn in eine vollständig fiktionale Erzählung über die eingebildete Liebe zwischen Rosélie, einer Malerin aus Guadeloupe, und ihrem Mann, einem englischen Professor, überführt habe. Allerdings ging mir Fiela, die Protagonistin des im Gegensatz dazu wahren Ereignisses, nicht mehr aus dem Kopf. Ihr undurchdringliches, mit den schweren, halb über den Augen hängenden Lidern feindselig wirkendes Gesicht ließ mir keine Ruhe. Ihretwegen stellte ich Forschungen zum Kannibalismus an.

Es war Herbst. Die Bäume wechselten ihr Blätterkleid, die Luft wurde frischer. Ich machte mich wieder regelmäßig auf den Weg in die Butler Library. Die amerikanischen Universitätsbibliotheken haben die Besonderheit, dass einem die Bücher nicht von Mitarbeitern in grauen Kitteln an enge, vergitterte Schalter gebracht werden. In dunklen Sälen mit hohen Decken bewegt man sich frei zwischen den Regalen. Atmet den unver-

* Alles hat auch seine guten Seiten.

wechselbaren Geruch von Papier. Blättert nach Belieben in den gewünschten Bänden.

Ich fand sehr schnell heraus, dass Kannibalismus weiterverbreitet war als gedacht. Einige Jahre zuvor hatte ein Japaner weltweites Entsetzen hervorgerufen, indem er seine Partnerin verspeist hatte. Nach einem Flugzeugabsturz in den Anden hatten die überlebenden Passagiere sich gegenseitig aufgegessen. *Das Floß der Medusa,* ein Gemälde von Théodore Géricault, kann seit dem neunzehnten Jahrhundert als Ode an den Kannibalismus angesehen werden. Denn alle, die auf dem Unglücksfloß noch lebten, mussten aus Mangel an Nahrung auf das letzte Mittel zurückgreifen.

Rein zufällig geriet ich an das *Manifesto Antropófago*, veröffentlicht 1924 von dem Brasilianer Oswald de Andrade, von dem ich noch nie gehört hatte. Oswald de Andrade hatte der intellektuellen Elite seines Landes angehört und war in Frankreich gewesen, wo er André Breton kennengelernt hatte, den Autor der *Manifeste des Surrealismus*. Das *Manifesto Antropófago* war ein spöttischer, ikonoklastischer Text voller Kalauer und schlechter Wortspiele über die ernstesten Themen. Sein Ton und sein Inhalt machten das Manifest sogleich zu meiner Bibel, und ich nahm es unter meine Lieblingsbücher auf. Stellen Sie sich vor: Oswald de Andrade hatte eine glänzende Idee! Er machte den Kolonisierten einen einmaligen Vorschlag, um das Problem der Kreativität zu lösen und mit ihren vielseitigen Einflüssen in Frieden zu leben. Da es unmöglich war, das Erbe der Kolonialherren vollständig loszuwerden, sollten die Tupi-Indianer metaphorisch imitiert werden. Selbigen ging ein miserabler Ruf voraus, weil sie etliche portugiesische Priester vertilgt hatten, die herbeigeeilt waren, um sie zum Christentum zu bekehren. Tatsächlich labten sich die Tupi vor allem an den edlen Teilen ihrer Opfer, jenen nämlich, die sie stärker und klüger machten: Leber, Herz und Hirn. In ähnlicher Weise sollten die Kolonisierten unter den westlichen Werten auswählen, die ihnen aufgezwungen worden waren. Beibehalten sollten sie nur Werte, die sie auch bereicherten. Es bedurfte eines gewissen Weitblicks, um eine solche Auswahl zu treffen. Nun war also Schluss mit dem fetischistischen Respekt gegenüber den Kolonisten und dem unterwürfigen Festhalten an ihren Vorstellungen. Das kannibalische Manifest war satirische Therapie und zugleich tiefgründige Reflexion über die Komplexität der postkolonialen Literatur.

Meine Aufregung erreichte ihren Höhepunkt, als ich erfuhr, dass Oswald de Andrade mit einer damals sehr bekannten Malerin liiert gewesen war. Dies bedeutete, dass die Kannibalismus-Theorie für alle Kunstformen galt. Nachdem ich meine Recherchen noch einmal vertieft hatte, räumte ich der von mir entdeckten Theorie viel Platz ein. Ich gab ihr einen Namen: literarischer Kannibalismus, eine ungewöhnliche, ja schockierende Metapher. Der literarische Kannibalismus weckte die Neugier der Romanischen Institute, die bislang nur die beiden etwas abgedroschenen Konzepte der Negritude und der *créolité* behandelten. Ich erregte Aufmerksamkeit. Im *Journal of Higher Education*, das in den USA viel gelesen wird, wurde mir ein wertschätzender Artikel zuteil. Zahlreiche, darunter namhafte, Hochschulen luden mich ein. Das Institut für Romanistik der Princeton University organisierte ein Kolloquium mit mir als Ehrengast, das renommierte Persönlichkeiten wie den Philosophen Anthony Appiah anzog. Kurzum: Ohne je »die Nase hoch zu tragen«, durchlief ich eine erfolgreiche Phase im Leben. Ich hatte das Gefühl, meine Möglichkeiten seien unbegrenzt.

Ich wurde ans Saint Michael's College in Delaware geladen, einer malerischen Region, die sich an der Chesapeake Bay weit zum Horizont hin öffnete. Gerade wollte ich das Wort ergreifen, da platzte eine Gruppe junger Schwarzer in den überfüllten Hörsaal. Ich hätte nicht sagen können, ob es Afrikaner oder Afroamerikaner waren. Die Männer trugen jene furchtbaren Kapuzen, die sich schwarze Jugendliche so gern überstülpen, um furchteinflößend und gefährlich auszusehen. Sie nahmen geräuschvoll in der letzten Reihe Platz. Ich hatte meinen Vortrag noch nicht ganz beendet, da erhob sich ein junger Mann und stellte sich, wie hierzulande üblich, vor. Er hieß Adoremus Bokandé und stammte aus Ruanda. Das Wort »Kannibale« könne nicht positiv konnotiert sein, meinte er, es bezeichne nämlich eine Praxis, die Afrikanern völlig unbekannt sei, deren man sie also zu Unrecht beschuldige. Die Theorie vom literarischen Kannibalismus sei nicht nur Unsinn, sondern auch und vor allem gefährlich. Ich bin Kritik gewohnt. Was mich aber sehr verletzte, war der donnernde Applaus, der nach seinem Beitrag den Saal erfüllte. Das waren wieder ganz die amerikanischen Intellektuellen: Mehr als alles andere fürchteten sie den Vorwurf des Rassismus und waren bereit, die abstrusesten Hirngespinste zu unterstützen. Ich zwang mich, Ruhe zu bewahren. Es war offensichtlich, dass Adoremus meine Gedanken nicht verstanden hatte. Es ging nicht um den echten oder mutmaßlichen Kannibalismus der Afrikaner, sondern um den Kannibalismus der Tupi, auf den Oswald de Andrade sich bezog. Es folgte eine hitzige Diskussion und ich bin mir nicht sicher, ob ich das letzte Wort behielt. Nach dem Vortrag kam Adoremus auf mich zu, streckte mir seine Visitenkarte entgegen und bat mich um ein Treffen.

Um es kurz zu machen, möchte ich nur erwähnen, dass Adoremus bald zu meinen Freunden zählte. Worüber man sich nicht wundern sollte, denn Professoren und Studenten pflegen in Amerika ein ganz anderes, oft persönlicheres, freundschaftlicheres Verhältnis als in Frankreich. Da Adoremus häufig nach New York kam, lud ich ihn in unsere Wohnung am Riverside Drive ein. Er erzählte mir seine traurige Geschichte. Als er fünf oder sechs Jahre alt war, fiel eine Truppe der verfeindeten Volksgruppe in die Kirche ein, in der seine Eltern und er gerade die Messe besuchten. Mit Maschinenpistolen schossen sie wahllos auf alles, was sich bewegte, ehe sie die Ausgänge mit Vorhängeschlössern blockierten und sich zurückzogen. Vier Tage lang harrte Adoremus unter den immer kälter und immer schwerer werdenden Leichen seiner Eltern aus, deren gefallene Körper ihn geschützt hatten. Dann wurde er von einer NGO aufgenommen und wanderte von einem Waisenhaus zum nächsten Schulzentrum, bis er schließlich in den USA landete.

Ehrlich gesagt war es in seiner Gesellschaft nicht besonders lustig, und er redete ununterbrochen vom Völkermord in Ruanda, was Richard und unsere Gäste auf die Dauer langweilte. Aber er packte mich an meinem schwachen Punkt: der Kochkunst. Unangemeldet tauchte er bei uns auf, beladen mit braunen Papiertüten voller Lebensmittel, aus denen er die köstlichsten

Gerichte zubereitete. Seine Spezialitäten waren Jamswurzel- oder Süßkartoffelgratins, die er mit Fischfrikadellen in einer süß-sauren Sauce, einer Mischung aus Essig, Tamarinde und Paprika, servierte. Ich bewunderte, wie er mit seinen großen, knochigen Händen das Fleisch vorbereitete, und staunte über sein Geschick auf diesem Gebiet, das in Afrika den Frauen vorbehalten war. Als ich ihn danach fragte, seufzte er:

»Wenn ich Ihnen mein ganzes Leben erzähle, machen Sie noch einen Roman daraus. Die NGOs haben mich einer Frau anvertraut, die in Kigali ein ranziges Lokal betrieben hat. Ich war ihr Prügelknabe. Wenn ich die Zwiebeln oder die Kräuter nicht fein genug gehackt habe, hat sie mich gekniffen, bis es geblutet hat. Zur Strafe hat sie mich gezwungen, Peperoni zu essen.«

Wenn er samstagabends in New York war, nahm er Richard und mich oft in Brooklyns afroamerikanische Clubs mit. Wir liefen ganz in den Süden der Stadt bis zu einer Schwebefähre, die über den dunklen Wassern des East River hing. Ich ließ mich gern in diese Clubs ausführen. Für ein paar Stunden wurde mein Traum wahr und ich verschmolz mit der afroamerikanischen Community, die sonst so unzugänglich für mich war. Adoremus stand mit allen auf Du und Du. Er mischte sich unter die Rapper und spielte mehrere Instrumente: Gitarre, Flöte, Saxophon. Er versuchte mich auf die Tanzfläche zu ziehen.

»Ach, kommen Sie schon«, drängte er. »Gehen Sie aus sich heraus.«

Das konnte ich nicht. Ich konnte nicht aus mir heraus, weil Mutters spöttische Kommentare über das Klischee von den Schwarzen, die angeblich so gut tanzen können, in meinen Ohren klangen. Mein Körper versteifte sich und Begriffe wie Anstand, Eleganz und Haltung schwirrten mir durch den Kopf. Wirklich unangenehm wurde es aber erst, wenn Adoremus mich um Geld bat. Er lieh sich ständig kleinere Beträge, zwanzig, dreißig, fünfzig Dollar, und versprach mir, sie zurückzuzahlen, was er allerdings nie tat. Man hätte meinen können, dass er jede Woche aufs Neue vergaß, was passiert war. Um meinen Unmut zu besänftigen, redete ich mir ein, dass ich das Zehnfache von ihm verdiente und auf diese Weise die Schulden der Dritten Welt beglich. Ich war in einer großzügigen Familie aufgewachsen. Mutter hatte einen beträchtlichen Teil ihrer Ersparnisse an bedürftige Bastardkinder gespendet. Doch als Adoremus fünfhundert Dollar haben wollte, weigerte ich mich rundweg. Er warf mir einen verächtlichen Blick zu:

»So ist sie, die Bourgeoisie«, sagte er, »immer knauserig.«

Es war das einzige Mal, dass unsere Freundschaft um Haaresbreite zerbrochen wäre.

Der Winter neigte sich dem Ende zu. Im Central Park erwachten die Bäume aus ihrer Starre und begannen zu knospen. Wir tauschten unsere langen, schweren Mäntel gegen leichtere Kleidung. Kurz, unsere Körper kamen allmählich wieder zu ihrem Recht, bis ich eines Tages ein schmierig bedrucktes Faltblatt in meinem Briefkasten fand. Der Gethsemane-Verein lud alle bewussten afrikanischen und afroamerikanischen Studenten ein, zahlreich zu seiner nächsten Veranstaltung zu erscheinen, die dieses Jahr auf den Ostersonntag fiel. Diskussionsthema: Abrechnung mit einer gefährlichen Theorie, dem literarischen Kannibalismus von Professor Maryse Condé. Mit dabei eine Liste der Beteiligten, ganz oben der Name Adoremus Bokandé. Mein Blut kam in Wallung. Warum hatte Adoremus, den ich eine Woche zuvor noch gesehen hatte, mir nichts davon gesagt? Seit er Stammgast am Riverside Drive war, hatten wir das Thema Kannibalismus nicht mehr angesprochen, das Kriegsbeil schien endgültig begraben. Die Wiederausgrabung sah ganz nach einem Messerstich in den Rücken, nach Verrat aus. Dann gewann mein natürlicher Optimismus wieder die Oberhand und ich bemühte mich, den Vorfall herunterzuspielen. Wer hatte je von diesem Gethsemane-Verein gehört? War das eine religiöse oder weltliche Vereinigung? Wer war Adoremus Bokandé? Ein unbedeutender Grünschnabel, Vertragsbediensteter, Suaheli-Lektor im Rahmen des kurzlebigen Programms für afrikanische Sprachen am Saint Michael's College. Kein intellektuelles Schwergewicht.

Nach diesem Fazit fragte ich mich dennoch, wie ich vorgehen sollte. So tun, als wüsste ich von nichts? Oder in die Bronx fahren, wo dieser Gethsemane-Verein sein Büro hatte, und meinen etwaigen Anklägern die Stirn bieten? Wenn es etwas gab, was ich gar nicht erst in Erwägung zog, war das die Möglichkeit, mich Richard anzuvertrauen. Ich wusste, er würde mich schelten, zumal er nie besonders viel von Adoremus gehalten hatte. Ich dachte die ganze Nacht darüber nach. Die Vorstellung, ich könnte mich insgeheim zu Adoremus hingezogen fühlen, war absurd. Erstens war er meilenweit davon entfernt, einen Schönheitspreis zu gewinnen. Zweitens war ich wie gesagt die Frau eines einzigen Mannes geworden. Ebenso absurd war der Gedanke, ich hätte Adoremus mit meinem Sohn verwechselt, dessen Abbild ich in heiliger Erinnerung behielt. Wahrscheinlicher war, dass ich von einem unbewussten Paternalismus gegenüber der Dritten Welt geblendet worden war, die Adoremus bis zur Perfektion verkörpert hatte. Ich hatte permanente Schuldgefühle, weil ich im Gegensatz zu den meisten Menschen meiner Hautfarbe ein sehr bequemes Leben führte, was die Schwächen meines Verhaltens und meine mangelnde Klarsichtigkeit erklären konnte. Die darauffolgenden Tage verbrachte ich damit, Adoremus anzurufen, ihm E-Mails und SMS zu schicken. Vergeblich. Ich weiß nicht, wie diese Geschichte ausgegangen wäre, wenn nicht eines Nachmittags eine bunt zusammengewürfelte Gruppe an meine Bürotür geklopft hätte. Darunter treue Columbia-Studenten, aber auch viele junge Frauen und Männer von anderen Universitäten, wo ich Vorträge hatte halten dürfen. Sie alle wussten um die Veranstaltung des Gethsemane-Vereins. Sie boten an, hinzugehen und mich leidenschaftlich zu verteidigen, denn sie waren der Meinung, dass ich missverstanden und zu Unrecht angegriffen wurde.

Wir einigten uns über die Rolle, die ich dabei spielen sollte: im Hintergrund bleiben und mich an dem Streit, der wahrscheinlich auf Neid beruhte, nicht beteiligen.

»Die Ruander sind böse«, seufzte Carija, eine junge Kongolesin. »Man muss sich nur mal ansehen, was die Hutu den Tutsi angetan haben.«

Auch in den kommenden Wochen blieb Adoremus unsichtbar. Er versuchte nicht, mich zu kontaktieren, und kam nicht an den Riverside Drive. Ich muss gestehen, dass der einseitige Beziehungsabbruch mich quälte. Nach dem Ostersonntag kamen meine Getreuen zum Rapport. Wenn man ihnen glauben durfte, hatten sie meine Gegner, die unfähig und nicht in der Lage gewesen seien, eine konsistente Theorie auf die Beine zu stellen, heftig attackiert. Aber – große Überraschung – Adoremus sei gar nicht dagewesen. Sie wüssten nicht, was aus ihm geworden sei. Ihre Anfragen seien unbeantwortet geblieben. Ich war neugierig geworden und kontaktierte die Institutsleitung. Da erfuhr ich, dass Adoremus Bokandé seine Stelle als Sprachlehrer in der Abteilung für Afrikanistik des Saint Michael's College für einen – ganz bestimmt besser bezahlten – Posten als Security bei einer Bank in Wilmington aufgegeben hatte. Bei einer Bank? Welcher Bank? Das Institut wusste von nichts und interessierte sich auch nicht dafür. Adoremus finden zu wollen, kam einer Suche nach der Stecknadel im Heuhaufen gleich. Mehr schlecht als recht fand ich mich damit ab.

Nach diesem Vorfall traf ich aber einige Vorsichtsmaßnahmen für meine Kurse. Ich wies darauf hin, dass den Afrikanern ohne jeden Beweis Kannibalismus angelastet wurde. Gleiches galt für die Antillen. Christoph Kolumbus konnte die »kannibalischen Festmähler«, die angeblich überall auf den Inseln abgehalten wurden, nie genau beschreiben. Die Theorie des literarischen Kannibalismus stützte sich ausschließlich auf die Tupi, die historisch nachweislich Anthropophagen waren.

Im Juni erreichte mich eine Karte. Darauf das Foto eines Neugeborenen, das mit seinem Wollmützchen und den geschlossenen Äuglein wie alle Babys gleichzeitig zart und drollig wirkte. Adoremus Bokandé und Zora Williamson setzten mich über die Geburt ihres Sohnes Déogratias in Kenntnis: Deo gratias, genau!

14. TANZ DER VAMPIRE

Die Einladung zum Kongress des Internationalen Rats für Frankophone Studien nahm ich nicht wegen des besonders originellen oder vielversprechenden Programms an, auch nicht, weil mir ein unbekannter Literaturpreis verliehen werden sollte, dessen Namen ich vergessen habe. Der Kongress sollte in Rumänien stattfinden. Ich würde also eine Weile von meiner Afrikabesessenheit abrücken. Wie meine Auseinandersetzung mit Adoremus gezeigt hatte, blieb mir Afrika ein Rätsel. Ich verstand es noch immer nicht. In Rumänien würde es um Graf Dracula gehen, um Vampire, die angeblich in Krypten schliefen und blutdürstig aufwachten. Ich dachte an Roman Polanskis *Tanz der Vampire* und Werner Herzogs *Nosferatu – Phantom der Nacht,* beides Filme, die mir ausgesprochen gut gefallen hatten. Ich mag fantastische Erzählungen. Einer meiner Lieblingsromane ist zweifellos Mary Shalleys *Frankenstein,* die verrückte Geschichte einer Kreatur, die sich der Kontrolle ihres Schöpfers entzieht. Dieser Einfluss schimmert durch die Seiten meiner Romane *Célanire cou-coupé**, in dem der Arzt Jean Pinceau dem berühmten Gelehrten nacheifert, und *Les belles ténébreuses***, in dem das Paar Ramzi/Kassem eine merkwürdige Beziehung zu den Leichnamen pflegt, die sie einbalsamieren müssen.

Ich muss gestehen, dass ich stets eine seltsame Faszination für Blut empfunden habe, obwohl ich jede Form von Gewalt verabscheue. Im Nachhinein frage ich mich, in welcher dunklen Erde meine Schwäche für den literarischen Kannibalismus wurzelt. Als meine Geschwister und ich klein waren, brachte Adélia, um bloß keine Anämie zu riskieren, Ochsenblut mit etwas grobem Salz zum Gerinnen. Dann schnitt sie das Blut in dicke Scheiben, die sie frittierte und uns mit Perlzwiebeln und *poyos* genannten grünen Bananen servierte.

* Dt. etwa: *Halsdurchtrennte Célanire.* Anspielung auf Aimé Césaires Gedichtband *Soleil cou-coupé* (»halsdurchtrennte Sonne«).

** Dt. etwa: *Dunkle Schönheiten.*

Als ich aus dem Bukarester Flughafen trat, verwandelte sich alles in eine Operettenkulisse: Der Himmel war blau wie von Kinderhand gemalt, kein Wölkchen, keine Schatten. In seiner Mitte lachte eine gutmütige Sonne. Da der Kongress in dem kleinen, zwei Stunden entfernten Hermannstadt abgehalten werden sollte, verteilten sich die Teilnehmer auf drei klapprige Busse, die im Gänsemarsch eine menschenleere, schnurgerade Landstraße entlangfuhren. Wir begegneten keinen anderen Autos, dafür Pferdegespannen mit Kutschern in Cordanzügen neben Frauen, die ihr Haar unter geblümten Kopftüchern schützten, und blonden Kindern. Auf weiten Wiesen mit dichtem Gras und Weiderindern standen vereinzelte Bauernhäuser. Alles war so bukolisch, als hätte man die Zeit zurückgedreht und wäre viele Jahre in die Vergangenheit gereist.

Hermannstadt lag in den Karpaten, weshalb die Route plötzlich bergauf führte und eine unerwartete Kälte hereinbrach. Es war ein hübsches Städtchen. Wieder diese Postkartenidylle. Urige Häuschen standen rings um eine mittelalterliche Kirche. Auch hier kaum Autos in den lebendigen Straßen. Es herrschte dieselbe altmodische Atmosphäre.

Die Hotelpavillons, in denen die Kongressteilnehmer untergebracht waren, lagen in einem dichten Wald wie aus dem *kleinen Däumling* verstreut. Als feierliche Eröffnung hatten die Veranstalter ein volkstümliches Abendkonzert vorgesehen – Musik und Gesang schienen in Rumänien auf eine lebendige Tradition zurückzublicken und nicht wie fast überall auf der Welt durch angelsächsische Einflüsse verdorben. Zuerst trat ein Chor auf die Bühne und stimmte eine Reihe harmonischer Lieder an. Anschließend performten eine sogenannte Zigeunerkapelle, ein vollzähliges Orchester mit Akkordeons und Saxophonen, Tänzer, die mich an die russischen Akrobaten erinnerten, und abermals A-cappella-Chöre. Diese Einlagen dauerten viele Stunden. Dann kamen die Ansprachen. Wollte man den Offiziellen Glauben schenken, war Rumänien zwar kein frankophones Land, dem französischen Esprit und der französischen Seele aber geistig verbunden. Davon zeugten die vielen rumänischen Touristen in Frankreich und umgekehrt.

Ich fing schon an mich zu langweilen, da kündigte der Bürgermeister von Hermannstadt, in eine Tracht gezwängt, die er augenscheinlich nicht oft trug, ein Festessen an. Im Nebenraum wurden zahlreiche schwere, aber vorzügliche Speisen aufgetischt: Würstchen, Pasteten, Ragouts, Kohl, Kartoffeln. Die Desserts waren mir zu süß, vor allem der Lokum* und das merkwürdige Rosenwassergebäck. Es war fast zwei Uhr morgens, als die Feier zu Ende war und die Autos der Regierungsvertreter in die Stadt zurückklapperten.

Erst am vierten Tag stand der Besuch des Dracula-Schlosses auf dem Programm. Bislang war die Kopfarbeit nur durch kurze Ausflüge unterbrochen worden, die aber die Herrlichkeit der rumänischen Landschaften und die Pracht der Städte offenbart hatten. Der Kongress blieb dem gewohnten Einerlei derartiger Veranstaltungen treu: Einzelvorträge über weniger als vierzig Minuten, Gruppendiskussionen. Ein Dokumentarfilm durchbrach zuweilen die Routine. Ich nahm an einer mir gewidmeten Gesprächsrunde teil und erkannte mich, wie so häufig, in den Interpretationen der anderen nicht wieder. Woher rührte das Bild von mir als einer widerspenstigen, nomadenhaften, unkonventionellen Autorin? Weil ich es gewagt hatte, die Negritude zu kritisieren? Weil ich mich getraut hatte, meine Meinung über die *créolité* zu äußern? Ich wollte niemanden damit vor den Kopf stoßen oder gar schockieren. Ich hatte nur meine Wahrheit deutlich gemacht. Vielleicht ist das ja schon widerspenstig. Ohne Rücksicht auf Verluste seine Wahrnehmung deutlich zu machen.

Es gehörte zum guten Ton, paternalistisch über Rumänien zu sprechen. Was die Kollegen in der Runde nicht versäumten. Rumänien sei rückständig. Man müsse sich nur mal ansehen, wie die Felder bewirtschaftet würden. Keine Traktoren, keine Lastwagen. Stattdessen altmodische Geräte: Sensen und Pflüge. Das Land habe sichtlich keinen großen Sprung nach vorn gemacht, was der Beweis für die Untauglichkeit, ja die Schädlichkeit des Kommunismus sei. Ein Gast fragte mich direkt:

* Süße Würfel aus festem Sirup.

»Was denken Sie denn darüber? Sie haben doch in vielen marxistischen Ländern gelebt.«

Ich versuchte zu erklären, dass ich mehr in Regimes gelebt hatte, wo sich hinter scheinbarem Marxismus eine Diktatur verborgen hatte. Dass ich nach wie vor davon überzeugt war, die Sache sähe ganz anders aus, wenn sich die Führungsspitze um die Interessen der Bevölkerung kümmerte – in einem echten Sozialismus.

»Den hat es leider nie irgendwo gegeben«, spottete mein Gegenüber.

Am liebsten hätte ich protestiert und etwas Bissiges, Unwiderlegbares erwidert. Angesichts der Faktenlage war das aber nicht möglich, und ich schälte stumm meine Birne.

Die Besichtigung der Törzburg, Schloss von Vlad III. Drăculea, hat mich nicht nachhaltig beeindruckt. Ich habe in meinem Leben viele Schlösser gesehen, in England, wo man sie nicht zählen kann, wie in Frankreich. Ein Freund besaß ein Schloss in der Normandie, in dem wir oft unsere Wochenenden verbrachten. Es gehörte seinem Vater, der mit der Erfindung des Lockenstabs reich geworden war. Dieser zweifelhaften Herkunft zum Trotz bestach das Schloss mit seiner Zimmerflucht, den imposanten Kaminen und Türmchen. Das Dracula-Schloss balancierte am Hang eines Hügels. Wer durch den Garten streifte, hatte den Eindruck, über dem Leeren zu schweben. Die Innenräume waren voller Spiegel, schwerer, granatroter Wandbehänge, Rüstungen und insbesondere Waffen sämtlicher Epochen. Obwohl unser Besuch nicht in die Hauptreisezeit fiel, richteten zahllose, dicht gedrängte Touristen ihre Fotoapparate aus. Es waren vor allem nostalgische Europäer, die sich freuten, in eine Vergangenheit eintauchen zu dürfen, die von transsilvanischen Vampirlegenden genährt wurde, Stoff zahlreicher Filme und Romane. Wir zählten aber auch die unvermeidliche Japaner-Quote.

Am Fuße des Schlosses erstreckte sich ein großer Platz mit einem ausgelassenen, kirmesartigen Markt. Dort gab es volkstümliche Dinge zu kaufen: bestickte Blusen und Kleider, verzierte Samtjacken, Lederhosen, Schnürstiefel, Stroh- und Filzhüte. In den kleinen Zelten nebenan wuselten Bedienungen in possierlichen Uniformen – die Frauen trugen weite Rüschenröcke, die

Männer taillierte Anzüge, die an Safarikostüme erinnerten – und servierten Kaffee und Kuchen. Ich knüpfte ein Gespräch mit einem holländischen Paar an, das neben uns saß. Es begann mit den unvermeidlichen Auskünften über Guadeloupe und damit, wie Richard und ich uns kennengelernt hatten. Dann wandten wir uns allgemeineren Themen zu.

»Waren Sie schon in Bukarest?«, fragte mich die junge Frau.

Ich erwiderte, dass wir an einem Kongress teilnahmen und erst am Wochenende nach Bukarest fahren konnten.

»Bukarest ist unglaublich hässlich. Der Parlamentspalast, den Ceauşescu hat bauen lassen, ist genauso grässlich wie die meisten anderen Amtsgebäude. Arme Rumänen! Weil sie kein Geld haben, können sie diese Scheußlichkeiten nicht abreißen und müssen mit so einer furchtbaren Hauptstadt leben.«

Wir tauschten Visitenkarten, denn Richard und ich besuchten häufig unsere Freundin Mineke Schipper in Amsterdam, die ich während meiner Anstellung bei *Présence africaine* kennengelernt hatte. Seit ich beim Spielen mit meinen Kindern in Kaolack unglücklich vom Fahrrad gefallen war, konnte ich nicht mehr Rad fahren. Aber ich wurde nie müde, die Kanäle entlangzuspazieren, das schillernde Wasser zu bewundern, die schmalen, geradlinigen Fassaden der eleganten Handelshäuser. Ich fand auch großes Vergnügen daran, durchs Rotlichtviertel zu schlendern, wo sich die Prostituierten in den Schaufenstern zeigten.

Nach der Schlossbesichtigung machten wir uns nach Braşov auf. Hermannstadt und Braşov sind Rivalinnen im Wettbewerb um den Titel der rumänischen Touristenhauptstadt. Ein Kulturverein organisierte uns zu Ehren einen Ball. Einen Ball! Allein das Wort weckt in mir die Erinnerung an eine Kränkung, die ich nie vergessen habe. Als Teenager hatte ich mich manchmal von Freunden zum *Titane*-Ball schleppen lassen, wie die alkoholfreien Tanzpartys hießen, die nachmittags für Jugendliche veranstaltet wurden. Sie fanden für gewöhnlich im Jeanne-d'Arc-Pfarrsaal statt. Aus den bekannten Gründen tanzte ich nicht. Ich aß Pistazien aus Papiertüten oder Kokossorbet im Becher. Ich war deprimiert, weil sich die Jungs nicht um mich bemühten. Hatte Mutter recht? War ich hässlich, plump? Heute weiß ich, dass es zwei Gründe für ihre Zurückhaltung gab: Ich war zu groß für mein Alter. Mit vierzehn maß ich fast einen Meter siebzig. Meine Körpergröße schüchterte die potenziellen Tanzpartner ein. Der zweite Grund war meine schwarze Hautfarbe – in einem Land, wo die Männer hellhäutige Frauen bevorzugten. Meine Erziehung verbot mir, ihn mir einzugestehen und zu berücksichtigen. Erst Jahre später wurde ich dazu gezwungen und erkannte, dass meine Eltern, die sich selbst als *grands nègres** bezeichneten, in den Augen mancher dennoch einfach »Neger« waren.

Eines Nachmittags bestand einer der Jungs darauf, dass ich ihn auf die Tanzfläche begleitete. Er hieß Iko Blanchard und war Oberstufenschüler am Lycée Carnot. Mit seiner tiefschwarzen Haut und der langen Narbe im Gesicht, die sein rechtes Auge verdrehte, fand ich ihn nicht gerade schön und schämte mich ein wenig, einen mittelmäßigen Partner wie ihn erwischt zu haben. Er war ein begnadeter Tänzer, dominant und selbstbewusst, der sich anmutig bewegte. Ich gab mein Bestes, um mich von ihm führen zu lassen. Gerade als ich glaubte, mich ganz gut zu schlagen, hörte ich hinter meinem Rücken ein Glucksen. Verblüfft drehte ich mich um und sah ein paar Jugendliche, die sich kichernd den Bauch hielten.

»Ganz großes Kino, Mademoiselle, Sie sind schon so eine Tanzkanone«, sagte einer von ihnen in ironischem Ton auf Kreolisch.

Die anderen brachen in schallendes Gelächter aus. Ihr Spott durchbohrte mich wie ein Pfeil den heiligen Sebastian. Ich befreite mich aus Ikos Hand, stürzte zum Ausgang und rannte wie der Wind durch die Straßen nach Hause. Dort ließ ich mich auf mein Bett fallen und weinte Tränen der Erniedrigung.

Die bittere Erinnerung an diesen Ball grub sich mir tief ins Gedächtnis. Erst ein bemerkenswertes, von Jean-Claude Penchenat inszeniertes Stück, das ich Jahre später auf Empfehlung von Ina Césaire im Théatre du Campagnol sah, konnte ihr etwas entgegensetzen. Es hieß *Le Bal* und veranschaulichte die gesellschaftlichen Entwicklungen der letzten Jahre.

* Ausdruck für hochgestellte Persönlichkeiten, der oft ohne Rücksicht auf die Hautfarbe verwendet wird.

Der Braşover Ball war den *Titanes*-Bällen meiner Jugend sehr ähnlich. An drei Seiten eines großen, rechteckigen, grell erleuchteten Saals standen Stühle und kleine runde Tische. An der vierten Seite befand sich ein langes Podium, auf dem Musiker in voller Tracht Platz nahmen. Der Bürgermeister von Braşov, ebenfalls in traditionellem Kostüm, eröffnete die Festlichkeiten, indem er eine seiner Assistentinnen umarmte, worauf der gesamte Stadtrat es ihm gleichtat. Das hier war kein Ort, um sich zu zieren, um uralte Wunden zu lecken. Es war ein Ort, an dem man sich zwanglos amüsierte. Dennoch konnte ich mich nicht zusammenreißen und floh auf den Balkon. In dem mit Lampions und bunten Lichterketten geschmückten Garten unter mir standen Tische. Leise musizierte ein Akkordeonspieler. Ich ging nach unten. Wer wollte, bekam einen nahrhaften Imbiss gereicht: Fleischpasteten, Würstchen, Mandelgebäck. Ich hatte keinen großen Hunger. Zwischen Essen und Tanzen blieb mir aber kaum eine Wahl.

Zwei Tage später fand die Abschlusszeremonie des Kongresses statt. Natürlich bot sie Anlass für ein volkstümliches Konzert. Es ist ein bekanntes Phänomen, dass Kongresse die Teilnehmer einander näherbringen, dass Verbindungen geknüpft oder gefestigt werden. Man hat das Gefühl, sich schon sehr lange zu kennen. Vielleicht, weil man für mehrere Tage eng und gleich getaktet zusammenlebt? Nicht selten endet ein Kongress mit Tränen des Bedauerns. Die meisten Teilnehmer nutzten die Gelegenheit, um anschließend durch Mitteleuropa zu reisen. Angezogen vom Ruf der Stadt als Perle des Bosporus, brach eine Gruppe Richtung Istanbul auf. Heute bereue ich, dass wir uns nicht angeschlossen haben – nachdem Orhan Pamuk, ins Exil gezwungen, als Dozent an die Columbia kam und seine Literatur unser Interesse für diesen Teil der Welt weckte.

Stattdessen beschlossen Richard und ich, einfach ein, zwei Nächte in Bukarest zu verbringen. Die Stadt genießt ihren Ruf zurecht. Das Parlament gilt als größtes Bauwerk Europas. Für seine Errichtung hatte die kommunistische Regierung fünfzigtausend Familien auf die Straße gesetzt. Dies erzählte uns leichthin ein Stadtführer, der die unzähligen Räume des Parlaments im

Laufschritt durchmaß. Wir arbeiteten uns zu Fuß bis in die hintersten Winkel Bukarests vor – aber vergeblich: Ein reizvolles Viertel fanden wir nirgendwo. Ein Betonbau war klobiger und klotziger als der andere.

Die französische Botschaft war dagegen ein Palast von seltener Eleganz. Vermutlich stammte sie aus dem späten neunzehnten Jahrhundert, als die rumänischen Architekten nach Paris strömten, um sich von der Pracht der »Lichterstadt« inspirieren zu lassen. An den Wänden prangten kostbare Behänge neben Ikonen, die aus edlen Bilderrahmen lächelten.

»Ich hoffe, Rumänien hat Ihnen gefallen«, sagte der Botschafter.

Er hatte uns zu einem leichten Mittagessen eingeladen, Quiche und Salat, das im Kontrast zu den deftigen Portionen stand, die wir in Hermannstadt gegessen hatten.

»Es ist ein tapferes Land mit großen Ressourcen«, fuhr er fort. »Bedenken Sie nur, wie Rumänien die kommunistische Hölle überwindet, durch die es gegangen ist!«

Diesmal konnte ich mich nicht zurückhalten.

»Muss man den Kommunismus immer mit der Hölle gleichsetzen?«, wandte ich ein. »Kann er dem Volk nicht auch Glück bringen?«

»Sagen Sie, gibt es einen solchen Fall?«, fragte er ruhig.

Dieses Gespräch mit dem Botschafter eines kapitalistischen Staates über die Vorzüge des Sozialismus mag ungewöhnlich erscheinen. Gleichwohl musste ich meine Klauen gerade an einem intelligenten und kompetenten Gegenüber wetzen, das meine Meinung nicht teilte.

»Ich weiß, was Sie denken«, entgegnete der Botschafter. »Ich kenne Ihre Artikel und weiß, dass Sie Separatistin sind. Aber was hätte Guadeloupe von der Unabhängigkeit?«

Ich kam zu dem Schluss, dass hier nicht der richtige Ort war, um eine politische Diskussion loszutreten, und lenkte die Unterhaltung auf die reichen Kulturschätze des Landes, die wir so ehrfürchtig bestaunt hatten. Diese Feigheit werfe ich mir bis heute vor.

Als Musikliebhaber kannte sich der Botschafter mit der rumänischen Klangvielfalt bestens aus. Er besaß eine fantastische

Plattensammlung und wir hörten einige Lăutari, wie traditionelle Ensembles von Roma-Musikern heißen. Er bekundete seine tiefe Bewunderung für Gheorghe Zamfir.

Kurzum: Es war fast achtzehn Uhr, als das improvisierte Konzert zu Ende ging.

Die Rumänienreise erfüllte ihren Zweck. Afrika wurde für einige Zeit zu einem Gegenstand der Literatur, den ich durch die Vorstellungskraft seiner Romanciers erspürte. Ich war in Rumänien nicht angegriffen worden. Ich war nicht zu einer scheinbaren Geste der Großzügigkeit verleitet worden, die sich am Ende gegen mich gewendet hätte, wie es zuletzt geschehen war.

Vor unserem Rückflug in die Vereinigten Staaten begleitete ich Richard nach Tenterden in Südengland, wo seine Mutter wohnte. London ist für mich wie Paris. Eine Stadt, in der ich immer fürchten muss, meinem früheren Ich zu begegnen, den alten Ängsten, dem Schmerz und der Verzweiflung. Ich mied die U-Bahn, aus Angst, plötzlich der jungen Frau mit der schweren Aktentasche unter dem Arm gegenüberzustehen, die sich ins Bush House, das Funkhaus, schleppt und sich zwingt, nicht an die Klagen ihrer Kinder zu denken. Die Anzeigen *Shepherd's Bush, Hampstead* und *Golders Green* auf den Bussen ließen mich schaudern, denn sie beschrieben meine damaligen Arbeitswege.

Die südliche Region Kent – grün, waldreich, etwas weniger verregnet als das restliche England – mochte ich dagegen gern. Wie aus einem alten Bilderbuch lagen in Kent kleine, jeweils um eine Kirche und einen Pub angeordnete Ortschaften versprenkelt, die aber leider mit den Jahren immer touristischer wurden. Die Landstraßen, so schmal, dass keine zwei Autos nebeneinander passten, schnitten durch Hopfengärten und Senffelder, die an der safrangelben Farbe erkennbar waren. Wie aus dem Nichts schossen manchmal Reiter auf nervösen Pferden hervor und überquerten die Straße im Galopp.

Für das Gedenken an Charles Dickens, der in der Gegend gelebt hatte, konnte ich mich wenig erwärmen, obwohl der hochaktive Dickens-Verein unzählige Feste, literarische Nachmittage und Wettbewerbe organisierte. Viel mehr interessierte mich die regionale Küche. Sonntagmittags aßen wir für gewöhnlich in Elham. In dem Dorf gab es ein Restaurant namens Abbot's Fireside, das keine Wünsche offenließ: ein imposanter Kamin, in dem im Winter große Holzscheite loderten. Frei liegende, schwarz gefirnisste Balken. Auf den Tischen weißer Damast, schweres Tafelsilber und saisonale Blumen. Im Abbot's Fireside scharte sich die lokale Kundschaft. Es gab eine große Auswahl an Grillfleisch: Schweine-, Rind- und Lammfleisch mit Gemüse englischer Art als unverzichtbarer Beilage. Dazu wurde regionaler Wein kredenzt, denn neuerdings hatte sich England auf den Weinbau verlegt und produzierte edle Tropfen.

Richards Mutter Marjorie hatte ein feines Händchen und stand dem Abbot's Fireside in nichts nach. Ihr *Shepherd's pie,* ihr *Yorkshire pudding,* ihre eingemachten Rinderzungen waren für mich der Beweis, dass man in England durchaus gut essen konnte. Jedes Mal, wenn ich ihr anbot, das Kochen zu übernehmen, lehnte sie entschieden ab, sehr zu meinem Verdruss. Am Ende gestand mir Richard, dass sie meine Mixturen nicht mochte und an meiner Kombination aus Schweinefleisch und Minzsauce großen Anstoß genommen hatte. Minzsauce passt nur zu Lammkeule. Basta.

Als wir im Oktober nach New York zurückkehrten, stand der Indian Summer in voller Pracht. Ich hatte den Indian Summer allein und ganz zufällig für mich entdeckt, seitdem war ich jedes Mal aufs Neue überwältigt. Zu Beginn meiner Karriere vor vielen Jahren, kurz nach dem Erscheinen von *Heremakhonon,* hatte Hedi Bouraoui mich nach Toronto an die York University eingeladen. Vermutlich hatte er nur wenig Geld für die Einladung zur Verfügung gehabt, denn er hatte mir den Flug bis Montreal bezahlt, von wo aus ich den Zug nach Toronto nehmen musste. In einer Ecke meines Abteils kauernd, schlief ich kurz hinter Montreal ein. Als ich ein paar Stunden später wieder die Augen öffnete, versuchte ich zu begreifen, was um mich herum geschehen war. Alles hatte sich verändert. Der Zug fuhr einen Laubwald entlang, dessen Blätter sonderbare, für mich erstaunliche Farben trugen: Rot, Orange, Gelb. Waren das wirklich Bäume oder eine wundersame Kulisse? Welche Fee hatte sie mit ihrem Zauberstab berührt?

Der Junge gegenüber schien mir die Verblüffung und Überwältigung vom Gesicht abzulesen, denn er lächelte mich an und erklärte:

»Das ist der Indian Summer. Haben Sie noch nie davon gehört?«

»Indian Summer?«, wiederholte ich verdutzt. »Was soll das heißen?«

Er zuckte die Schultern.

»Keine Ahnung. Ich weiß nur, dass sich der Sommer ein letztes Mal aufbäumt, bevor der kalte Winter kommt.«

Ich stieg aus dem Zug, mir war ganz schwindelig vor Farben. Toronto ist bekanntlich das Paradies der Hochhäuser und ultramodernen Gebäude. Eine Stadt, die mit beiden Beinen im Heute steht und Einwanderer aus aller Welt anzieht. Hier wird Russisch und Deutsch genauso wie Türkisch und Arabisch gesprochen. Die York University befand sich jedoch in einem ruhigen, altmodischen Viertel, das ebenso gut in England hätte liegen können. Ich fühlte mich wie in Folkestone, Brighton oder Eastbourne, nur ohne Meer. Die Bäume auf den Bürgersteigen trugen alle dieses Blätterkleid, das mich immer wieder faszinierte. Ich ging wie im Traum.

Hedi Bouraoui war ein großer Maghrebiner mit knochigem Gesicht, der seit fast zwanzig Jahren in Kanada lebte, seine herzliche Art aber bewahrt hatte. Er empfing mich wie eine Schwester. Außerdem hatte er seine Begeisterung für *Heremakhonon* mit seinen Studenten geteilt. Als am nächsten Abend mein Vortrag stattfand, war der Saal voll und die Atmosphäre freundlich. Die Fragerunde dauerte sehr lang, blieb aber bis zum Schluss höflich. Ein Cateringservice lieferte Meeräschen-Couscous zu Hedi Bouraoui nach Hause, wo wir anschließend aßen. Abdellatif Kechiche hat dem Gericht in seinem bekannten Film *Couscous mit Fisch* ein Denkmal gesetzt. Und das absolut verdient. Die Meeräsche ist ein ziemlich gewöhnlicher Fisch mit festem, weißem Fleisch. Sobald sie aber mit Couscousgewürz und vor allem ein paar Minzblättern in Verbindung kommt, vollzieht sich eine Art Verwandlung und die Meeräsche wird himmlisch.

Ich brachte meine Empfindungen zum Ausdruck. Hedi Bouraoui schüttelte den Kopf:

»Schade, dass Sie nicht wissen, wie man mit den Händen isst. Dann würde es Ihnen noch besser schmecken.«

15. WALTZING MATILDA

Mit dem Jahr 2000 änderte sich mein Leben. Die Abstände zwischen meinen Auslandsreisen wurden größer, weil mich die langen Flüge sehr erschöpften. Ungläubig dachte ich an die Zeit zurück, als ich vom Flughafen direkt zur Universität ging, um meine Kollegen zu treffen, mit ihnen zu plaudern und vielleicht gemeinsam etwas zu essen. Damit war es vorbei. Inzwischen brauchte ich fast einen ganzen Tag, um meine körperliche Fitness, Voraussetzung für meine Denkfähigkeit, wiederherzustellen. Im Spiegel betrachtete ich die äußerlichen Veränderungen. Ich bekam graues Haar und hatte Ringe unter den Augen. Meine Haut, die meine Mutter früher »Sapodilla*-Haut« genannt hatte – das Einzige an meinem Aussehen, was sie nicht schlechtmachte –, wurde fahl und verlor ihre Spannkraft. Ich spürte jene Angst, die wohl jeden von uns packt, wenn sich der Schatten des Alters auf uns legt.

In meinem Fall ging die normale Beunruhigung, die alle Menschen empfinden, mit einer tiefer sitzenden Furcht einher. Sollte die Verschlechterung meines Gesundheitszustands durch etwas anderes verursacht sein? Ich suchte Spezialisten in New York und Paris auf, die alle zu demselben Urteil kamen: Ich hatte Morbus Boucolon, wie meine Familie die Krankheit nannte, um der bitteren Wahrheit nicht ins Gesicht sehen zu müssen. Unheilbar und heimtückisch, würde sie mein Gleichgewicht immer mehr stören, meine Motorik und Bewegungskoordination immer mehr einschränken. Meine Schrift würde unleserlich. Die Krankheit würde meine Aussprache angreifen und meine schöne Stimme verändern, auf die ich so stolz war. Eigentlich war ich nicht überrascht. Warum sollte sie ausgerechnet mich verschonen? Sie hatte Sandrino dahingerafft, als er zwanzig war, und später viele meiner Geschwister und Neffen.

Indem ich weniger reiste, büßte ich zwar an Status ein, dafür herrschte eine vertrautere Atmosphäre in meinen Kursen. Sie

* Frucht des Breiapfelbaums.

wurden zum Ort der freundschaftlichen Begegnung, wo Standpunkte über Schriftsteller und Literatur ausgetauscht und verglichen wurden. Im Anschluss an die Referate kam es nie zu gespannten oder aggressiven Diskussionen, wie es ansonsten gelegentlich der Fall gewesen war. Auch die schüchternsten Studenten trauten sich, etwas zu sagen. Ich hatte eine Art Mutterstatus erreicht.

Im Dezember brachen Richard und ich wie jedes Jahr nach Guadeloupe auf, um dort Weihnachten zu verbringen. Auch diese Reise fühlte sich jedes Jahr mühsamer an. Wir mussten einen Zwischenstopp in San Juan einlegen und von dort mit einer ATR der Airline American Eagle weiterfliegen, die regelmäßig unser Gepäck verlegte und dann mitten in der Nacht ablieferte. Für nichts in der Welt hätte ich auf Weihnachten in Montebello verzichtet. Merkwürdigerweise genoss ich es, der Festbeleuchtung New Yorks eine Zeit lang den Rücken zu kehren, dem funkelnden Weihnachtsbaum vor dem Rockefeller Center, dem quirligen Leben auf den Straßen. Die paar Tage waren ein dunkles, träges Intermezzo, das es mir ermöglichte, innere Einkehr zu halten. An Heiligabend empfingen wir keine Gäste. Mein Bruder, meine Schwägerin und ihr Nachwuchs besuchten uns aus unerfindlichen Gründen nicht mehr. José und die Patrioten kamen nur noch selten vorbei. Sony Rupaire war tot, was mir großen Kummer bereitet hatte. Nur meine Kinder und Enkelkinder, aus Frankreich angereist, umgaben uns. Ohne Rücksicht auf ihre Geschmäcker bestand ich auf einem traditionellen Essen. Den Räucherlachs und die Austern, die man in Pointe-à-Pitre problemlos bekommen konnte, verachtete ich. Ich wollte unbedingt die traditionelle schwarze Blutwurst aus Schweineblut, nicht eines jener Imitate aus *lambi* oder Stockfisch, wie sie heutzutage viel gegessen werden. Ich brauchte Schinken aus der Region, Pakala-Jamswurzeln und frisch gepflückte Straucherbsen. Nur beim Bollinger-Champagner und der *bûche de Noël* war ich zu Zugeständnissen bereit. Letztere wäre beinahe vom Menü gestrichen worden. Einmal hatte ich in Morne-Rouge eine Konditorin entdeckt, deren Spezialität Kuchen nach altem Rezept waren. Ich bestellte eine Papaya-Pastete. Angesichts der Schnuten, die Richard und meine Kinder zogen, wurde mir klar, dass meine Wahl ihnen nicht zusagte.

Wegen der Gewalt auf Guadeloupe gab es keine Mitternachtsmette mehr. Also feierten wir Weihnachten auf der Veranda, wo sämtliche Gerüche und Geräusche der Nacht auf uns einströmten. In der Ferne glitzerte Le Gosier, das auf der anderen Seite der Bucht lag. Ab und an wehte der Wind von den festlich erleuchteten Nachbarhäusern, wo ausgelassen getanzt wurde, haitianische Orchesterklänge zu uns, Carimi oder Haitian Troubadour.

Wenige Tage nach dem Fest wurden wir von allen Kindern aus Montebello besucht und mit Orangen und Mandarinen beschenkt. Wenn wir im kommenden Jahr keine Geldsorgen bekommen wollten, mussten wir ihre Kerne sorgfältig aufbewahren – eine Tradition, die sich hartnäckig hielt.

Erst zum Martin Luther King Day, der Mitte Januar gefeiert wird, kehrten wir nach New York zurück.

In dem eindrucksvollen Stapel Briefe, der mich 2002 nach meiner Rückkehr aus dem Urlaub an der Columbia University erwartete, entdeckte ich ein Schreiben von der University of Western Australia in Perth. Die Präsidentin der Gesellschaft für Frankreichstudien lud Richard, meinen Übersetzer, und mich zu einem Kolloquium ein. Offenbar war es nicht einfach gewesen, unsere Flugtickets zu finanzieren, denn sie hatte viele Sponsoren bemüht. Auch das Institut für Anglistik bot uns an, bei den Studientagen in New Norcia mitzuwirken, und das Maritime Museum von Fremantle bat mich, einen Vortrag über den transatlantischen Sklavenhandel zu halten. Ich erkannte darin die Fürsprache von Bonnie Thomas, die ich ein Jahr zuvor in Montebello empfangen hatte. Sie hatte sich für die Antillenkultur begeistert, zahlreiche *lewoz* besucht und sogar ein Kreolisch-Kursbuch des Assimil-Verlags erworben.

Australien? Ein fernes Land, über das ich nicht viel wusste. Wie jeder hatte ich die weißen Flügel des Sydney Opera House bewundert, ein häufiges Motiv auf Postern. Auch einige Filme wie *Picknick am Valentinstag* oder *Ein Schrei in der Dunkelheit* hatte ich gesehen, wobei weder der eine noch der andere einen bleibenden Eindruck auf mich hinterlassen hatte.

Ich ließ mich von Richards Enthusiasmus überzeugen: Er brannte darauf, die ehemalige englische Kolonie zu erkunden, die einstige Zuflucht der Sträflinge. Immerhin kaufte ich ein paar Reiseführer und las halbherzig über die Aborigines. Ich erfuhr nicht wirklich etwas Neues. Die Geschichte der Aborigines erinnerte auf bedrückende Weise an all die anderen Ureinwohner, die von ihren westlichen Entdeckern ausgeplündert, verfolgt und besiegt worden waren.

So reisten wir im Juli einmal um die halbe Welt und landeten in Perth. Perth war weder schön noch hässlich, eine durchschnittliche, einfach nur sonnige Stadt. Der Himmel über unseren Köpfen war von einem besonderen Blau, kräftiger als in Europa, und mit zerzausten Wolken übersät. Als ich durch die breiten, von gleichförmigen Häusern gesäumten Straßen spazierte, die sich im rechten Winkel kreuzten, staunte ich über die vielen Asiaten. Sie waren überall, in den Bürogebäuden, Banken, Geschäften und öffentlichen Gärten, sie standen Schlange vor den Kinos. Bei Bonnie Thomas, mit der wir in einem thailändischen Restaurant zu Abend aßen, sprach ich meine Verwunderung an.

»Wir haben von allem etwas«, erwiderte sie. »Vietnamesen, Nord- und Südkoreaner, Chinesen, Indonesier und Philippinen.«

Aus dem Klang ihrer Stimme konnte ich nicht heraushören, was sie davon hielt. Freute sie sich über den Zustrom? Bedauerte sie ihn?

Sie selbst war Engländerin und mit einem Franzosen verheiratet. Ich für meinen Teil fand solche vielfältigen menschlichen Verbindungen wundervoll; sie verwischten die Identitäten, die unter dem Einfluss von Liebe und Sex immer wieder aufs Neue über den Haufen geworfen wurden.

Wir mussten sehr früh aufstehen, denn wir hatten von Perth nach Fremantle einige Kilometer Fahrt vor uns. Das Maritime Museum war ein Prachtbau und so weit aufs Meer hin geöffnet, dass der Eindruck entstand, die Schiffe führen ins Museum ein. Zur Mittagszeit traf ich Françoise Verges, die an der Entstehung eines Museums auf La Réunion arbeitete, dem Herzensprojekt ihres Vaters, und wir machten ein wenig Sightseeing. Fremantle war von ehemaligen englischen Sträflingen errichtet worden. Die größten Sehenswürdigkeiten waren das ehemalige Gefängnis Round House und das Einwanderungsmuseum. Wir aßen auf der Terrasse eines Hotels, das mit seinen halb blinden, von schwerem Kupfer umrahmten Spiegeln und den schwarz-weiß gestreiften Stoffsesseln und -sofas altmodisch wirkte. Der Kellner pries nachdrücklich die Qualität seiner Austern – Weichtiere, die mir leider noch nie besonders geschmeckt haben. Ich mag nur gefüllte Austern, wie sie in den amerikanischen Südstaaten zubereitet werden, nach Ansicht von Kennern ein Frevel.

Am nächsten Tag begann im Frankreichzentrum der University of Western Australia in Perth unser Kolloquium. Als ich zu Ende gesprochen hatte, kam Beverley, eine Jamaikanerin, auf mich zu. Sie war eine namhafte Literaturkritikerin, die eine Arbeit über den Dichter Édouard Glissant verfasste und von der ich zahlreiche Artikel gelesen hatte. Kurzerhand lud sie Richard und mich zum Abendessen nach Hause ein.

»Ich habe nichts Karibisches für Sie gekocht«, sagte Beverley zur Begrüßung, »sondern etwas Australisches. Der Fisch hier ist hervorragend.«

»Der Wein auch«, ergänzte Anton, ihr Mann. »Ich nehme an, das haben Sie schon gehört. Er macht sich gerade auf der ganzen Welt einen Namen.«

Anton war Engländer und lebte seit zwanzig Jahren in Australien, was weder seinem Akzent noch seiner Geziertheit Abbruch getan hatte. Die Stimmung beim Abendessen, einem hervorragenden Fisch namens Barramundi und Pilzpastete, war zwanglos und sehr lebhaft.

Beim Dessert erzähle uns Beverley auf einmal eine schreckliche Geschichte. Ihre Schwester war mit einem Anführer des Staatsstreichs 1983 in Grenada verheiratet gewesen. Sie war verhaftet worden, ihre Familie hatte sie seit Jahren nicht gesehen. Da verstand ich die tiefen Schatten in Beverleys grauen Augen und ihre Anspannung, die sie mit einem Lächeln zu verbergen versuchte. Ich stammelte ein paar mitfühlende Worte.

»Ich träume jede Nacht von ihr«, fuhr Beverley fort. »Die amtierende Regierung Grenadas hat uns versprochen, sie endlich freizulassen. Ich hoffe das Beste.«

Ich brauche wohl nicht zu erwähnen, dass die Stimmung nach einer solchen Hiobsbotschaft umschlug und wir ziemlich traurig auseinandergingen.

Erst einige Tage später, als wir zu den Studientagen des Instituts für Anglistik nach New Norcia fuhren, wurde Australien lebendig für mich. Von Mary Olsen, einer stolzen Nachfahrin von Sträflingen, erfuhr ich zu meinem großen Erstaunen, dass sich um die einstigen Zuchthäusler eine Aristokratie herausgebildet hatte. Ich dachte an meine Eltern, die einen Schleier der Scham über ihre afrikanischen Wurzeln gebreitet hatten und so viel Stolz nie verstanden hätten.

New Norcia war der Sitz einer Kolonie des Benediktinerordens. Sie lag fast zweihundert Kilometer von Perth entfernt in einer mit Dornensträuchern und Riesenkakteen bewachsenen, von einer breiten Straße durchzogenen Halbwüste. Nachts rasten ellenlange, wie Kreuzfahrtschiffe erleuchtete, *road trains* genannte Lastkraftwagen mit Karacho über den Asphalt, ließen Staub aufwirbeln und die Wände des Klosters erzittern, in dem die Mönche schliefen. Sie waren nordwärts nach Broome unterwegs, in die Hauptstadt der Perlenindustrie, wo achtzig Prozent des weltweiten Perlmutts verarbeitet wurden.

New Norcia hatte bis vor kurzem zwei Kinderheime für Aborigine-Waisen beherbergt. Die Stargäste des Kolloquiums, Anne und Jonas, waren tatsächlich zwei ehemalige Schüler aus diesen Heimen. Sie erinnerten mich an die Inder auf Guadeloupe, hatten aber dunklere Haut und markantere, herbere Gesichtszüge.

Auf den ersten Blick wirkten sie kühl und irgendwie arrogant auf mich. Mir wurde schnell klar, dass der Trubel um ihre Person sie schlichtweg einschüchterte. Man begegnete ihnen übereifrig und ergeben. Aus Perth waren Journalisten gekommen, die sie fotografierten und um Interviews baten. Anne war Malerin, deren künstlerische Arbeiten ich leider nie zu Gesicht bekam. Sie war politisch sehr engagiert und hatte sich auch als Autorin einen Namen gemacht. Jonas und sie hatten in viel gelesenen Zeitschriften die düstere Geschichte ihrer Kindheit erzählt. Da ihre Väter Weiße gewesen waren, hatte man sie ihren Aborigine-

Familien entrissen und in die Kinderheime gesteckt, die ihnen die Errungenschaften der westlichen Kultur vermitteln sollten. Anne hatte sich dem System mit Müh und Not untergeordnet. Jonas dagegen war schon immer rebellisch gewesen. Mit vierzehn war er ausgebrochen, um zu seiner Familie zurückzukehren. Man fing ihn wieder ein und brachte ihn gewaltsam ins Heim zurück. In ihren Präsentationen beschrieben sie die furchtbaren Jahre ohne Zuwendung und Liebe unter dem gnadenlosen Blick eines Gottes, der offenbar kein Mitleid kannte. Das Publikum hörte zu und weinte. Heuchelei?, fragte ich mich.

Anne und Jonas schlossen sich Richard und mir zum Mittagessen an.

»Wenn Sie uns kennenlernen möchten«, sagte Anne, »müssen Sie ins sogenannte Nordterritorium kommen, nach Alice Springs. Sie können bei mir wohnen. Mein Haus ist groß genug.«

Es war leider unmöglich. Im Anschluss an New Norcia mussten wir nach Sydney, wo ich im französischen Kulturzentrum über mein Werk sprechen sollte. Außerdem wollten wir unbedingt einen Abend in die Oper. Und dann waren wir mit unserer Freundin Régine Cuzin verabredet, die nach ihrer Neuseelandreise einen Tag in Australien verbringen würde.

»Ach, wie schade«, bedauerte Jonas, »Alice Springs ist unsere Kulturhauptstadt. Es gibt unzählige Maler, Bildhauer, Musiker, Künstler jeder Couleur.«

»Sie haben uns alles gestohlen«, bemerkte Anne traurig, »aber so sehr sie es auch versucht haben, unsere Kreativität konnten sie uns nicht nehmen.«

Am letzten Tag versammelten wir uns zu einem Abschiedsbankett, wobei »Bankett« für das frugale Abendessen, das uns aufgetischt wurde, ein übertriebener Ausdruck ist: Fisch, Kartoffeln und Austern, die offenbar der Stolz der ganzen Region waren. Anne und Jonas bekamen zwei Teller grünen Salat.

»Wir sind keine Vegetarier«, erklärte Anne, »aber wir essen nur Fleisch von Tieren, die bei uns heimisch sind. Känguru zum Beispiel. Es dauert Jahre, um auch nur Grundkenntnisse unserer Küche zu erwerben. Den Ausdruck *Bush Tucker* könnte ich Ihnen gar nicht übersetzen. Damit sind das Fleisch, die Beeren und Kräuter gemeint, von denen wir uns ernähren.«

Wie sehr bedauerte ich, mich von ihnen verabschieden zu müssen, wo wir doch so wenig Gelegenheit gehabt hatten, uns kennenzulernen und auszutauschen! Mir war, als würde ich das Wichtigste von Australien verpassen. Ich hatte es mir kleingeredet, aber plötzlich verstand ich, dass die Aborigines das beste Beispiel für den Schaden waren, den die koloniale Unterdrückung verursachte. Um ihr Territorium beraubt, geisterten sie herum wie Gespenster, die von allen verachtet wurden. Schlimmer noch, ihre Lebensart, ihre Seele waren verletzt. Aber – Triumph des Menschlichen – sie überlebten, so gut sie konnten. Am nächsten Tag stieg ich schweren Herzens ins Flugzeug.

In Sydney waren wir in einem nagelneuen, ultramodernen Hotel untergebracht, in dem alles zweifarbig, schwarz und rot, gehalten war. Über die Betten in den Zimmern waren schwarze Decken gebreitet, auf denen karminrote Kissen verstreut lagen. Tische und Sessel leuchteten rot, in dem schwarzen Ecksofa versank man tief wie in einem Grab. Das Gesamtbild war gleichzeitig apart und ein bisschen unheimlich.

Wir gingen nach draußen, um die Stadt zu erkunden.

Meine ehemalige Kollegin von der University of Maryland, Madeleine Hage, hatte mir von Sydney erzählt. Es sei, meinte sie, eine Stadt für junge Leute, in der viel Körperkult betrieben werde. Ich teilte diesen Eindruck. In den Straßen und Einkaufsmeilen entlang dem stahlblauen Meer, das sich bis zum Horizont dehnte, tummelte sich eine elegante Menschenmenge. Alles war schön, wie geleckt: Privatgebäude, öffentliche Einrichtungen, Modegeschäfte, Restaurants und Parks, in denen sich engelsgleiche Kinder vergnügten. Das Schauspiel machte uns die eigene Unvollkommenheit bewusst. Wir fühlten uns alt und hässlich.

Eine imposante Treppe führte zu der Plattform, auf der sich das berühmte Opernhaus befand. Es stand mit dem Rücken zum Himmel, von dem es sich abhob wie ein Juwel aus einem Schmuckkästchen. Ich hatte noch nie Vergleichbares gesehen, außer vielleicht den Taj Mahal. Dabei waren die beiden Bauwerke einander diametral entgegengesetzt: Eines eine Hymne an den

Tod, das andere eine an das Leben. Ich fühlte mich unwohl und drängte Richard, in den Schutz des Hotels zurückzukehren.

Unsere Freundin Régine Cuzin, Kuratorin für Übersee-Ausstellungen am Pariser Rathaus, erwartete uns im Speisesaal, wo sich ihr feuerrotes Haar wunderbar in die Umgebung einfügte. Kellner in Mephisto-Aufmachung eilten geschäftig hin und her. Als ich ihr meine Eindrücke schilderte, musste Régine lachen.

»Richard hat recht, da geht deine schriftstellerische Fantasie mit dir durch«, spöttelte sie. »Sydney ist eine wunderhübsche Stadt, das sehe ich ja auch so, aber Jugendwahn und Körperkult kann ich nirgends erkennen.«

Wir beherzigten Régines Tipps und gingen am nächsten Morgen um acht Uhr an Bord einer der zahlreichen Fähren, die, beladen mit Besuchern und Touristen, die Bucht durchquerten. In Manly, das sie uns wärmstens empfohlen hatte, stiegen wir aus. In der sonnendurchglühten Kleinstadt herrschte die gleiche Atmosphäre von entfesselter Schönheit. Adonisse in bunten Neoprenanzügen surften auf dem Wasser und ein harmonisches Durcheinander von Körpern belegte den weißen Sandstrand. Zum Mittagessen setzten wir uns in ein Strandcafé, wo wir von Bikini tragenden, viel gebräunte Haut zeigenden Mädchen umgeben waren, während die Jungs kurioserweise in Trainingsanzügen steckten. Obwohl auf der Südhalbkugel Winter herrschte, war es ziemlich warm. Wir betraten einen kleinen Souvenirshop, in dem hauptsächlich Kunst- und Handwerksgegenstände der Aborigines verkauft wurden. Der Inhaber versuchte, einem wenig überzeugten amerikanischen Paar ein Musikinstrument zu verkaufen.

»Das ist ein Didgeridoo«, erklärte er, in der Hand eine lange Holzröhre, »man muss nur hier reinblasen, ganz einfach.«

Zum Schluss entspannten wir auf Liegestühlen am Meer, während die Sonne hinter dem Horizont versank.

Nach so viel Zauber war der Abend im französischen Kulturzentrum eine Enttäuschung. Ilena, die Veranstalterin, war zwar charmant und herzlich, hatte aber offenkundig nicht den geringsten Werbeaufwand betrieben. Eine Handvoll Zuschauer saß verloren in dem mit sattsam bekannten Bildern behängten

Saal: Eiffelturm, Viadukt von Millau, Mont-Saint-Michel. Tapfer ergriff ich das Wort und schaffte es, die schleppende Diskussion über mein Werk fast eine Stunde lang aufrechtzuerhalten. Wie durch ein Wunder befand sich ein Martinikaner im Publikum, der als einziger schon von mir gehört hatte. Er sprang auf und schüttelte mir die Hand.

»Wie schade, dass kaum jemand da ist«, bedauerte er. »Ich habe alle Ihre Bücher gelesen und kenne viele Hochschullehrer, die gern gekommen wären.«

Er hieß Gérard La Cascade und leitete ein Reisebüro. Gérard hatte Martinique aus einer Laune heraus verlassen, obwohl er gutes Geld damit verdient hatte, Brillengestelle an kurzsichtige Schüler des Schœlcher-Gymnasiums zu verkaufen.

Er schlug vor, uns am nächsten Tag Sydneys Umland zu zeigen, denn er hatte ein Auto.

»Wir fahren nach Bondi Beach«, versprach er, »an den weltbesten Surfspot.«

Zum Abendessen entführte uns das Kulturinstitut in ein Restaurant einige Kilometer außerhalb der Stadt. Über eine Steintreppe gelangte man zu einem weitläufigen, das Meer überragenden Außenbereich. Von der anderen Seite der Bucht blinkten Lichter zu uns herüber.

»Das ist ein Meeresfrüchte-Restaurant«, sagte Ilena. »Die australischen Meeresfrüchte sind die besten auf der ganzen Welt. Ich nehme an, Sie mögen Austern?«

Ich verneinte und löste eisige Stille aus. Alle sahen mich entsetzt an. Was hatte ich mich da getraut? Überall, wo ich gewesen war, hatten die französischen Kulturinstitute und sogar die Botschafter mich ausgesucht höflich empfangen, obwohl ihnen meine politische Einstellung durchaus bekannt gewesen war. Alle wissen, dass ich Separatistin und Mitglied der UPLG bin. Aber öffentlich zu erklären, dass ich keine Austern mochte, war ein Skandal. Das will einer verstehen! Zum Glück stieg uns der Wein zu Kopfe und entspannte sich die Atmosphäre. Ich entschied mich für Barramundi vom Grill, an dem ich Geschmack gefunden hatte.

Am nächsten Tag trafen wir Gérard La Cascade und brachen zu unserer Spritztour auf.

»Der eindrucksvollen Kulisse dürfen Sie nicht trauen«, spöttelte er immer wieder, »unser Ozean ist nicht so herrlich warm und wohlwollend wie das Karibische Meer. Hier lauern die schlimmsten Gefahren, meterlange Schlangen, Quallen, Giftfische. Die Leichtsinnigen, die von Haien verstümmelt oder gefressen wurden, zählen wir gar nicht erst.«

Zum Mittagessen gingen wir ins Fou-Fou Phalle Vert, das von Lucas geführt wurde, einem weiteren Martinikaner. Obwohl – urteilen Sie selbst! Seine Mutter Anne war in Melbourne geboren. Sie hatte eine Studienreise nach Paris genutzt, um sich von einem martinikanischen Jurastudenten verführen zu lassen. Als sie ihm von ihrer Schwangerschaft erzählte, offenbarte er ihr, dass er verheiratet und ein vorbildlicher Familienvater war, also nichts für sie tun konnte. Somit war Lucas dazu erzogen worden, die Antillen, Inseln der Schürzenjäger, zu hassen. Den Mythos, der in der Vorstellung ihres Sohnes herangereift war, hatte Anne trotzdem nicht zerstören können. Sobald er alt genug gewesen war, war er nach Martinique gegangen und ganze drei Jahre geblieben. Was er dort gemacht hatte? Dazu schwieg er beharrlich.

Das Fou-Fou Phalle Vert bot einen besonderen Ausblick. Zu seiner Linken erstreckte sich ein Meeresfriedhof, der Paul Valéry bestimmt gefallen hätte. Auf den Gräbern, durch die mehrere Trauerprozessionen zogen, ließen sich weiße, in dichte Federkleider gehüllte Seevögel nieder. Die Speisekarte hatte natürlich nichts Traditionelles zu bieten und Adélia hätte allen Grund gehabt, die Stirn zu runzeln. Doch als ich mein safrangelbes Seeigel-*blaf* aß, das mit einem *blaf* nichts als den Namen gemein hatte, war ich mit einem Mal tief ergriffen. Wir saßen hier zu dritt, drei Antillaner, die so fern ihrer Heimat – der Inseln der Vulkane und Zuckerrohrfelder – versuchten zu überleben und ihrem Leben einen Sinn zu verleihen. Unerklärlicherweise stiegen mir Tränen in die Augen, und ich musste, um sie vor Richard zu verbergen, den Blick abwenden.

Zurück im Hotel stießen wir auf Ilena. Sie wollte sich wahrscheinlich für den misslungenen Kulturabend entschuldigen und hielt eine wunderbare Überraschung für uns bereit: zwei Opernkarten für den nächsten Tag.

»*Nabucco* von Verdi«, sagte sie. »Es ist eine besondere Inszenierung – eine moderne Fassung, die im Irak von Saddam Hussein spielt. Ich habe sie selbst noch nicht gesehen.«

Ich wusste nicht, wie ich ihr danken sollte. Selig ist, wer die Geheimnisse der Oper durchdringen, die komplizierten melodramatischen Geschichten entschlüsseln kann. Die Handlung von *Nabucco* ist besonders konstruiert. Mit der Übertragung in die Jetztzeit konnte ich gar nichts anfangen. Einmal sah ich aus einem unterirdischen Gewölbe einen dunkelhäutigen, bärtigen Sänger kommen. Sollte das Saddam Hussein sein? Ein Rätsel.

Jener Abend ist mir aus einer Reihe anderer Gründe in unvergesslicher Erinnerung geblieben. Richard und ich setzten uns zum Abendessen ins Opernrestaurant. Die Wände waren mit schwarzem Krepp bespannt, wie das Innere eines Katafalks. In lange schwarze Tuniken gekleidete Kellner mit kuriosen weißen Turbanen auf dem Kopf schienen ihre Bewegungen auf den Rhythmus der seltsamen Musik abzustimmen, die leise im Hintergrund lief. Später erkannte ich, dass das Restaurant ganz im Stil des Konzertsaals gehalten war. Selbiger war tatsächlich in völlige Finsternis getaucht, von der sich die hell erleuchtete Bühne scharf abhob. Die ersten Akkorde erklangen und versprühten eine Magie, die mich vollkommen überwältigte. Der Chor hebräischer Sklaven: Was für eine Kraft! Die Regie hatte jede Geste der Schauspieler und der Chöre eindrucksvoll geformt. Ich fühlte mich, als würde ich sterben, wiedergeboren werden und ein zweites Leben beginnen.

In Anlehnung an Gaston Kelman, der mit seinem Buch *Je suis noir mais je n'aime pas le manioc** einigen Erfolg hatte, kann ich von mir behaupten, dass ich aus Guadeloupe stamme, aber kein *gwo ka* mag. Dafür habe ich sehr früh die Oper für mich entdeckt. Eines Tages hatte Jeanne-Marie, eine Studienfreundin, die wie eine Beschützerin für mich gewesen war und den Rest ihres Lebens als Nonne unter Leprakranken in Afrika verbringen sollte, mich zu Chantecler mitgenommen, damals ein Schallplattenladen am Boulevard Saint-Michel, damit ich »richtige Musik« kennenlernte,

* Dt. etwa: *Ich bin schwarz, aber ich mag keinen Maniok.*

so ihre Worte. Sie spielte mir Mozarts *Zauberflöte* vor. Ich war hin und weg. Meine unverbrüchliche Liebe zur Oper war somit kein Erbe der Familie, deren Musikgeschmack zu wünschen übrigließ. Meine Eltern hatten ein Grammophon besessen, und in Sarcelles hatten wir an langen Abenden ununterbrochen die Barkarole aus *Hoffmanns Erzählungen*, den *Luthier de Crémone** und das *Ave Maria* von Gounod gehört. Wenn er ein Glas Rum über den Durst getrunken hatte, stimmte Vater ein altes Soldatenlied an, bis Mutter ihn unwirsch zum Schweigen brachte. In seiner ersten Ehe war mein Vater ein ziemlicher Schwerenöter gewesen, hatte seine Frau betrogen und viel zu viel getrunken. Die Schönheit meiner Mutter hatte ihn um den Verstand gebracht, und ohne zu ahnen, dass sein Leben mit ihr geradlinig wie Notenzeilen verlaufen würde, hatte er sie in zweiter Ehe geheiratet.

Mutter selbst hatte ein recht hübsches Stimmchen, ständig sang sie französische oder kreolische Liebeslieder. Den Text ihrer Lieblingsmelodie kenne ich bis heute auswendig: *Ah n'aimez pas, n'aimez pas sur cette terre. Quand l'amour s'en va il ne reste que les fleurs. J'ai pris mon cœur, je l'ai donné à un ingrat, à un jeune homme sans conscience qui ne connaît pas l'amour.***

Einen Tag vor unserer Abreise bat mich ein Journalist telefonisch um ein Interview anlässlich des Melbourne Writers Festival.

»Melbourne Writers Festival?«, wiederholte ich.

»Haben Sie denn nicht davon gehört?«, rief er. »Das ist das größte Festival Australiens. Der französischsprachigen Literatur wird viel Platz eingeräumt.«

Es war leider zu spät, um meine Pläne zu ändern und das Festival zu besuchen.

Und so hat Australien das bittere Gefühl des Unfertigen, der Versäumnis bei mir hinterlassen. Außer der schönen Landschaft habe ich vom kulturellen Reichtum des Landes nicht viel mit-

* Dt. etwa: *Der Geigenbauer von Cremona.*

** Dt. etwa: *Ihr sollt nicht lieben, nicht lieben auf dieser Welt. Wenn die Liebe geht, bleiben nur die Blumen. Ich habe mein Herz genommen und einem Undankbaren geschenkt, einem jungen Mann ohne Gewissen, der nichts von Liebe versteht.*

bekommen. Ich konnte noch so viele australische Autoren lesen, noch so viele australische Kinofilme sehen – das Gefühl blieb. Als ich erfuhr, dass Peter Carey in New York lehrte, erwog ich, ihm eine E-Mail zu schreiben. Aber ich konnte mich nicht dazu entschließen. Was hätte ich ihm auch sagen sollen? Diese Art von Avance wäre meiner Persönlichkeit und meinen Gewohnheiten zuwidergelaufen. Wäre ich zehn Jahre jünger gewesen, ich hätte sofort nach Sydney zurückkehren wollen, meinetwegen auf eigene Kosten, doch eine Reise wie diese wurde immer unmöglicher. Ich zog mich jeden Tag ein bisschen mehr auf mich selbst zurück. Im Nachhinein glaube ich, Australien hat mir ein Zeichen gegeben, das ich nicht entschlüsseln konnte.

Im Sturmschritt Länder bereisen, deren Kultur ich zu kennen glaubte, weil ihre Esskultur mir bekannt war – diesen Lebenswandel sollte ich nicht mehr lange pflegen. Ich hatte viel von der Welt gesehen. Den bereits genannten Ländern seien unter anderem Indonesien, ein Teil Chinas mit Hongkong, der Äquator, Mexiko, Peru, Chile und natürlich Subsahara-Afrika hinzugefügt. Was blieb mir davon? Prächtige Bilder, die mit der Zeit verblassten, ins Sepia umschlugen. Mein Leben würde sich verändern, und ich wusste es noch nicht.

Als ich einige Jahre zuvor bei einem der Geschäftsessen, die Simone Gallimard so gern abhielt, von meinen vielen Reisen erzählte, wollte eine bekannte Autorin wissen:

»Was suchen Sie denn in der Ferne?«

Eine berechtigte Frage, die mir noch viele Male gestellt werden sollte. In einem imaginären Gespräch stellt meine Großmutter Victoire sie mir ebenfalls und wirft mir vor, dass ich den ihr gewidmeten Roman vernachlässige. Ja, was hatte ich in der weiten Welt gesucht? Auf einmal fand ich Gefallen an der Sesshaftigkeit.

Ich stellte fest, dass New York, dessen lebendige, prickelnde Atmosphäre ich so schätzte, auch eine zärtliche, schützende Stadt war, was ich bislang nie wahrgenommen hatte. Die Busse knieten nieder, um gehbehinderten Fahrgästen wie mir den Einstieg zu ermöglichen. Entlang der hektischen Einkaufsmeilen waren Sitzbänke aufgestellt, damit müde Fußgänger sich ausruhen konnten. Ganz langsam freundete ich mich mit weiteren

Dingen in meiner Umgebung an. So konnte ich allmählich den häufigen Straßenfesten auf dem Broadway etwas abgewinnen, die ich bislang verschmäht hatte. Vom Riverside Drive, wo ich wohnte, waren es nur ein paar Meter. Es gab dort alles Mögliche zu kaufen: handgestrickte Rollkragenpullover, dreifarbige Schals, peruanische Mützen, Söckchen mit Rankenmuster – ich kaufte Paar um Paar als Geschenke für meine Enkel. Vor ihren Buden wetteiferten rotnasige Clowns mit Jongleuren. Anderswo saß eine Schar Kinder brav auf dem Boden und lauschte Märchenerzählern oder Musikanten.

Ich stellte fest, dass man nicht verreisen musste – was ich für unerlässlich gehalten hatte –, um die Küche eines Landes kennenzulernen. Auf einem dieser Jahrmärkte probierte ich bei einem Türken zum ersten Mal İmam bayıldı, ein Gericht auf Basis von Auberginen und Tomaten, die langsam im Ofen gebacken werden. An einem griechischen Stand verkostete ich gefüllte Tintenfische. Ich stellte mich in eine Schlange, um eine Portion peruanisches Bierhuhn zu ergattern.

Kaum merklich veränderte sich auch die Atmosphäre der Abendessen, zu denen ich meine Freunde versammelte. Sie wurden weniger großtuerisch, wenn man so will. Ich stellte nicht mehr Bewunderung heischend meine Gerichte zur Schau. Die Geselligkeit obsiegte.

16. SOUL FOOD

Mitten in diesen Verwandlungen bewahrte ich einen Traum. Ich hatte mich zwar damit abgefunden, niemals Teil der afroamerikanischen Community zu sein, bedauerte aber nach wie vor, so wenig mit ihr in Kontakt zu stehen. Natürlich lächelten wir einander nett zu und grüßten uns mit einem herzlichen »Hi«, wenn ich den schwarzen Dozenten des Afroamerikanistik- oder Anglistik-Instituts auf dem Campus begegnete. Aber das war es auch schon. Meine Kurse zogen Studenten aus der Karibik und Afrika an – aus den Maghreb-Ländern ebenso wie aus dem Afrika südlich der Sahara –, aber Afroamerikaner schrieben sich nicht ein. Offensichtlich waren ihnen James Baldwin, Ralph Ellison und vor allem Toni Morrison lieber als Aimé Césaire, Édouard Glissant und Sony Labou Tansi. Die Verlegerin der englischsprachigen Ausgaben meiner Bücher war Afroamerikanerin. Ich hatte sie mehrmals nach Hause zum Abendessen eingeladen, in der Hoffnung, sie für mich einnehmen zu können. Doch sie war unnahbar geblieben.

Umso verständlicher mag daher meine Freude erscheinen, als mich eine gewisse Debra Harrison zu ihrer jährlichen Schreibwerkstatt einlud. Sie sei 1960 gegründet worden, betonte sie stolz, und schon von den renommiertesten afroamerikanischen Schriftstellern geleitet worden. Debra lebte in Macomb, einer Kleinstadt in Georgia. Nur mit größter Mühe konnte ich Richard davon überzeugen, dass meine Anwesenheit in dem Provinznest unerlässlich war. Er blieb skeptisch und reiste zu seiner Mutter, deren Gesundheit sich verschlechterte.

Die kleine Stadt Macomb war Anfang des neunzehnten Jahrhunderts von einer Gruppe Sklaven gegründet worden, die ihr Herr, Jonathan Cape Middlewood, auf seinem Totenbett freigelassen hatte. Es waren sechs Frauen mit hellbrauner Haut, allesamt Bastarde von Jonathan Cape, deren Partner und rund zwanzig Kinder. Zum Schutz vor den damals häufigen Raubzügen war die Stadt ursprünglich auf dem Gipfel eines Hügels erbaut worden und hatte sich dann ins Flachland ausgedehnt. Es gab somit zwei Macombs, Upper Macomb, bis heute »Alt-Macomb« genannt, und Lower Macomb, wo hauptsächlich Landarbeiter, die in Georgias Obstanbaubetrieben angestellt waren, mit ihren Familien wohnten. Upper Macomb bestand aus einer Hauptstraße, die sechs Seitenstraßen im rechten Winkel durchkreuzten. Das Herz der Altstadt war nicht etwa die Kirche oder das Rathaus, sondern zweifelsohne Debras Haus, ein geräumiger Holzbau aus dem neunzehnten Jahrhundert mit einem Dutzend Zimmern. Debra war eine beleibte Dame, die sich erstaunlich geschmeidig bewegte. Ihre Gesichtszüge waren regelmäßig, geradezu schön, und man war geneigt zu bedauern, dass sie das viele Fett hatte überhandnehmen lassen.

Als ich aus dem Bus stieg, den ich in Atlanta genommen hatte, fasste sie mich an beiden Händen.

»Sie! Ich muss träumen«, raunte sie.

Überrascht von ihren leuchtenden Augen, fragte ich:

»Was haben Sie denn von mir gelesen?«

»*Segu*«, sprach sie salbungsvoll. »Ich weiß nicht mehr, wie oft ich es gelesen habe. Es ist ein Meisterwerk.«

Damit wandte sie sich ein paar Jugendlichen zu, die wohl auf den nächsten Greyhound warteten, und erklärte:

»Das ist eine der größten Schriftstellerinnen der Welt. Sie beehrt uns mit ihrem Besuch.«

Die jungen Leute schienen nicht übermäßig gerührt, während mich diese verstiegene Behauptung verblüffte. Um kein Missverständnis aufkommen zu lassen: Ich bin für Schmeicheleien keineswegs empfänglich. Im Gegenteil, ich gehe davon aus, dass der Schmeichler meine geistigen Fähigkeiten bezweifelt und sein Spielchen mit mir treibt. Doch nun war ich bereit, alles zu schlucken, was mir vorgesetzt wurde, denn Debra war meine letzte Chance: die jahrelang ersehnte Chance, endlich eine Welt zu betreten, die mir immer verschlossen gewesen war.

Sie schnappte sich meinen Koffer und lief in Richtung Ausgang. Ich kam kaum hinterher, denn der Aufstieg war steil. Als sie es bemerkte, reichte sie mir einfach die Hand, um mich zu unterstützen.

»Sie haben Schwierigkeiten beim Gehen?«, fragte sie. »Ich massiere Sie später mit ätherischen Ölen. Mit Ihnen ist der Professorinnenklub fast vollständig. Marita Gonzalez und Amy Montrose sind heute Morgen angekommen. Die beiden Romanautorinnen kennen Sie bestimmt?«

Ich hatte noch nie von ihnen gehört.

»Fehlt nur noch Laura Adamson«, fuhr sie fort. »Sie kommt mit dem Auto aus New Haven.«

»Laura Adamson!«, rief ich. »Was für ein Zufall! Wir waren im selben Jahr auf dem Calabash-Festival in Jamaika eingeladen.«

»Eine außergewöhnliche Frau, und so talentiert!«, legte sie nach. »Wussten Sie, dass sie hoch gehandelt wird als nächster Poet Laureate?«

Debras Haus, in dem die vier Werkstattleiterinnen untergebracht waren, sah sehr vornehm aus. Ihr Garten war ein wirres Durcheinander aus weiß blühenden Kornelkirschen. Der Frontgiebel trug die etwas hochtrabende Inschrift *Forschungs- und Studienzentrum Zora Neale Hurston*. Die rund vierzig Studenten, die an der Werkstatt teilnehmen sollten, übernachteten im gegenüberliegenden Hotel *The New Negro*, benannt nach dem berühmten Essay von Alain Locke.

Ich weiß, ich weiß, es gibt verschiedene Möglichkeiten, den Aufenthalt in Macomb zu beschreiben. Ich könnte mich über Debras ständige Hyperbeln lustig machen: »Die eingeladenen Dozenten zählen zu den renommiertesten Schriftstellern der Welt«, wiederholte sie. »Die Studenten strömen von überall aus den Vereinigten Staaten herbei. Es sind die klügsten und begabtesten Köpfe.« »Unsere Schreibwerkstatt lohnt sich wie keine andere.«

Ich könnte darüber spotten, wie wahnsinnig intellektuell das Abendprogramm war. Am ersten Tag gab es ein mysteriöses atonales Konzert, am zweiten ein Ballett, bei dem die Tänzerinnen einen dunklen afroamerikanischen Roman noch dunkler interpretierten, und zuletzt einen esoterischen Rezitationsabend. Ich könnte Debras Behauptungen anzweifeln. Hatte sie wirklich das Institut für Afroamerikanistik am berühmten Morehouse College in Atlanta geleitet? War sie wirklich die Partnerin eines hohen, inzwischen verstorbenen NAACP*-Mitglieds gewesen, das dem Zentrum vor seinem Tod einen hohen Betrag gespendet hatte? Hatte sie eine entscheidende Rolle in der Bürgerrechtsbewegung gespielt? Hatte sie der Black Panther Party so nahegestanden, dass sie verhaftet worden war und viele Wochen im Gefängnis hatte sitzen müssen? Kurzum: Wenn man ihr Glauben schenken wollte, war ihr Leben mit dem politischen Aktivismus der Afroamerikaner eng verflochten. Ob sich die berühmten Schriftsteller, deren Fotos die Esszimmerwände schmückten, wirklich für das kleine *Forschungs- und Studienzentrum Zora Neale Hurston* interessiert hatten? Ich könnte auch einfach erzählen, wie schockiert ich war. Debra lebte mit Willard zusammen, einem inspiriert wirkenden, zwanzig Jahre jüngeren und vierzig Kilo leichteren Dichter, von dem man nicht wusste, ob er Student oder Professor war, weil er zwischen den beiden Funktionen ständig hin und her sprang. Mit einem Wort: Ich könnte mich über meinen Aufenthalt in Macomb lustig machen. Viel lieber betrachte ich ihn als Immersion, als Landung auf einem unbekannten Planeten eines anderen Sonnensystems.

Jeden Morgen um Punkt sieben kam Debra in mein Zimmer. Sie massierte mich mit einem Öl auf Strohblumenbasis, dessen herber Geruch mir bis heute in der Nase liegt. Zu dieser frühen Stunde hatte sie noch nicht die Rolle der Spitzenintellektuellen eingenommen. Sie war noch eine Frau wie jede andere, bloß mütterlicher. Ihre Hände, dick wie Fleischklopfer, waren seltsamerweise sehr sanft. Warm und belebt zirkulierte unter ihrem Druck mein Blut. Sie hielt mir keine politischen oder engagierten Vorträge wie den Studenten. Sie sprach über Persönliches. Immer wieder erzählte sie von ihrer verstorbenen Mutter – Debra war zehn Jahre alt gewesen –, von ihren Schwestern, die ihr fremd geworden waren und mit ihren Familien in Atlanta lebten, und von ihren Brüdern, die nach Kanada ausgewandert waren und von denen sie gar nichts mehr hörte. Ob diese Geschichten Ausgeburten ihrer Fantasie waren? Trotzdem bewegten sie mich, denn

* *National Association for the Advancement of Colored People:* schwarze Bürgerrechtsorganisation in den USA.

sie stießen bei mir auf eine eigenartige Resonanz. Auch ich hatte meine Mutter verloren, als ich sehr jung gewesen war. Auch ich hörte kaum mehr von meinen Geschwistern.

Um acht trafen wir uns zum Frühstück im Esszimmer, einem stilvollen Raum, dessen Wände mit Fotos und Zitaten von Schriftstellern gespickt waren. Manche dieser Gedanken waren keine besonders tiefen Einsichten. Ein gewisser C. Wilson soll gesagt haben: »Das Leben ist eine Fahrbahn mit Spurrillen. Wir müssen lernen, nicht in sie hineinzugeraten.«

Ich labte mich an *grits,* einer Art afroamerikanischem Porridge, Rohschinken und honiggesüßter Hähnchenwurst. Eine Wonne waren auch die frittierten grünen Tomaten, eine Spezialität aus Georgia, die dem bekannten Film *Grüne Tomaten* seinen Namen gegeben hat.

Pünktlich um neun fingen die Kurse an. Die Studenten hatten ganz schön viel zu tun. Sie hatten vier Schreibwerkstätten vor sich, zwei für Prosa, eine für Dichtung und eine für Theater. Debra hatte nicht übertrieben, manche waren von sehr weit angereist, aus Kalifornien, dem Bundesstaat Washington und sogar Hawaii. Vielen von ihnen war es gelungen, einen ersten Roman oder Gedichtband zu veröffentlichen, allerdings ohne Erfolg. Der übergroße Respekt, den sie uns Lehrenden zollten, machte jede Diskussion praktisch unmöglich. Jeder ihrer Sätze begann mit: »Wenn Sie erlauben, Frau Professor Condé, wage ich zu behaupten, dass ...« Die Seminare in Macomb hatten nichts von dem freundschaftlichen, ja vertraulichen Charakter, der meine Kurse an der Columbia ausgezeichnet hatte.

Die Studenten, die an meiner Werkstatt teilnahmen, bekundeten ihre Hochachtung für *Segu*. Der Roman stehe auf dem Lehrplan vieler weiterführender Schulen für Schwarze, behaupteten sie. Ich staunte nicht schlecht. Ich fragte mich, ob sie die Wahrheit sagten oder gehörig von Debra beeinflusst waren. Am Ende wollte ich ihnen jedoch glauben und sagte mir, dass Text und Autor zwei verschiedene, ja gegensätzliche Leben führten: Während ich noch beklagte, von der afroamerikanischen Literatur wenig anerkannt, ja ausgeschlossen zu werden, hatte *Segu* schon seinen eigenen kleinen Beitrag zur Formung der schwarzen

Persönlichkeit geleistet. Und so kam es, dass ich dieses Buch, schon fast vergessen, neu entdeckte. Ich entwickelte ein Gespür für den Wert, den es für die schwarzen, permanentem Rassismus ausgesetzten Amerikaner besaß. Das Bild von einem Afrika, edel und stolz, bevor der Sklavenhandel und die Kolonisierung seinen Niedergang einleiteten, wirkte sehr tröstlich auf sie. In diesem Sinne hatte ich *Segu* zwar nicht geschrieben – aber bestimmen nicht am Ende die Leser über das Buch?

Mittags überquerten Studenten und Professoren einmal die Straße und gingen ins *New Negro*. Das Hotel wurde von Nikki geführt, einer Verwandten Debras, die genauso füllig und rechtmäßig mit einem genügsamen Sechzigjährigen verheiratet war, der als Handlanger des Zentrums fungierte. Wir stärkten uns im Emmett Till Dining Room vor den Augen von Martin Luther King Jr., Coretta und ihren noch kleinen Kindern. Nikki war eine echte Chefköchin. Berühmt war sie für ihr geschmortes Hähnchen mit Pfifferlingen, Wachtelfrikassee und karamellisiertes Schweinefleisch mit Pfirsichen. Als ich es wagte, mich nach ihren Rezepten zu erkundigen, wurden sie mir entschieden verweigert.

»In der Kochkunst läuft es wie in der Literatur«, spöttelte Debra, als sie mein enttäuschtes Gesicht sah, »man muss sich vor Plagiaten hüten.«

»Falsch!«, rief ich aus. »In der Küche gibt es keine Plagiate.«

Nachmittags kam Willards glorreiche Stunde. Alle saßen dicht gedrängt im Rosa-Parks-Saal, die Türen und Fenster geschlossen, die Vorhänge zugezogen, um das Tageslicht auszusperren. Willard zeigte zwei bis drei Dokumentarfilme oder Autoreninterviews, die er zuvor aus der umfangreichen Sammlung des Zentrums ausgewählt hatte. Keiner fehlte: weder Richard Wright, behäbig in einem Café der Rue de Tournon in Paris sitzend und die Vorzüge des Kommunismus preisend, noch Romare Bearden, im Hawaiihemd in Saint-Martin die gegenseitige Beeinflussung von Blues und Malerei erläuternd, noch Amiri Baraka, wie immer gegen die weiße Welt wetternd. Willard kommentierte ihre Worte. Debra konterte ihm. Ihre Zwiegespräche schwankten zwischen Esoterik und Lächerlichkeit.

»Was ist Kunst?«, fragte Willard in schwülstigem Ton.

»Das i-Tüpfelchen des Lebens«, erwiderte Debra.

Offenbar war ich die Einzige, die einen Lachanfall unterdrücken musste.

Ihre Dialoge dauerten manchmal so lange, dass sie nicht vor Sonnenuntergang zu Ende waren. Dementgegen war das Abendessen immer recht ungezwungen. Nikki gab im Hotelgarten ein Barbecue, dessen Grillgeruch in den Himmel stieg wie eine Opfergabe. Die Studenten entspannten sich, lachten und plauderten. Manche trauten sich sogar, bis zum *liquor store* in Lower Macomb hinunterzugehen, um sich Bier zu kaufen. Mit dem Abendprogramm kehrte leider die Steifheit zurück.

Meine Beziehung zu Laura Adamson nahm eine vollkommen unvorhergesehene Wendung. Sie, die mir viele Jahre zuvor unsympathisch gewesen, ja sogar auf die Nerven gefallen war, wurde eine meiner besten Freundinnen. Oft lagen wir bis in die frühen Morgenstunden wie Schulmädchen nebeneinander und schwatzten. Bis zu diesem Zeitpunkt hatte ich noch nie vertrauliche Frauengespräche geführt. Ich hatte kein enges Verhältnis zu meinen Schwestern gehabt, die immer zu alt gewesen waren, um sich für mich zu interessieren. Die Angst zu langweilen hatte mich stets davon abgehalten, meinen wenigen Freundinnen die Ohren vollzuheulen. Lieber hatte ich ihnen stumm zugehört. Plötzlich entdeckte ich, wie beglückend es doch war, über sich zu sprechen, ungekünstelt und ungeschminkt von sich selbst zu erzählen. Laura Adamson hatte in jungen Jahren wie ich viel gelitten. Mit zweiundzwanzig waren sie und ihre beiden Kinder von ihrem Mann verlassen worden, einem reichen jüdischen Anwalt. In der Überzeugung, durch ihre Ehe mit einem Weißen unverzeihlich gesündigt zu haben, hatte sie in zweiter Ehe einen schwarzen Aktivisten geheiratet, der ihr zwei weitere Kinder gemacht hatte. Als sie ihn dabei erwischt hatte, wie er mit ihrer jüngeren Schwester schlafen wollte, hatte sie sich scheiden lassen. Seitdem hielt sie sich von weißen und von schwarzen Männern fern. Ich gab mir alle Mühe, sie zu trösten. Ich erläuterte, dass ich vier Kindern und vierzig unseligen Jahren zum Trotz heute glücklich war.

»Das wundert mich nicht«, meinte sie. »Nichts kann Sie unterkriegen. Sie sind so stark, so selbstbewusst.«

Selbstbewusst? Wie konnte man sich so in mir täuschen, wo ich mich doch vor allem und jedem fürchtete? Ich versuchte mich zu erklären.

»Nein, ich bin nicht stark. Aber ich habe immer eine Art Glauben in mir bewahrt, die Überzeugung, dass ich es schaffe.«

Laura verhehlte mir nicht ihre Vorbehalte gegenüber Debra und dem Zentrum.

»Ich bin gekommen«, sagte sie, »weil ich zum mindestens zehnten Mal eingeladen wurde. Aber ich war vorgewarnt. Debra steckt alle Studenten in eine Zwangsjacke namens James Baldwin, August Wilson oder Rita Dove. Sie lässt keine Freiheiten zu. Erinnern Sie sich an die wunderbare Spontaneität damals auf dem Calabash-Festival?«

Ich gestattete mir den Hinweis, dass ich diese »wunderbare Spontaneität« stark kritisiert hatte.

»Ein Handwerker, der einen Tisch schreinern will, sucht sich einen Meister«, gab ich zurück. »Er muss gewisse Regeln beachten. Warum sollte es in der Literatur anders sein?«

Wir konnten uns nicht einigen. Als ich vorschlug, das Zentrum sollte sich indischen, chinesischen, japanischen, gar westlichen Schriftstellern öffnen, brachte ich sie auf die Palme.

»Sie meinen für Weiße?«, rief sie entsetzt.

»In der Literatur gibt es kein Schwarz und Weiß. Die Literatur ist ein Ort, der keine Farben kennt.«

Ihre Wangen färbten sich rot und sie protestierte:

»Ach, kommen Sie! Wer schreibt, muss doch seine Herkunft kennen.«

Gegen ein Uhr morgens schlichen wir uns auf Zehenspitzen in die Küche. Laura kochte uns Kräutertee mit Zimt.

»Der wärmt den Körper und fördert den Schlaf«, sagte sie.

In kleinen Schlucken tranken wir vor dem Fenster, das weit auf die wundersame Stille der Nacht geöffnet war – Macombs Nächte waren genauso undurchdringlich wie die Nächte in Afrika, aber vollkommen geräuschlos. Man hätte meinen können, eine Bleikappe habe sich über die Kleinstadt gelegt. Kein ferner Ruf des

Tamtams lag in der Luft, kein menschliches Stimmengemurmel, kein Rascheln von Insekten unter dem Laub.

Der Gedanke an Richard, den ich allein ans Krankenbett seiner Mutter hatte reisen lassen, erfüllte mich mit Angst und Reue. Hatte ich zumindest bekommen, wonach ich im Zentrum gesucht hatte? Was hatte ich überhaupt erwartet? Ich wusste es nicht mehr und fand mich nicht mehr zurecht in mir.

Der letzte Seminartag, ein Samstag, war sterbenslangweilig. Ab neun Uhr morgens kamen wichtig aussehende Leute aus Atlanta angereist, später zwei Vertreter der NAACP in Baltimore, die mit ihren Zigarren und den schweren zweireihigen Anzügen wie echte Karikaturen aussahen. Sie füllten den Speisesaal des *New Negro* und tranken mit uns Kaffee. Ihre Luxuswagen, die sie im Parkhaus des Hotels abgestellt hatten, vermittelten den Eindruck, mit Literatur ließe sich viel Geld verdienen. Zunächst wurde eine Reihe von Reden gehalten, eine schwülstiger als die andere, die um abgedroschene Themen kreisten: »Die Feder ist stärker als das Schwert.« »Ohne Kultur verkümmert und stirbt der Mensch.« »Kultur muss von der UNESCO als Grundbedürfnis eingestuft werden.«

Der schlimmste Teil des Vormittags bestand jedoch in der nicht enden wollenden Urkundenverleihung. Sie wurde von Debra durchgeführt, deren scharlachroter Talar ihre Rundungen noch betonte. Sie hielt jedem Studenten eine Predigt, die vor Superlativen nur so triefte. Auf einmal ertrug ich es nicht mehr. Ich hatte genug von ihren Übertreibungen und dem verworrenen Geschwätz. Nicht einmal mehr das für den Old South typische Essen, das Nikki gekocht hatte, konnte ich anrühren: leicht gesalzenes Schweinsragout, Maronenpüree, gekochte Süßkartoffeln. Ich sprang in Macombs einziges Taxi und ließ mich nach Atlanta fahren, von wo aus ich wieder nach New York fliegen würde. Dort wartete mein Leben auf mich. Freudetrunken kehrte ich zu meinem Mann, meinen Studenten, meinem einfachen Alltag zurück. Es fühlte sich an, als hätte ich zwei Wochen lang geliehene Kleidung getragen, die mich stark eingeengt hatte. Jetzt war ich endlich wieder frei und anonym.

Ein, zwei Monate später erlebte ich eine große Überraschung. Das Medgar Evers College teilte mir mit, dass ich für mein Gesamtwerk einen Preis, den Toni Morrison Prize, erhalten würde. Ich? Ich erkannte Debras Handschrift und war entzückt. Wie konnte ich ihr meine Dankbarkeit zeigen? Durch sie war ich also offiziell an den Tisch der Meister gebeten worden. Meine Rührung ist nachvollziehbarer, wenn man weiß, welchen Stellenwert das Medgar Evers College in der afroamerikanischen Community einnimmt: Es ist eine Art Pantheon. Im Herzen Brooklyns gelegen, hält es den Namen eines Märtyrers im Kampf um die Freiheit hoch, denn Medgar Evers wurde 1963 von einem Mitglied des Ku-Klux-Klans ermordet. In *Histoire de la femme cannibale* erzähle ich, wie mein Stolz in herbe Enttäuschung umschlug. Der Preis wurde mir von einem Literaturprofessor überreicht, der meinen Namen falsch aussprach. Ich wurde als Letzte ganz am Ende der Zeremonie geehrt, der Hörsaal war schon wieder halb leer, überall lagen Pappbecher und andere Abfälle verstreut. Ich bin mir sicher, dass die wenigen noch Anwesenden von meiner Dankesrede wegen meines französischen Akzents kein Wort verstanden haben. Im Gegensatz zu Rosalie, meiner Romanheldin, begegnete ich nicht einmal einem Anthony Turley, der mich hofierte und zu trösten versuchte.

Was wurde aus meiner Busenfreundschaft mit Laura Adamson? In den Monaten nach unserem Wiedersehen in Macomb trafen wir uns sehr häufig. Sie verbrachte ihre Wochenenden bei einer Tante oder Cousine in New York und konnte so zum Abendessen an den Riverside Drive kommen. Ihr sanftes, tolerantes Wesen vertrug sich gut mit unseren Freunden. Feuer fing sie nur, wenn man sich anmaßte, Barack Obama zu kritisieren, den sie abgöttisch verehrte. Sie, die sich gedankenlos nur von Pizzen ernährte, die sie bei Pizza Hut bestellte, amüsierte sich über meine Bemühungen und meine kulinarische Schwelgerei.

»Was willst du denn beweisen?«, fragte sie spöttisch. »Dass du keine echte Intellektuelle bist?«

Ich zuckte mit den Schultern.

»Was meinst du damit? Ich koche, weil ich gerne koche, und damit basta.«

»Du weißt doch genau, dass die Dinge nicht so einfach liegen«, erwiderte sie. »Kochen ist für dich eine Art Widerstand.«

Widerstand wogegen? Gegen unsere konformistische Welt, in der ich mich unfreiwillig festgefahren hatte? Im August verkündete mir Laura aus heiterem Himmel, dass sie an die Universität von Entebbe wechselte, wo man ihr die Leitung der Anglistik angeboten hatte. Entebbe? In diesem Provinznest würde sie doch unentwegt an die Übeltaten des Idi Amin erinnert, den mir ein erfolgreicher Film wieder ins Gedächtnis gerufen hatte.

»Meine Kinder brauchen mich nicht mehr«, erklärte sie. »Mein Jüngster ist gerade am Darthmouth zugelassen worden.«

Aus diesen vernünftigen Worten glaubte ich eine Art Selbstmord herauszuhören, die Abkehr von einem Leben, das seine Versprechen nicht gehalten hatte. Meinen Bemühungen zum Trotz gelang es mir nicht, sie von dem Projekt abzubringen. Sie ging im September. Seitdem beschränkte sich unsere Beziehung auf endlos lange E-Mails in unregelmäßigen Abständen.

17. ADIEU FOULARD, ADIEU MADRAS*

Nach über einem Jahr des Zögerns und Zauderns wurden Richard und ich zu einer schweren Entscheidung gedrängt: unser Haus in Montebello zu verkaufen und eine Wohnung in Paris zu erwerben. Mein Zustand verbesserte sich nicht. Das Hin und Her zwischen New York und Guadeloupe strengte mich jedes Jahr mehr an. Außerdem fanden wir beide, es sei vorteilhafter, in einer Großstadt mit einfacherem Zugang zu medizinischer Versorgung zu leben. Es gibt zwar genug hervorragende Ärzte auf Guadeloupe, sie sind aber immer überlaufen. Einen schnellen Termin zu ergattern, kommt einer Meisterleistung gleich. Wir zogen in gewisser Weise einen schmerzlichen Schlussstrich. Rund zwanzig Jahre zuvor waren wir hochmotiviert von Europa auf die Antillen gezogen. Richard hatte sich in seinem Übersetzungsbüro gelangweilt. Für mich hatte die Rückkehr in mein Geburtsland, die mit meiner zweiten Ehe zusammenfiel, den Beginn eines neuen Lebens symbolisiert. *Heremakhonon:* Der Titel meines ersten Romans war ein Vorzeichen gewesen.** Endlich sollte ich glücklich werden. Wir hatten keine Mühe gescheut, um den Ort unserer Träume zu finden, und waren kreuz und quer durchs Land gereist, von Nord nach Süd und von Ost nach West. Beim Anblick einer Wohnung in einem Terrassenhaus, das den Strand von Deshaies überragte, gerieten wir ins Schwärmen. Wir verliebten uns in eine prächtige Villa in Le Moule. Am Ende verfielen wir dem Charme des traditionellen Sommerhauses in Montebello. Die Region um Petit-Bourg mochte ich wie gesagt. Wer sie nur beiläufig wahrnimmt, dem mag ihre Schönheit nicht auffallen. Für mich war sie voller Erinnerungen. Wenige Kilometer entfernt, in Sarcelles, hatte ich mit meinen Eltern jede Ferien verbracht.

* Titel eines Volkslieds aus Guadeloupe. Dt. etwa: *Lebe wohl, Kopftuch, lebe wohl, Madras.*

** Der Titel stammt aus der westafrikanischen Maninka-Sprache und bedeutet »warte auf das Glück«.

Wie in *Mein Lachen und Weinen* beschrieben, spielte mein Vater den *gentleman farmer*. Er schlüpfte in khakifarbene Leinenanzüge, setzte sich einen Tropenhelm auf, nahm sein Töchterchen bei der Hand und ging mit ihm zum Kakaofrüchte Abwiegen.

Uns wurde jedoch schnell klar, dass wir mit dem Kauf des Hauses in Montebello kein gutes Geschäft gemacht hatten. Im Gegenteil. Wir ahnten nicht, wie viele Renovierungsarbeiten nötig sein würden. Sobald wir die Hacke ansetzten, stürzten die Wände ein, und übrig blieb nur das Dach, das über den Mansarden lustig hin und her wankte. Unser Architekt brauchte fast ein Jahr, um dieser Ruine wieder Leben einzuhauchen.

Ich hüte viele unvergessliche Erinnerungen an Montebello.

Nachdem wir endlich eingezogen waren, entwarfen wir den Garten selbst. Als erstes musste ich einen Ylang-Ylang pflanzen, für mich ein Glücksbaum, der nach Kindheit riecht. Als kleines Mädchen hatte ich die Blüten in Alkohol eingelegt und eine Lotion von betäubendem Duft erhalten, mit der ich meine Puppen parfümierte. In die Mitte des Rasens setzte ich eine *Ravenala,* den Baum der Reisenden. Ich legte Wert auf eine Hecke aus gelb-rot blühenden Flammenbäumchen, ein Cayenne-Rosen-Beet und ein Fackel-Ingwer-Beet, wie meine Mutter sie geliebt hatte.

Die körperliche Trennung von Guadeloupe tat seltsamerweise gar nicht so weh. Ich wusste, dass ich meine Heimat in mir trug, dass sie immer bei mir sein würde, wo ich mich auch befand. Ich besuchte die geliebten Orte nicht, um mich zu verabschieden. Vielmehr wollte ich ein letztes – neueres, wirklichkeitsgetreueres – Bild von ihnen im Herzen bewahren.

Als erstes durchquerte ich den oft so rauen Meeresarm, der nach Marie-Galante führte. Einige Jahre zuvor hatte eine kleine Gruppe treuer Anhänger meinen Freund und Mentor Guy Tirolien zu Grabe getragen. Ein Jahr nach seinem Tod hielt ich an der Columbia ein Seminar über regionale Literatur, auf dem Programm drei Schriftsteller aus Guadeloupe, die ich schätzte: Sony Rupaire, Max Rippon und eben Guy Tirolien.

Zum Glück gab es noch Michelle, die inzwischen so breit wie groß war. Erschöpft von der Erziehung ihrer elf Kinder, hatte sie ihr Restaurant *Zur vernaschten Muschel* verkauft. Da sie ihren

Töpfen und Pfannen einfach nicht fernbleiben konnte, vertrat sie jeden Sonntag die Köchin eines Hotels, das am Strand von Saint-Louis neu eröffnet hatte. Unsere Wegzugsgedanken wehrte sie entschieden ab.

»Du gehst aus gesundheitlichen Gründen? Ich bringe dich wieder auf die Beine!«, beteuerte sie. »Vertrau mir.«

Also gab sie mich in die Obhut von Norbert, einer Art *Quimbois*-Magier, der mit ihrem Mann Paco verwandt war. Norbert war ein alter Schwarzer, dürr und knorrig wie ein Guavenzweig. Ich musste mich auf ein Holzbrett legen, damit er mit seiner harten, schwieligen Handkante meinen Körper bearbeiten konnte. Ich litt jedes Mal Höllenqualen, schlief wie gerädert ein und wachte mit weniger Schmerzen wieder auf. Leider hielt die Linderung nicht besonders lange an. Gerade ein oder zwei Tage.

Michelle und ich wetteiferten um Originalrezepte, während Paco und Richard becherweise mörderisch starken Père-Labat-Rum in sich hineinschütteten. Eines Abends ließ Michelle uns *fressure* probieren, ein altes Gericht, das heute nicht mehr gegessen wird, aus sämtlichen, mit Gewürzen gegrillten Innereien vom Schwein. Da musste ich Michelles Überlegenheit anerkennen.

Als der Zeitpunkt des Abschieds gekommen war, fielen wir uns in die Arme und heulten wie damals, als Adélia und meine Mutter uns mit ihren zu lockeren Händen die Hintern versohlten. Michelle hörte nicht auf, mir Vorwürfe zu machen:

»Du hast eben keine Geduld. Ich hätte dich zu sämtlichen *Quimbois*-Magiern gebracht, bis du geheilt gewesen wärst.«

Nach Marie-Galante war das nördliche Grande-Terre an der Reihe. Ich sollte ein letztes Mal im Restaurant *Château des Feuilles* essen, das wir oft wegen seines Pools besucht hatten: Leïlas Tochter Raky, die regelmäßig ihre Sommerferien bei uns verbrachte, hatte hier erste Schwimmversuche unternommen. Das Angebot war gut, mehr nicht. Was mich aber begeisterte, war die unermessliche Weite der steinigen Wüstenlandschaft, die sich ringsum erstreckte. Wenige Meter entfernt peitschte der Atlantische Ozean schäumende Wogen gegen die Porte d'Enfer*.

* Lagune im nördlichen Grande-Terre, dt. etwa: *Höllentor*.

Das purpurne Meer war immer zornig. Als ich *Sturminsel* schrieb, eine Adaption von Emily Brontës Meisterwerk *Sturmhöhe,* verlegte ich L'Engoulvent, meine karibische Version von Heathcliff, wo Cathy und Razyé leben, in diese karge Landschaft. Ich möchte die Gelegenheit nutzen, um von dem komplexen Schicksal dieses Buches zu erzählen. In Frankreich wurde es, mit Ausnahme einer negativen Rezension, die ich in irgendeiner Zeitung las, gar nicht erst wahrgenommen. Jenseits des Ärmelkanals war die Meinung gespalten. Die Brontë Society empörte sich über das skandalöse Unterfangen und verriss das »schockierende Machwerk«. Eine große Buchhandlung in Canterbury machte es jedoch zur besonderen Empfehlung, was meine Schwiegermutter mit Stolz erfüllte. Auf Nachfrage erfuhr sie leider, dass kein einziges Exemplar verkauft worden war. In den Vereinigten Staaten dagegen war das Buch ein voller Erfolg. Ich wurde mit Fanbriefen überhäuft. In den Anglistik-Instituten der Universitäten wurde *Windward Heights,* so der Titel der englischen Übersetzung, von nun an parallel zu *Wuthering Heights*[*] gelesen.

Anschließend reisten wir einmal quer durch Grande-Terre bis Anse à la Barque an der Küste unter dem Winde. Als ich noch keine zehn Jahre alt war, rief die Schönheit der Natur dort zum ersten Mal große Gefühle in mir hervor. Ich verbrachte, wie jeden Monat, ein Wochenende bei meinem Bruder in Basse-Terre. Da er mein Pate war, legten meine Eltern großen Wert darauf, den Schein einer engen Verbindung zu wahren. Mein Bruder gehorchte. Jedes Mal setzte er mich auf den Rücksitz seines Autos und wir fuhren durch den Süden Guadeloupes: Saint-Claude, Matouba, Deshaies, Vieux-Habitants. Am fraglichen Wochenende begleitete uns die Mulattin, die er bald heiraten sollte. Die junge Frau mit der weißen Haut und den grünen Augen, die so anders aussah als die Menschen, mit denen ich normalerweise verkehrte, schüchterte mich ein. Es kam zu einem Gespräch:

»Du bist also fleißig in der Schule?«, sagte sie. »Vor allem in Französisch.«

Ich stammelte ein Ja.

* Englischer Originaltitel von Emily Brontës Roman *Sturmhöhe*.

»Was möchtest du mal werden, wenn du groß bist?«, fragte sie weiter.

»Krankenschwester«, entgegnete ich spontan.

Der Beruf war mir zufällig als Erstes in den Sinn gekommen.

»Krankenschwester?«, rief sie verächtlich. »Dazu musst du doch nicht jedes Jahr Klassenbeste sein – und Abi brauchst du auch nicht.«

Zum Glück waren wir am Ziel angelangt. Der Citroën holperte über den Weg zum Meer. Beim Anblick der herrlichen Umgebung ging mir jäh das Herz auf.

Die Landschaft hatte sich stark verändert. Sie war von zahlreichen billigen, charakterlosen Lokalen verunstaltet. Richard und ich entschieden uns für das augenscheinlich urigste, eine strohbedeckte Strandhütte, in der ein großes Porträt von Jacques Cousteau hing. Ein in der Gegend häufiges Motiv, denn einige Kilometer weiter befand sich ein nach ihm benanntes Meeresschutzgebiet. Ich erinnere mich, dass wir sehr schlecht gegessen haben. Der Früchtepunsch schmeckte dagegen hervorragend.

Abschließend besuchte ich La Rose unweit von Montebello. Ich kannte La Rose als lebhaften, fröhlichen Ort. Es war eine Brennerei, die Monsieur und Madame Bolivar, Freunden meiner Eltern, gehörte. Ihr weißes Haus mit den blauen Fensterläden thronte auf einer Hügelkuppe, von wo man das umliegende Land überblickte. Oft saßen wir auf der umlaufenden Veranda. Alix Bolivar ließ uns einen alten Rum verkosten, auf den er sehr stolz war.

»Der ist genauso gut wie martinikanischer Rum«, sagte er. »Fehlt nur die geschützte Ursprungsbezeichnung. Aber wir auf Guadeloupe haben uns ja noch nie in den Vordergrund gedrängt.«

Ein gewundener Pfad führte zum Fluss hinab. Ein großes, bogenförmiges Becken war von rosa blühenden Apfelbäumen überwölbt, die dem Ort seinen Namen gaben. Fangen spielende Kinder wühlten mit lautem Getöse das Wasser auf. Andere sprangen vom Ufer aus hinein. Adonisse stellten ihre Muskeln und andere Attribute zur Schau. Lauthals singend breiteten die Waschfrauen ihre Laken und Tücher auf den Felsen aus. Manche klopften mit großem Lärm ihre Wäsche aus. Ich selbst trug ein

Badehöschen von der Marke *Petit Bateau* und übte angeleitet von meinem Bruder Sandrino schwimmen.

Die Brennerei war leider in den Achtzigern Bankrott gegangen. Monsieur und Madame Bolivar lebten nicht mehr. Trostlose Waschsalons hatten die Waschfrauen ruiniert. Ärzte hatten Bilharziose-Erreger im Wasser gefunden und das Baden verboten. Und schließlich hatte der Generalrat wie bei meinen Eltern in Sarcelles den Straßenverlauf geändert, sodass sich niemand mehr nach La Rose verirrte. Alles war verwahrlost. Das Becken war verkrautet.

Die letzte Station meiner Pilgerreise war die Insel La Désirade. Marianne Bosshard, die wir kennengelernt hatten, als sie noch an der Marineakademie der Vereinigten Staaten in Annapolis bei Washington, D.C. gelehrt hatte, verbrachte in einem Betonhäuschen unweit des ehemaligen Leprafriedhofs ihren Ruhestand. Bei ihren Nachforschungen in den Archiven hatte sie herausgefunden, dass die Boucolons, wie meine Familie väterlicherseits hieß, ursprünglich von Grande-Anse stammten. Sobald sie frei gewesen waren und eine Geburtsurkunde erhalten hatten, hatten die Boucolons beschlossen, sich bei Petit-Bourg auf Guadeloupe niederzulassen. Als ich von dieser ungekannten Komponente meiner Herkunft erfahren hatte, war ich tief berührt gewesen. Seitdem war ich noch häufiger auf die Insel gekommen. Ich hatte ihr sogar einen Roman namens *Desirada** gewidmet, wie Christoph Kolumbus' Seeleute sie nach ihrer Entdeckung getauft hatten.

Das Gerücht über unsere endgültige Abreise schlug bald Wellen wie ein Felsbrocken, den man ins Wasser wirft. José, der sich kaum mehr nach Montebello bemühte, überfiel uns mit zwei weiteren Patrioten zur Mittagszeit.

»Wenn du Guadeloupe jetzt den Rücken kehrst, ist das Verrat«, rief er. »Du lässt uns im Stich, obwohl der Kampf noch nicht zu Ende ist.«

Ich zuckte mit den Schultern und erwiderte traurig:

* Die deutsche Übersetzung *Insel der Vergangenheit* von Claudia Kalscheuer erschien erstmals 1999 bei Hoffmann und Campe.

»Welcher Kampf? Heutzutage schert sich doch keiner mehr um Unabhängigkeit – außer einer Handvoll Sechzigjähriger wie wir.«

Er war empört:

»Was soll das denn heißen? Alle denken an Unabhängigkeit. Es dauert einfach, bis unser Traum in Erfüllung geht. Deshalb nehmen die Jungen auch Drogen – aus Ungeduld – und deshalb wächst die Gewaltbereitschaft im Land.«

Ich erkannte, dass unser Streit zu nichts führen würde, und flüsterte:

»Ich gehe vor allem aus gesundheitlichen Gründen, José.«

Er ließ sich nicht besänftigen:

»Und gerade hier hättest du die besten Heiler gefunden. Sie hätten dich im Nullkommanichts wieder auf die Beine gebracht. Und unser Klima wirst du auch nicht vermissen?«

Ähnlich dachte auch meine alte Freundin Eddie:

»Die Winter in Paris und vor allem in New York sind dir lieber als das gesegnete Klima auf Guadeloupe? Lieber als die Sonne, das Baden im Meer?«

Wie sollte ich ihr klarmachen, dass ich die Heimat nicht wirklich verlassen würde? Ich wusste, dass ich mitten im Riverside Park, umgeben von Kindern, die auf ihren Schlitten die verschneiten Alleen hinuntersausten, nur die Augen schließen musste und schon die glühende Tropensonne vor mir sah.

In den letzten Wochen schrieb ich alle Rezepte, die ich sonst womöglich vergessen hätte, sorgfältig in ein großes Heft: *migan* mit Wurzelgemüse, Brotfruchtsoufflé, *morue raccommodée**, Goldpflaumengratin. Aus einer Reihe politisch-sentimentaler, zugegebenermaßen ziemlich törichter Gründe wollte ich Montebello nur an Einheimische verkaufen. Ich hatte die Rechnung ohne die Marktgesetze gemacht. Unser traditionelles Haus aus naturbelassenem Angélique-Holz besaß nicht den Pomp moderner Betonkonstruktionen. Zum Schutz vor Termiten und Witterungseinflüssen war überdies eine regelmäßige Pflege notwendig. Infolgedessen kamen zwar viele Einheimische zur Besichtigung, aber keiner trat als Käufer auf. Am Ende mussten

* Auflauf aus Stockfisch, Kartoffeln und Gemüse.

wir unser Eigentum einem Paar aus Kontinentalfrankreich überlassen. Besonders entzückt waren sie von dem Häuschen, das wir hinten im Garten errichtet hatten und wo zeitweise ein afroamerikanisches Paar untergebracht gewesen war, der Dichter Quincy Troupe und seine Frau Margaret. Die Franzosen wollten das Häuschen für ihre beiden Teenagersöhne einrichten.

Unsere Abreise stand unter schlechten Zeichen. Ein Blitz fuhr in den Mangobaum im Garten und schlug ihn entzwei. Dabei hatte es in der Nacht nicht einmal ein Gewitter gegeben. Air France verlegte unseren Flug aufgrund einer technischen Störung auf den vierzehnten Juli*. Welche Bastille würde ich zum Einsturz bringen?

Einen Tag vor dem Abflug stürzte Richard und brach sich das Handgelenk. Ein symbolischer Bruch, wurde uns gesagt, der für Trennung stehe. Von Schmerzmitteln betäubt, den Arm behelfsmäßig eingegipst, flog Richard mit der dringenden Empfehlung, sich nach Ankunft in Paris sofort ins Saint-Antoine-Krankenhaus zu begeben. Als wir nach dieser schrecklichen Reise wieder lachen konnten, erzählte er mir eine lustige Anekdote: Während er vor Schmerz zitterte, flüsterten die karibischen Krankenschwestern seinem Operateur zu:

»Das ist der Mann von Maryse Condé.«

Der Chirurg – wenig beeindruckt, weil er diesen Namen noch nie gehört hatte – nickte höflich.

Weder Richard noch ich waren sonderlich glücklich, wieder in Frankreich zu sein. Paris blickte wie immer auf mich herab, kühl und distanziert wie eine Fremde. Der Zauber mancher Orte war jedoch ungebrochen. Abends gingen wir in die Brasserie Bofinger, wo wir früher oft gegessen hatten. Ich mochte die Goldverzierungen und die eleganten Kellner, die mit feierlicher Miene die Speisen an die Tische brachten, wie Priester, die das Abendmahl reichten. Um einen Platz im Erdgeschoss zu bitten, weil ich keine Treppen mehr steigen konnte, fiel mir schwer. Damit kündigte sich an, was aus mir werden sollte. Glücklicherweise

* Französischer Nationalfeiertag, der an den Sturm auf die Bastille am 14. Juli 1789 erinnert.

waren unsere Tischnachbarn ein sehr sympathisches amerikanisches Paar, das vor einer mächtigen Meeresfrüchteplatte saß. Sie sprachen von Paris mit einer Leidenschaft, wie nur Amerikaner sie für Frankreich empfinden können. Frankreich ist für sie keine Kolonialmacht, meine amerikanischen Freunde konnten meine Unabhängigkeitsforderungen nie nachvollziehen. Die französische Sprache, die mir so leicht von den Lippen gehe, könne man doch nicht als Idiom bezeichnen, das mir aufgezwungen worden war. Kurzum: Ihrer Meinung nach sollte ich ein sehr stolzes Adoptivkind sein.

Wir machten uns auf die Suche nach einer Wohnung, was sich als extrem schwierig herausstellte. Nach wochenlangen Bemühungen fanden wir endlich die richtige. Monsieur und Madame Bert, die uns ihr Apartment in der Rue Chapon im Marais-Viertel verkaufen wollten, waren uns sofort sympathisch. Die Empfehlung für Le Taxi Jaune und Otis Lebert stammte von ihnen. Das Restaurant sah wie ein gemütliches Wohnzimmer aus, die Leute fühlten sich wohl und kamen wieder. Die Atmosphäre war immer fröhlich, entspannt. Rund vierzig Gäste ließen es sich gut gehen und entzifferten laut die Speisekarte, die mit Kreide an den Wandtafeln geschrieben stand. Nichts Exotisches im Taxi Jaune. In Zeiten der Fusionsküche, als sich überall das Asiatische ausbreitete, war Otis auf französische Kochkunst, so traditionell, wie man es sich nur wünschen konnte, bedacht. Gemüse der Saison. Regionale Gewürze. Kurioserweise war ich, die ich mich so viel in der Welt herumgetrieben hatte, begeistert von diesem Rigorismus.

Im Dezember flogen wir nach New York. Als Pensionärin war ich nicht mehr an der Columbia tätig und somit frei. Ich hatte auch meine Bürozeiten abgegeben, um nicht mehr zweimal wöchentlich die steile 116. Straße erklimmen zu müssen. Das Universitätsgebäude betrat ich nur noch abends, auf Richard gestützt, für Kolloquien und Konferenzen.

So kam es, dass ich mir Claude Lanzmann, Alice Kaplan und Edwidge Danticat anhörte, vor allem aber eine liebe Bekanntschaft aus dem Senegal, die ich vor Jahren aus den Augen verloren hatte: Aminata Sow Fall. Als ich sie sah, fühlte ich mich sogleich in vergangene Zeiten versetzt: Ich war jung, hatte bislang nur *Heremakhonon* geschrieben und lehrte in Paris-Nanterre. Lilyan Kesteloot, die mich schätzte, bestand darauf, dass ich an einem Kolloquium an der Universität von Dakar teilnahm. Ich ging allein. Um uns vor der ehelichen Routine zu bewahren, scheuten Richard und ich nicht davor zurück, ein paar Tage oder sogar eine Woche getrennt zu sein. Ich war die Gesellschaft afrikanischer Intellektueller nicht gewohnt und begegnete Madame Ki-Zerbo, Angélique Savané und Fatou Gueye nicht ohne Neid. Insbesondere Aminata, die einen eleganten Boubou mit Stickmuster und ein weites Kopftuch trug, beeindruckte mich. Man munkelte, ihr Roman *Der Streik der Bettler* könnte mit dem Prix Goncourt ausgezeichnet werden. Sie lachte:

»Nicht Ihr Ernst! In dem Fall wäre Frankreich nicht mehr Frankreich.«

Obwohl wir sehr verschieden waren, wurden wir Freundinnen. Sie lud mich zum Essen nach Hause ein. Dort umflatterten mich so viele große und kleine Jungen und Mädchen, die mir ihre Wangen zum Kuss darboten, dass ich Aminata einfach fragen musste, wie viele Kinder sie hatte.

»Diese Frage verbietet sich«, entgegnete sie mit der ihr eigenen Mischung aus Schärfe und Witz. »Gott schenkt uns Kinder, wir nehmen sie an und zählen sie nicht.«

Das Abendessen, im Hof unter den Sternen serviert, war feudal. Es gab *soupokandia,* ein (vielleicht ein bisschen zu) gehaltvolles Gericht, an das ich mich selbst nie getraut habe. *Soupokandia* ist eine Kombination aus getrocknetem Fisch, *yet**, Meeresfrüchten, Räucherfisch, Fleisch und Okra, das Ganze in Palmöl gebraten. Dazu wird Reis gegessen und, weil es etwas schwer ist, unbedingt reichlich *bissap* getrunken, das senegalesische Nationalgetränk auf Basis von Hibiskusblüten.

Als viele Jahre später *Segu* erschien, kehrte ich noch einmal nach Dakar zurück. In den afrikanischen Ländern, in denen ich das Buch vorstellte, fiel es einer Kabale zum Opfer. Die Schriftsteller waren aufgerufen, meine Vorträge zu boykottieren.

* Eine Meeresschnecke.

In Dakar waren Ousmane Sembène und Aminata Sow Fall die einzigen, die sich diesem Diktat nicht beugen wollten.

»Wenn sie dein Buch nicht mögen«, ereiferte sich Sembène, »sollen sie doch kommen und dir ihre Gründe nennen.«

»Was wird mir vorgeworfen?«, wisperte ich völlig niedergeschlagen.

»Dass du eine Frau bist«, brachte Aminata energisch vor. »Aber wir werden ihnen schon zeigen, wozu wir imstande sind.«

Sie war es, die mich ermutigte, mich zu wehren.

Als Aminatas Vortrag an der Columbia zu Ende war, trafen wir uns in der Maison Française, wo im ersten Stock amerikanische Häppchen gereicht wurden: Käsewürfel, dazu Weißwein. Doch weder sie noch ich waren zum Essen aufgelegt. Wir hingen den Erinnerungen an jene Zeiten nach, als wir noch kämpferisch waren.

Ich hatte alle Zeit der Welt zum Schreiben. Eigentlich hätte ich, die ich meine Manuskripte immer nur ungern aus der Hand gelegt hatte, um meine Kurse vorzubereiten und zu halten, mich freuen müssen. Vormittags kam ein Student nach dem anderen an den Riverside Drive, um sich bei der Doktorarbeit helfen zu lassen, Interviews oder Empfehlungsschreiben zu erbitten oder über Themen zu sprechen, die meines Erachtens belanglos waren, ihnen jedoch wichtig erschienen. Aber die Nachmittage gehörten mir allein. Ich hätte mich in meinem Büro verschanzen, die Musik aufdrehen und mich an die Arbeit machen können. Leider quälte mich eine Sorge, die mich geistig unfruchtbar machte: Lief ich nach rund zwanzig Büchern nicht Gefahr, mich zu wiederholen, ins Schwatzen zu geraten? Wie konnte ich Neues erschaffen? Würde ich, da meine Obsessionen meist die gleichen blieben, nicht immer wieder ähnliche Geschichten erzählen? Dabei war die Gesellschaft um mich herum einem radikalen Wandel unterworfen, und mit ihr die Leser. Stundenlang starrte ich den Bildschirm an, ohne dass ein schöpferischer Funke auf meinen Geist überspringen wollte. So ging es mehrere Tage.

Eines Nachmittags sah ich ein Gesicht vor meinem inneren Auge. Es gehörte meinem ehemaligen Studenten Kassem Ramzi, einem der klügsten Köpfe, mit dem ich je zu tun gehabt hatte. Er war im Libanon geboren und hatte mir von dem Hass erzählt, den die Welt heutzutage gegen Araber und Muslime schürte. Jedes Mal, wenn er ein Flugzeug besteigen wollte, war er einer endlosen, demütigenden Personenkontrolle ausgesetzt. Als Anwalt, der sich für die Häftlinge von Guantanamo einsetzte, wurde er zur Zielscheibe seiner misstrauischen weißen Kollegen, die ihn für parteiisch hielten und auszuschließen versuchten. Ich hatte einen Geistesblitz. Darüber musste ich schreiben. Über so erschreckend zeitgemäße Themen wie dieses. Aber Vorsicht! Ich durfte sie nicht realistisch wiedergeben. Ich würde verrückte, ja unglaubliche Ereignisse in meine Erzählung einstreuen. Und so entwarf ich meinen Roman *Les Belles Ténébreuses,* den ich zunächst *Les Pareurs de Mort** nannte. Es war die Geschichte zweier junger Menschen, von Beruf Einbalsamierer, die zu den Leichnamen, die sie für die Ewigkeit schönmachen sollten, seltsame Beziehungen pflegten.

Rund zwei Jahre später las Ramzi das Buch und erkannte sich nicht wieder.

»Das ist nicht meine Geschichte«, protestierte er. »Sie haben alles erfunden.«

Ja, ich gestand, ich hatte erfunden. Aber war das fiktive Leben nicht sogar besser als sein echtes? Welches imaginäre Leben ist im Übrigen nicht besser als die Realität?

* Dt. etwa: *Die den Tod schmücken.*

18. REISEN IM TRAUM, TRÄUME VOM REISEN

Es wäre eine Lüge zu behaupten, meine erzwungene Sesshaftwerdung hätte mich nicht belastet. Das Gefühl, gegen Krankheit und Alter nichts ausrichten zu können, war äußerst schmerzlich. Wenn ich weniger litt als gedacht, dann, weil ich fast zwei Jahre lang einen Ausgleich hatte, ein unerwartetes Gegengift: Ich begann einige meiner Reisen im Traum erneut zu unternehmen. Ich habe immer viel geträumt und versucht, meine Träume zu deuten, eine auf Guadeloupe fest verwurzelte Tradition. In den einfachsten *lolos** konnte man im Selbstverlag vertriebene Heftchen mit dem Titel *Der Schlüssel zu Ihren Träumen* kaufen, die den Ehrgeiz besaßen, anhand von Zeichen aus der Vergangenheit die Zukunft vorherzusehen. Ich selbst war bei Mutter, die sich jeden Morgen mit den Hausangestellten ausführlich über ihre nächtlichen Abenteuer unterhielt, in guter Schule.

»Ich habe geträumt, dass ich voller Blut bin«, jammerte sie.

»Das ist ein gutes Zeichen«, beruhigte sie Julie. »Es bedeutet Sieg.«

Sieg? Mir kam das absurd vor. Was für ein Sieg? Sieg über wen, Sieg über was?, fragte ich mich insgeheim in meiner Ecke im Schlafzimmer. Mutter war offenbar zufrieden, sie protestierte nicht und stellte keine Fragen.

An manchen Morgen war Mutter bedrückt:

»Ich habe geträumt, dass ich einen Koffer trage«, klagte sie.

»Das ist ein schlechtes Zeichen«, versicherte Adélia. »Es bedeutet Krankheit.«

Ich spitzte die Ohren. Mit zehn konnte ich mir meinen eigenen Schlüssel zu meinen Träumen zurechtlegen, einen, wie ich heute weiß, recht dürftigen, der mir damals aber genügte: ausgefallene Zähne = Trauer; üppiges, ungekämmtes Haar = Sorgen; schwanger sein = Hoffnung; eine Schlange sehen = verraten werden; eine

* *Lolo:* kleiner Laden.

Kröte sehen = Verleumdung zum Opfer fallen; verwundet sein = Kränkung.

Ein Muster wurde erkennbar. Die Reisen, die ich im Traum wiederholte, waren keine Reisen zu Kongressen gewesen. Ich war nicht von einem Kulturinstitut eingeladen worden. Ich hatte keinen Kontakt zu Intellektuellen oder einheimischen Lesern gehabt. Es hatte keine leidenschaftlichen oder turbulenten Begegnungen wie auf Kuba oder in Israel gegeben. Es waren ganz private Reisen gewesen.

Meine erste »Traumreise« führte mich nach Indonesien. In Wirklichkeit waren wir nach Indonesien geflogen, um dort Richards Geburtstag zu feiern. Er vertrat die Ansicht, mit fünfzig sei das Leben vorbei, war niedergeschlagen und wie alle Männer empfindlich. Obwohl ich sein Alter lange vor ihm erreicht hatte, konnte ich ihn nicht davon überzeugen, dass er noch jung war. Den stundenlangen Trainingseinheiten im Studio Equinox am Broadway zum Trotz hatte er das Gefühl, nicht mehr Herr über seinen Körper zu sein.

Die Reisen, die ich im Traum noch einmal erlebte, waren nicht besonders schön gewesen. Vielleicht, weil keine persönlichen Kontakte stattgefunden und das Touristische die Oberhand über das Menschliche behalten hatte.

Über meine nächtlichen Fantasien hatte ich keinerlei Kontrolle. Ich befand mich in einer ähnlichen Situation wie Scheherazade aus *Tausendundeiner Nacht*. Mit den ersten Sonnenstrahlen nahmen meine Traumreisen ein abruptes Ende. Ratlos und unbefriedigt fand ich mich in meinem Bett wieder.

Als Erstes träumte ich wie gesagt von Indonesien. Als wir ankamen, hatten die Touristenmassen das Land bereits verunstaltet. Bauträger boten Traumvillen zu Spottpreisen an. Plakate warben überall für Schnäppchen. Wir waren verblüfft. Bali reimte sich für uns auf Magie. Doch alles stand zum Kauf und zum Verkauf. Schon bald lernten wir noch schockierendere Seiten von Indonesien kennen. Da wir von den abgesteckten Pfaden abwichen, stießen wir auf eine gewaltige Mülldeponie: Unter freiem Himmel verströmten Haushaltsabfälle, Schrott und Gerümpel einen widerlichen Gestank. Angeekelt ergriffen wir die

Flucht. Dabei stießen wir auf ärmlich gekleidete Frauen, die wie Afrikanerinnen schwere Gefäße auf dem Kopf trugen. In einer Klamm hatten sie aus einem braunen, schäumenden, sichtlich verschmutzten Bach geschöpft. Die Insel der Götter verbarg böse Schandflecke.

Plötzlich veränderte sich die Szene. An einem der Strände des Sanur Beach Hotel, in dem wir nächtigten, lag ich einen Tag vor unserer Abreise voll Wehmut in der Sonne, da wurde mir von geflügelten Boten eine Einladung zum Abendessen beim Sultan von Yogyakarta überbracht. Ich war nicht überrascht, etwas in mir hatte nur darauf gewartet. Der Sultan von Yogyakarta besaß mehrere Paläste, davon einen auf Bali. Abends zog ich mich schick an und begab mich auf den Weg. Ich war allein, doch Richards Abwesenheit störte mich seltsamerweise nicht. Ich stieg in eine Luxuslimousine, die am Gartentor auf mich wartete. Sie fuhr fast eine Stunde lang über einen Schotterweg. Der Mond war aufgegangen, spielte Verstecken und zeigte sich hin und wieder als Kavalier in vollem Staat. Wir erreichten eine kleine Anlegestelle, wo ich von Matrosen erwartet wurde. Der Palast des Sultans von Yogyakarta thronte inmitten eines Sees, der nahezu vollständig von riesigen, um rosa und weiße Blüten geschmiegten Lotosblättern bedeckt war. Ich legte an einer Insel an, die von einem wirren Geflecht herrlich duftender Rosen, Jasmin und Geißblatt überzogen war. Der Palast war ein imposanter weißer Marmorbau, der aus hell erleuchteten Fenstern in die Nacht hinausblickte. Unten auf der Terrasse gingen zahlreiche Gäste ein und aus, elegant gekleidet in weiße Seidentuniken. Die Männer hatten rasierte Schädel wie Muslime, die Frauen ihr seidiges Haar im Nacken zu schweren Knoten gebunden. Nach einer Weile erschien der ebenfalls ganz in Weiß gekleidete Sultan persönlich auf einem Himmelbett, getragen von seinen Kammerherren. Wir nahmen in niedrigen, tiefen Sesseln aus dunklem Leder Platz, während barfuß hin und her huschende Diener auf den Tischen in der Nähe die Speisen abstellten. Nach einigen Appetithäppchen servierten sie uns *nasi goreng,* gebratenen Reis mit dünnen Hühnchen-Scheiben. Ich machte mir nicht viel aus *nasi goreng.* Ich fand es recht fad und erwog, mein *nasi goreng* zu Hause in

New York mit Garnelen aufzupeppen. Ich probierte es. Und – o Wunder – es schmeckte köstlich, das beste *nasi goreng,* das man sich vorstellen konnte. Ich verlor jede Zurückhaltung und langte kräftig zu. Kurzum, ich schlug mir unter dem wohlwollenden Blick des Sultans den Bauch voll.

»Wie finden Sie die indonesische Küche?«, fragte er schelmisch.

»Die beste Küche der Welt«, entgegnete ich mit vollem Mund.

»Ich habe eine kleine Überraschung für Sie«, lächelte er.

Mit diesen Worten winkte er einen Diener heran, der mir auf einem Silbertablett eine mit karminrotem Seidenband zusammengeschnürte Pergamentrolle überbrachte. Ich öffnete sie. Es war das Rezept für *nasi goreng*. Als ich den Blick hob, um mich zu bedanken, waren der Sultan und seine glanzvolle Gefolgschaft verschwunden. Auch die Musik des *gamelan**-Orchesters war verstummt. Ich lag in meinem Bett am Riverside Drive und starrte in die Dunkelheit.

Die nächste Traumreise führte mich in die genau entgegengesetzte Richtung: nach Chile. Wir waren drei Jahre zuvor dort gewesen. Da mir das Gehen zunehmend schwerfiel und ich mich auf einen Stock stützen musste, hatten Richard und ich die Idee gehabt, eine Kreuzfahrt von Fort Lauderdale in Florida bis Valparaíso zu unternehmen. Auf diese Weise würde ich mich nicht verausgaben müssen. Nur das Schiff würde sich bewegen und mich an die Orte führen, die ich entdecken wollte: Panama, Ecuador, Peru, Chile. Leider hatten wir die Rechnung ohne die endlosen Gänge gemacht, die weiten Entfernungen zwischen den Kabinen und dem Speisesaal, dem Rauchsalon, den Veranstaltungsräumen. Die Vorträge langweilten uns. Einer, der Scharen von Zuhörern anzog, war den Freuden und Leiden von Lady Di gewidmet. Wegen der oftmals kalten Brise nutzten wir kaum die Liegestühle auf dem Promenadendeck und gingen auch immer nur kurz nach draußen. Spaß hatten wir erst abends, wenn wir zusahen, wie vom Veranstalter angeheuerte und bezahlte Tänzer sich um die allein reisenden Frauen bemühten. Wir hätten nie gedacht, dass uns drei Wochen auf See so lange vorkommen würden.

* Sammelbezeichnung für verschiedene indonesische Musikensembles.

Unendlich erleichtert trafen wir in Chile, unserem letzten Zwischenstopp, ein. Die Treppen, Lifte und Hügel Valparaísos schreckten mich leider ab – eine zwar malerische, aber schwer zugängliche Stadt. Unser Mittagessen auf einem Platz, der Wind und Wetter ausgesetzt war, schmeckte eintönig. Es bestand aus *cazuela,* einer wenig appetitlichen Gemüsebrühe. Zur Kaffeezeit holte uns Hugo ab, ein chilenischer Freund, den wir in Washington kennengelernt hatten und der wie Richard Übersetzer war. Er erging sich in Entschuldigungen, weil seine Frau überstürzt nach Kanada hatte aufbrechen müssen und er allein gekommen war. Er sicherte uns aber eine erstklassige Fremdenführung zu und wollte uns die Schätze seiner Heimat Santiago de Chile präsentieren.

»Morgen zeige ich euch das Haus von Pablo Neruda«, versprach er, als er uns vor dem Hotel absetzte. »Ein Wunderwerk, ihr werdet sehen.«

Zu meiner großen Schande muss ich gestehen, dass ich wenig von Pablo Neruda gelesen habe. Ich hatte in *Der große Gesang* geblättert. Ein Freund hatte mir den im Seghers-Verlag erschienenen Band *Zwanzig Liebesgedichte und ein Lied der Verzweiflung* zum Geburtstag geschenkt. Das ist alles.

Pablo Nerudas Villa war seit kurzem ein Museum, das zu Ehren seiner letzten Frau, einer temperamentvollen Dame mit roter Mähne, La Chascona hieß. Sie war nach eigenen Entwürfen des Dichters erbaut worden. Für mich war La Chascona kein Haus, sondern eine Anreihung schiefer Pavillons auf Hügeln und schroffen Berggipfeln, miteinander verbunden durch gewundene Pfade und kleine Brücken. In einem befand sich Pablo Nerudas prächtige Bibliothek. In einem anderen die Schlafzimmer im Barockstil. In wieder einem anderen mehrere Wohnzimmer. Am meisten bewunderte ich den Pavillon, der das Esszimmer beherbergte: die mit Teppichen und Gemälden geschmückten Wände und in der Mitte den Fayence-Tisch mit den eindrucksvollen Fliesen. La Chascona war vielleicht ein Wunderwerk, wie Hugo es genannt hatte, aber ich erinnere mich hauptsächlich an seine komplizierte Topografie.

Unser Aufenthalt in Santiago de Chile war nicht angenehm. In meinem Kopf spielten sich die politischen Dramen von 1973 und der langen Diktatur unter Pinochet ab. Doch nichts erinnerte mehr an diese Zeit. Santiago de Chile verströmte den Charme eines südfranzösischen Mittelmeerstädtchens. Die Menschen auf den Straßen, in den Bars und Restaurants wirkten fügsam und anspruchslos. Wo war der Geist Allendes geblieben? Nirgendwo vernahm ich ein Echo der Widerstandsjahre. Wir aßen jeden Tag in einem kleinen Restaurant in der Nähe unseres Hotels. Aus finanziellen Gründen bestellten wir immer das gleiche Gericht, eine Art Auflauf mit Hackfleisch und Kartoffelpüree, den wir bald langweilig fanden.

Einen Tag vor unserer Abreise geschah etwas Wunderbares. Herr und Frau Lopez de Vega luden uns anlässlich ihres Hochzeitstags zum Essen ein. Wir waren wirklich überrascht, denn wir hatten sie erst ein, zwei Mal bei Hugo getroffen und kannten sie kaum. Seltsamerweise feierten sie nicht zu Hause, sondern im Esszimmer von La Chascona, das mich so beeindruckt hatte. Herr Lopez de Vega war nämlich ein großer Bewunderer Allendes, der seine Jugend geprägt hatte.

Als wir ankamen, war das Esszimmer voller Männer und Frauen, die sich laut lachend unterhielten. An einer Wand hing ein von der Nationalflagge umrahmtes Porträt von Salvador Allende. Herr und Frau Lopez de Vega kamen auf uns zu:

»Offiziell feiern wir zwar unseren Hochzeitstag, in Wirklichkeit aber ihn. Wir werden ihn nie vergessen.«

Es wäre untertrieben zu behaupten, das Essen sei vorzüglich gewesen. *Empanadas de pino**, Garnelen so köstlich wie Scampi, verschiedene Fleisch- und Fischspieße, dazu wahlweise Perlwein oder ein Rotwein, der wundersam nach Erdbeere schmeckte, von den Obstpyramiden gar nicht zu sprechen, vor allem den Litschis, groß wie Kinderfäuste. In unserem Garten in Montebello war früher ein Litschibaum gewachsen. Wir konnten ihn noch so misshandeln, wie es die Tradition wollte – den Stamm einritzen und mit Nägeln beschlagen –, er trug keine Früchte. In einem Juli aber war er plötzlich mit roten Litschis übersät.

* Teigtaschen mit einer Füllung aus Hackfleisch, Ei, Zwiebeln, Rosinen und Oliven.

Die Ernte war so reich, dass wir sie mit unseren Nachbarn teilen mussten.

»Das ist ein schlechtes Zeichen«, prophezeite Man Poirier, die Inhaberin des *lolo* im unteren Montebello.

Leider hatte sie recht. Einige Monate später, am 17. September, wäre Guadeloupe beinahe dem schrecklichen Zyklon Hugo zum Opfer gefallen.

Die Kellner füllten unsere Gläser abermals mit Rosé-Champagner.

»Lasst uns auf ihn trinken«, rief Frau Lopez de Vega.

Als wir uns jedoch zum Anstoßen erheben wollten, verschwand sie. Um mich herum wurde es finster. Neben mir vernahm ich Richards regelmäßige Atemzüge. Ich hatte die Reise und das Abendessen nur geträumt. Bald schlief ich wieder ein. Da die Nacht aber noch jung war, öffnete ich die Augen als Nächstes in Madagaskar.

Nachdem Françoise Vergès mich gebeten hatte, meine Bücher dem Regionalrat von Réunion vorzustellen, dessen Präsident damals ihr Vater war, hatte ich die Gelegenheit beim Schopfe gepackt und Madagaskar besucht, die große Insel ganz in der Nähe, auf der meine Tochter Sylvie als Wirtschaftsexpertin arbeitete. Ich konnte nicht ahnen, dass der Aufenthalt katastrophal verlaufen würde. Kaum hatte ich Sylvies Haus betreten, stürzte ich unglücklich. Mitten im Esszimmer rutschte ich aus und verrenkte mir das rechte Knie. Der Krankengymnast, den wir in der Not gerufen hatten, stellte mein Bein ruhig und legte eine Schiene an. Somit lag ich fast eine Woche in einem Zimmer, das für mein Empfinden zu stark klimatisiert war. Kleines Trostpflaster: Sylvies Köchin Magdalen hatte Mitleid und kochte mir kleine Gerichte. An einem Tag gab es Hühnchen in Kokosmilch, am nächsten gefüllte Riesengarnelen. Eines Mittags stellte sie einen kleinen Aluminiumtopf vor mir ab und grinste wie eine Naschkatze:

»Das ist *romazava*«, flüsterte sie geheimnisvoll. »Unser Nationalgericht.«

Ich probierte einen Löffel. Es war eine Art Eintopf mit reichlich *brèdes,* sehr beliebten heimischen Kräutern, die dem Fleisch eine ungewöhnliche, pikante, für meinen Geschmack äußerst unangenehme Note verleihen. Ich konnte meine Portion nicht aufessen, denn in der Küche ist kein Platz für Höflichkeit und falschen Schein. Was den Gaumen nicht kitzelt, bleibt einem im Halse stecken und wird vom Magen nicht verdaut. Magdalen war sichtlich enttäuscht und räumte wortlos ab. Als ich endlich wieder aufstehen konnte, zeigte uns Sylvies Chauffeur Jacques die Region um Antananarivo.

Madagaskar sollte eine wunderschöne Insel sein. Sylvie war voll des Lobes. Reiseprospekte priesen die Landschaften, die Farben des Himmels und des Ozeans, der das Eiland umgibt. Die Wahrheit sah für mich anders aus. Madagaskars Armut verschlug mir den Atem. Ausgemergelte Männer und Frauen in Lumpen hausten in echten Schweineställen. Manche bestellten ein schmales Stück Land mit einfachem Werkzeug. Kränkliche Kinder stolperten mit sichtlich mangelernährten Babys auf dem Rücken durch die Gegend. Allerorts herrschte noch größeres Elend, als ich es in Guinea erlebt hatte. Vielleicht hatten meine Jahre in den Vereinigten Staaten meine Empfindsamkeit oder (je nachdem, wie man es nennen will) Überempfindlichkeit erhöht. Obwohl es nirgendwo mehr Ungleichheit als in den USA gibt, muss man, wenn man den Enterbten ins Angesicht sehen will, erst in die Elendsviertel und Ghettos fahren, in denen sie zusammengepfercht leben. Die Not ist mit bloßem Auge nicht sichtbar. Auf Madagaskar war sie überall.

Um mich aufzuheitern, nahm Jacques die hundertneunundfünfzig Kilometer auf sich, die uns von Antsirabe trennten. So hieß ein seit der Kolonialzeit beliebtes Heilbad. Hierher kamen die Privilegierten, um das milde Klima zu genießen. Mohammed V., Sultan von Marokko, hatte zeitweise sein Exil dort verbracht. Anstatt meine Stimmung zu heben, drückte Antsirabe sie weiter. Die Welt war wirklich in zwei ungleiche Teile geteilt: die Reichen und die Unterdrückten, die keine Freude im Leben hatten. Ich wurde immer betrübter. Da hatte Richard die Idee, mich in den Andasibe-Naturpark auszuführen. Fern der schrecklichen Ballungsräume würde ich mich wohl oder übel auf die blendende Schönheit der Natur konzentrieren. Im waldumkränzten Vakona Forest Lodge Hotel buchten wir ein Zimmer.

Bei Einbruch der Nacht kamen wir an. Dies war mit Sicherheit der Moment, da ich dem geheimnisvollen Zauber des Ortes erlag. Die Bäume ragten so hoch, dass sie den Blick auf den Himmel versperrten und die Blockhütten überwölbten, die im Grünen verstreut lagen. Vor einem gewaltigen Kamin, in dem ein Holzfeuer loderte, tranken wir Unmengen Grog. Am nächsten Tag hatte ich leider die schlechte Idee, mit Richard die Hauptattraktion des Naturparks bewundern zu wollen: die Lemuren. Schon in New York hatte man uns damit in den Ohren gelegen. Lemuren gibt es offenbar nur auf Madagaskar, wo sie keine Fressfeinde haben. Zunächst mussten wir uns fast eine Stunde lang mit anderen Touristen einen Weg durch dichtes Unterholz bahnen. Ich stolperte über den schwammigen Boden, der bei jedem Schritt meine Sohlen schluckte. Endlich erreichten wir einen Wasserlauf, den wir in von Förstern gesteuerten Booten überquerten. Auf einer kleinen Insel waren die Lemuren vor jeder Gefahr geschützt. Man stelle sich ein Gewimmel von Tieren vor, die so groß wie stattliche Kater sind: seidiges, schwarz-weißes Fell, Glupschaugen und so zutraulich, dass sie uns auf Schultern, Kopf und Nacken saßen. Vor Tieren graust mir so sehr, dass ich die Nähe von Katzen und vor allem von Hunden kaum ertrage. Während die anderen Besucher Schnappschüsse mit Lemuren machten, die sie im Arm hielten oder streichelten, dachte ich nur ans Abhauen. Aber ich war dem Gutdünken der Förster überlassen, ehe ich durchgefroren – denn morgens war es noch sehr kalt – und mit den Nerven am Ende zurück ins Hotel kam.

Nach dieser Erfahrung kehrten wir schnurstracks nach Antananarivo zurück. Eine italienische Freundin von Sylvie lud zu einem Benefizabend zugunsten benachteiligter Kinder ein, der in ihrer Stiftung stattfinden sollte. Die Eintrittspreise waren exorbitant, doch Madagaskar war bis hierhin ein solches Desaster gewesen, dass ich mein bestes Kleid aus dem Koffer zog und Richard seinen besten Anzug. Obwohl die Stiftung laizistisch war, machte sie keinen Hehl aus ihrer religiösen Orientierung. Ehrengast war Pater Pedro, ein argentinischer Priester slowenischer Herkunft, der nach dem Dinner das Wort ergreifen sollte. Pater Pedro war weltbekannt, denn er hatte zahlreiche Kinderheime auf

Madagaskar gegründet. Noch vor seiner Predigt stellten Kellner in traditionellen Trachten auf Beistelltischen verschiedene Platten mit allerlei Appetithäppchen und Aluminiumtöpfchen ab. Ich musste nicht erst den Deckel anheben, um den Inhalt zu erraten: Es war das berühmte *ramazova*, diesmal kaum wiederzuerkennen, köstlich und aromatisch. Ich war erstaunt und holte mir mehrmals Nachschlag. Als die Kellner die Tische abgeräumt hatten, betrat Pater Pedro die Bühne. Er war ein schöner Mann mit grau meliertem Haar und Rauschebart. Seine tiefe, sonore Stimme war unnachahmlich.

»Lasset die Kinder zu mir kommen«, rief er.

Dann beschrieb er das wunderbare, unvergleichliche Einverständnis zwischen Gott und den Kindern. Bald war ich so entrückt, als hörte ich das Wort Gottes persönlich. Ich bin nicht gläubig. Wenn ich früher zur Kirche mitgeschleppt wurde, musste ich ununterbrochen gähnen. An jenem Abend dieser erhabenen Stimme zu lauschen, die die Nacht an uns herantrug, rührte mich aber zutiefst. Ich begriff, dass man sich über Madagaskars Armut nicht nur ärgern durfte, sondern auch die Gründe dafür suchen und anprangern musste. Bloß wie? Meine Gedanken rasten. Plötzlich war ich erneut in Dunkelheit gehüllt. Schon wieder hatte sich alles nur in meinem Kopf abgespielt. Ich muss hervorheben, dass diese Traumreise nicht ohne Auswirkungen auf die Realität blieb. Am nächsten Tag eilte ich in das Büro des kleinen Redaktionsteams unserer Hochschulzeitung und bot meine Mitarbeit an. Die Chefredakteurin sah mir in die Augen.

»Sie wissen schon, dass wir für Ihren Beitrag kein Honorar zahlen?«

Ich zuckte mit den Schultern.

»Darum geht's nicht«, erwiderte ich. »Ich möchte einfach etwas beitragen.«

Mein Artikel wurde angenommen und erschien einen Monat später unter dem Titel *La Traversée d'un mythe. Mon Voyage à Madagascar**. Kurz darauf erhielt ich einen süßsäuerlichen Brief vom Verband madagassischer Studierender an der Columbia

* Dt. etwa: *Quer durch einen Mythos. Meine Madagaskar-Reise.*

University. Er geißelte jene, die höchstens ein paar Tage in einem Land verbrachten und sich dann anmaßten, darüber zu urteilen. Was soll's! Ich hatte mein Gewissen erleichtert.

Einige Monate lang waren meine Nächte mit zahlreichen imaginären Aktivitäten angefüllt, aber ich unternahm keine Reise. Mal spazierte ich entlang dem Hudson River bis zur Anlegestelle der Circle-Line-Schiffe. Mal stieg ich zu Fuß auf die Aussichtsplattform des Empire State Buildings, wo die Touristen die erstaunliche Vielfalt der New Yorker Dächer bewundern. Eines Tages lief ich den von den Medien vielbeachteten New-York-Marathon und startete mit einigen tausend Teilnehmern an der Verrazano-Brücke. Ich ging mit Abstand als Erste durchs Ziel und entthronte den Titelverteidiger, einen gewissen Seneca Papagallo aus Addis Abeba. Die Sache wurde vollends grotesk, als sich herausstellte, dass dieser Seneca Papagallo gar kein Äthiopier, sondern der Sohn eines Paares aus Guadeloupe war, zweier Rastafari-Anhänger, die dem Ruf von Haile Selassie gefolgt waren. Seneca war mit der Musik von Tabou Combo und Kassav großgeworden. Er freute sich dermaßen über meinen Sieg, dass er Richard und mich zur Feier des Tages in ein äthiopisches Restaurant einlud, *The Blue Moon* in Brooklyn. In diesem Stadtteil war ich seit der Sache mit Adoremus nicht mehr gewesen. Ich spürte wieder Wehmut, denn mein Aufenthalt in Macomb hatte mich der afroamerikanischen Welt letztlich nicht nähergebracht. Dieser Welt, die leidet, die kämpft, deren Fortbestand mit jeder Minute, die vergeht, einen Triumph bedeutet, ich bin ihr ferngeblieben. Wo bin ich gewesen, als Polizisten den Körper des unglücklichen Amadou Diallo mit sechsundvierzig Kugeln durchsiebten? Was habe ich gemacht, als ein weiterer Trupp Sean Bell am Tag vor seiner Hochzeit – er kam gerade aus dem Club, in dem er seinen Junggesellenabschied gefeiert hatte – ermordete? All die Verbrechen des rassistischen Amerikas – eines Amerikas, das ich so nicht kannte, aber dessen tödliche Rufe ich hier und da vernahm – standen mir wieder vor Augen und überwältigten mich. Doch Senecas gute Laune zerstreute meine üblichen Vorbehalte. Er kannte Brooklyns Tanzlokale genauso gut wie Adoremus und nahm uns in mehrere mit.

Seit mein rechtes Bein außer Betrieb war, war ich von der lästigen Pflicht zu tanzen befreit. Ich konnte am Tisch sitzen bleiben, mit meinen Freunden trinken und lachen. Wenn sie auf die Tanzfläche verschwanden, blieb ich allein zurück und sah dabei zu, wie Männer und Frauen in einer Kunst brillierten, die ich nie beherrscht hatte. Es lief wie immer darauf hinaus, dass ich mir Ereignisse aus meinem Leben in Erinnerung rief und dabei bis in die – zu kurze – Zeit zurückkehrte, als meine Mutter noch lebte und ihre Gegenwart mich abwechselnd verletzte und beglückte.

Als Seneca Papagallo New York verließ, versprach er, uns im darauffolgenden Jahr nach Äthiopien einzuladen. Er hat sein Wort nicht gehalten. Ich habe keine Postkarte, keinen Brief und keine E-Mail von ihm erhalten, was auch völlig normal ist angesichts der Tatsache, dass er ein Produkt meiner Fantasie ist. Allein, ich habe immer noch Zweifel. Habe ich den sanftmütigen Hünen mit dem strahlenden Lächeln nicht doch leibhaftig gekannt?

Ein Traum schloss die Liste meiner Reisen und imaginären Schlemmereien seltsamerweise ein für alle Mal ab. Ich bin schon immer eine Verfechterin der asiatischen Medizin gewesen. Als ich in Berkeley lehrte, besuchte ich regelmäßig das Massagezentrum in San Francisco. In New York war ich oft im Salon de Tokyo, wo Japanerinnen mit ihren Füßen ungeniert meine unteren Gliedmaßen und meinen Rücken bearbeiteten. Dann platzte Dr. Zhang-Zhong-Li in mein Leben. Er war mir von dem martinikanischen Maler Marc Latamie empfohlen worden, dessen Allergien Dr. Zhang-Zhong-Li behandelte. Er hatte an der Medizinischen Fakultät von Shanghai studiert und war auf Akupunktur und Fußmassage spezialisiert. Jede Woche kreuzte er am Riverside Drive auf. Während er mir den Rücken mit Nadeln spickte, erzählte er. Von seiner Kindheit auf dem Land, von seinen Eltern, deren Bauernhof von einem Hochwasser ruiniert worden war, und ihrem Entschluss, nach Shanghai zu gehen, von ihren Schwierigkeiten, sich dort ein Plätzchen zu suchen, dann von seinem Exil in den Vereinigten Staaten mit seiner jungen Braut und der schwierigen Integration in Queens, einem Stadtteil von New York.

Inzwischen hatte er es natürlich geschafft. Er hatte ein Auto und eine Eigentumswohnung. Er kassierte fürstliche Honorare von Firmen, die auf das Wohl ihrer Mitarbeiter bedacht waren. Seine Tochter schloss gerade ihr Medizinstudium ab. Dr. Zhang-Zhong-Li sprach ein sehr schlechtes Englisch. Mitunter kamen völlig unverständliche Laute aus seinem Mund. Diese kehlige, stockende, krächzende Stimme vollzog jedoch eine wundersame Wandlung: Sie wurde zur Stimme aller Einwanderer jeder Couleur, die der Überlebenswille ins Exil treibt, die ihre Heimat aber für immer im Herzen tragen. Für den Doktor war China ein Paradies. Er flog jedes Jahr nach Shanghai, wo er sich eine Wohnung gekauft hatte. Da die medizinische Versorgung in den Vereinigten Staaten sündhaft teuer war, ließen seine Familie und er sämtliche Wehwehchen in China behandeln. Einige Jahre zuvor war seiner Frau ein Magenkarzinom herausoperiert worden. Er hatte sich alle Zähne ersetzen lassen und trug jetzt ein weißes Hollywood-Lächeln. Da er in Shanghai noch zahllose Verwandte hatte, bot er mir immer wieder an, eine Reise für mich zu organisieren.

Als im Februar wie gerufen ein Kolloquium über Lafcadio Hearn in Tokio stattfand, willigte ich in einen kurzen Abstecher nach Shanghai ein. Die vielen Einladungen von Hochschulen in Tokio, Kōbe, Sapporo oder Osaka hatten einen großen Japan-Fan aus mir gemacht. Die Eleganz und scheinbare Gelassenheit des Landes erfüllten mich mit respektvoller Demut. Als ich aus dem Flughafen trat, wusste ich schon, dass China etwas ganz anderes war: Noch nie hatte ich ein solches Chaos gesehen. Männer, Frauen und Jugendliche hetzten durch die Gegend. Es wurde im Zickzack gefahren, die einen auf Fahrrädern, die anderen auf Scootern. Polizisten mit albernen Tropenhelmen waren bemüht, Ordnung in den Verkehr zu bringen. Vergeblich! Die Autos rauschten in alle Richtungen davon. Manche blieben mitten auf der Fahrbahn liegen und verursachten Staus.

Dr. Zhang-Zhong-Lis Organisation ließ von Anfang an zu wünschen übrig und die Reise nach China entpuppte sich als Flop. Wir wurden in ein ungemütliches Hotel gesteckt, in dem es von Durchschnittsamerikanern der geschwätzigen, neugierigen Sorte, die bereit waren, mit Wildfremden alles Mögliche, ja die persönlichsten Dinge zu bequatschen, nur so wimmelte. In gigantischen Restaurants im Kasernenstil, deren Kundschaft nur aus Touristen bestand, wurden uns die Mahlzeiten serviert. Sie schmeckten nicht schlecht, aber in jedem Monsoon* von New York hätte man besser gegessen. Mit der Zeit ließen wir uns immer mehr von Bob und Annette umgarnen, einem Gastronomenpaar aus Pittsburg. Seit drei Jahren kamen sie regelmäßig nach Shanghai, weil Annette unter starken Gelenkschmerzen litt, die ihre amerikanischen Ärzte nicht lindern konnten. Sie besaßen ein Adressbuch, dessen ich mich schamlos bediente: Spezialisten für Akupunktur, Hand- und Fußmassage, Shiatsu, Thaiboxen, Schattenboxen und Yoga. Sie liebten Sport und animierten uns zu stundenlangen Wanderungen durch die Stadt. Ich hinkte immer weit hinterher.

»Lassen Sie sich von der großkotzigen Modernität nicht beeindrucken«, sagten sie mit Blick auf die hässlichen, ultramodernen Türme. »Shanghai kann auch anders. Manche Viertel wirken wie aus dem Mittelalter.«

Um ihre Worte zu beweisen, führten sie uns in Nachbarschaften, wo ein braun gestrichenes Holzhäuschen neben dem anderen stand. In den sorgsam gepflegten Gärtchen wechselten sich Tulpen-, Dahlien- und Gemüsebeete ab. Es war ein China wie aus dem Bilderbuch. Fast rechnete man damit, Männern mit langen, über den Rücken baumelnden Zöpfen zu begegnen. Mein Anblick erregte jedes Mal Aufsehen. Die Leute stürzten in Scharen vor die Türen, um mich zu mustern. Sie begegneten mir nicht mit dem spöttischen, erniedrigenden Gelächter, das mir in Indien so nahegegangen war, oder mit der Gleichgültigkeit der Indonesier. Stattdessen sah ich lächelnde Gesichter und freundliche Gesten. Jeder wollte mir die Hand schütteln oder sich mit mir fotografieren lassen. Wer Englisch sprach, was die Wenigsten taten, fragte mich nach meiner Herkunft.

Bob und Annette zeigten uns auch den Waitan. Der Waitan war das ehemalige Finanzzentrum der Stadt, hier saßen ausländische Handelsfirmen neben den wichtigsten Banken. Ein

* Restaurantkette.

beeindruckender Schauplatz, durch den der Huangpu floss. Die Schiffe waren abends beleuchtet und schufen eine märchenhafte Kulisse. Im Waitan gab es Restaurants in Hülle und Fülle, die aber unsere Essensmarken nicht akzeptieren und uns somit verwehrt blieben. Neidisch schielte ich auf die eleganten Tischgäste, die gerade aus ihren Wagen stiegen. Die Männer in bis zum Hals zugeknöpften Mao-Anzügen, die Frauen in Ensembles, die der besten Couturiers würdig waren. Das *Blue Elephant* imponierte mir am meisten. Die Limousinenschau vor seinem Eingang wollte kein Ende nehmen; ein großer Außenbereich, wo sich Kellner um ihre Gäste bemühten, erstreckte sich bis zum Fluss. Ich war fest entschlossen, hier unseren letzten Festschmaus in Shanghai zu halten. Doch unsere Abschiedsfeier wurde ganz anders, als ich sie mir vorgestellt hatte.

Als wir unser Hotel verließen und ich mühsam die Stufen hinabstieg, wurden wir von einem jungen Mann angesprochen, der zwischen zwanzig oder fünfundzwanzig Jahre alt und traditionell in Tunika und eine sehr weite Leinenhose gekleidet war.

»Ich bin Lin-Pao. Meine Mutter schickt mich, Sie zum Abendessen einzuladen«, lächelte er. Sein Englisch war einwandfrei. »Wollen Sie ihr die Ehre erweisen? Sie würde sich so freuen.«

Richard und ich wechselten erstaunte Blicke. Seine Mutter? Wer das wohl war?

»Sie sind ihr bestens bekannt«, fuhr der junge Unbekannte fort, die Augen auf mich gerichtet. »Sie hat alle Ihre Bücher gelesen.«

Dann wandte er sich an Richard und berichtigte:

»Zumindest alle, die Ihr Mann ins Englische übersetzt hat.«

Kein Abgesandter hätte zuvorkommender sein können als er. Wir brannten vor Neugier und folgten ihm bis zu einer Bushaltestelle, wo ich die üblichen Reaktionen hervorrief. Aber ich hatte nur Augen für das nächtliche, im Licht seiner Anzeigetafeln und Reklameschilder erstrahlende Shanghai, das wir durchfuhren.

Eine halbe Stunde später erreichten wir eines der vom Modernismus unberührten Viertel, in dem kleine Häuschen die wie von Kinderhand gezeichneten Straßen säumten. Eines der Häuschen war hell erleuchtet, Türen und Fenster weit geöffnet. Drinnen erwartete uns ein Schwarm Menschen, die uns begrüßten und sogar umarmten, als ob wir alte Freunde wären. Die Mutter des jungen Mannes stellte sich vor.

»Ich heiße Piu-Dong.«

Dann drückte sie mich lange an sich und flüsterte:

»Ich bin auch Schriftstellerin. Ich schreibe Kinderbücher, die aber verboten sind, weil mein Mann ein bekannter Regimegegner ist. Mein einziger Wunsch ist es, genug Geld aufzutreiben, damit ich meinem Mann nachreisen kann. Er musste nach Südkorea fliehen, um dem Gefängnis zu entgehen. Lassen Sie uns vor dem Essen auf die Meinungsfreiheit trinken, die es hier nicht gibt.«

Wir stießen an, dann setzten wir uns zu Tisch. Die chinesische Küche hat sich auf der ganzen Welt durchgesetzt. Selbst wer noch nie Chinesisch gegessen hat, dürfte von Haifischflossensuppe, Pekingente oder Hähnchen mit Mu-Err-Pilzen gehört haben – altbekannte Gerichte, bei denen die Würze den Unterschied macht. Ich wüsste nicht, wie ich das Mahl beschreiben sollte, das wir im Kreise der unbekannten, fröhlichen Gesichter in Piu-Dongs bescheidener Bleibe zu uns nahmen. Zuerst gab es eine Suppe mit Spargelspitzen und Garnelen. Anschließend im Backteig frittierte Meeresfrüchte. Dann eine Art chinesische Paella, wie ich sie nicht kannte. Piu-Dong saß zu meiner Rechten. Manchmal drückten wir uns liebevoll die Hand. Ich kann mir nicht erklären, warum dies mein letztes Traumessen war.

19. OUESSANT, DAS LETZTE STÜCK BRETAGNE VOR AMERIKA

Wann ist Paris eine verregnete Stadt geworden? Ich könnte es nicht sagen. Wenn ich durch das Album meiner Erinnerungen blättere – ob glücklich oder unglücklich, darum soll es hier nicht gehen –, scheint immer die Sonne. Früher war Paris für mich wahrlich die Lichterstadt. Tagsüber waren die Straßen von Sonnenlicht geflutet, nachts von den unzähligen Scheinwerfern und Straßenlaternen, die auf den Bürgersteigen wuchsen. Als ich noch jung war, ging ich gern zu Fuß. In flottem Tempo spazierte ich von meinem Wohnheim in der Rue Lhomond zum Lycée Fénelon in der Rue de l'Éperon, nahe der Place Saint-André-des-Arts. Mittags lief ich hinauf in die Rue Gay-Lussac zum Institut für Iberoromanistik, wo meine Freundin Jocelyne sich auf ihren Abschluss in Spanisch vorbereitete. Jocelyne und mich verband eine Freundschaft, die schon Züge einer Leidenschaft aufwies. Als Halbinderin hatte sie dunkle Haut und dichtes Haar und war in verschiedenen Kolonien aufgewachsen, hauptsächlich im Senegal, wo ihr Vater als hoher Staatsbeamter gearbeitet hatte. Ihre Weltläufigkeit faszinierte mich, und ihr Selbstvertrauen ließ mich für die eigene Unsicherheit Scham empfinden.

Beide verschmähten wir das fade, in uneleganten Metallschalen servierte Mensaessen und trotteten lieber ins Viertel Les Gobelins. An die berühmte Bar Le Canon schmiegte sich ein türkischer Imbiss, der Döner verkaufte – etwas Seltenes, Originelles, wie wir fanden, das noch nicht Paris erobert hatte. Da der Laden nicht größer als ein Taschentuch war, setzten wir uns mit unserem Brot auf eine sonnige Bank. Mit ihrer schönen, warmen Stimme trug Jocelyne Gedichtauszüge von Nicolás Guillén vor, den sie verehrte:

Aquí hay blancos y negros y chinos y mulatos
Desde luego, se trata de colores baratos,
Pues a través de tratos y contraltos
Se han corrido los tintes y no hay un tono estable.

Wenn sie uns so nebeneinandersitzen sahen, pfiffen uns die Männer im Vorbeigehen lasziv an oder machten anzügliche Gesten. Auch wenn ich wie Jocelyne eine beleidigte Miene aufsetzte, freute ich mich insgeheim: Da war ich auf einmal ein Objekt der Begierde. Ich verstand nicht, dass die Verwandlung nur auf meine Exotik zurückzuführen war.

Wenn ich meine Schwestern besuchen wollte, ging ich ebenso zu Fuß bis zur Gare du Nord, wo ich den Bus nahm. Damals waren die Busse hinten offen. Beeinflusst von Louis Aragon, dessen Buch *Die Reisenden der Oberklasse* ich rauf- und runtergelesen hatte, setzte ich mich nie nach drinnen, sondern schmorte lieber in der Sonne. Ich sperrte die Augen auf und beobachtete das Geschehen um mich herum. Ich war in einem kleinen, verschlafenen Land geboren. Auf den Straßen waren – außer den Überlandbussen, deren Fahrer sich regelmäßig Wettrennen lieferten und daher oft im Graben landeten – kaum Autos unterwegs gewesen. Und nun war ich in eine bunte, laute, bewegte Weltstadt katapultiert worden. Bislang machte mir Paris keine Angst, denn ich hatte noch nichts Schmerzvolles erlebt. Die Stadt reizte mich auf angenehme Weise. Immer, wenn ich Zeit hatte, flanierte ich zur Gare du Nord. Ich liebte diesen Bahnhof. Die Sonne brach durch das Glasdach und ergoss sich über die Masse von Reisenden, die wie ein Haufen irre gewordener Ameisen in alle Richtungen wuselten; mit Kindern, Paketen und Gepäck auf dem Arm überholten sie sich, kreuzten einander, stießen zusammen. Wer waren sie? Wo kamen sie her? Wo gingen sie hin? Das rätselhafte Treiben, undurchdringlich wie das Leben, faszinierte mich immer wieder aufs Neue.

Unter gleißendem Sonnenschein begleiteten meine Schwestern und ich Sandrino in seiner engen, lackierten Kiefernholzkiste zum Flughafen Paris-Orly. Erst kürzlich hatte die Fluggesellschaft Air France den *train maritime* ersetzt. Ich konnte nicht schluchzen wie meine Schwestern. Ich dachte daran, wie traurig meine Mutter sein musste. Im Übrigen starb sie nur wenige Monate später, an gebrochenem Herzen wahrscheinlich – über dem Verlust ihres Sohnes hatte sie vergessen, dass sie noch andere Kinder zu versorgen hatte. Ich frage mich immer wieder, was aus mir geworden wäre, wenn Mutter nicht so früh gestorben wäre. So, wie die Dinge stehen, spüre ich eine gähnende Leere, eine große klaffende Wunde. Keines meiner Kinder hat sie je auf den Schoß genommen. Nie hat sie von meiner ersten Ehe mit Condé erfahren. Vor allem hat sie nicht mitbekommen, wie ich Schriftstellerin geworden bin. Ob sie meine Bücher gemocht hätte? Ob ihr gefallen hätte, wie ich sie dargestellt habe? Hätte ich *Victoire* geschrieben, wenn sie noch am Leben gewesen wäre? Auch in Abwesenheit übte Mutter großen Einfluss auf mich aus. Was wäre passiert, wenn sie da gewesen wäre?

Auf meinen beiden Hochzeiten schien ebenfalls die Sonne. Auf beiden? Auf der ersten ganz bestimmt, obwohl sie ein schmerzhaftes Ende nahm. Momentaufnahmen zeugen davon: vereinzelte Gäste, die mit dem Rücken zu den dichtbelaubten Platanen auf dem Rathausplatz im achtzehnten Arrondissement stehen, dem Anlass entsprechend ein Lächeln zur Schau tragend. Bei der zweiten Hochzeit bin ich mir nicht sicher. Lieber konzentriere ich mich auf mein weißes Baumwollensemble, das ich zum Spottpreis beim Versandhaus *3 Suisses* bestellt hatte. War ich so arm gewesen? In dem Hochzeitsalbum, auf das Richard und ich so stolz sind, macht es jedenfalls einen guten Eindruck.

Die Sonne schien auch, als ich auf dem Père-Lachaise-Friedhof meinen Sohn einäscherte, umgeben von Trauernden, die sich nicht zurückhalten konnten, zu groß war ihr Schmerz. Während wir im Krematorium im Gebet versanken, las Jacques Martial ein schönes Gedicht vor. Einige Monate später brachte meine Tochter Aïcha die Urne mit Denis' Asche nach Guadeloupe. Mein kranker Bruder war ans Bett gefesselt, weshalb ich riskante Verhandlungen mit meiner Schwägerin führen musste, um ihnen einen Platz in der geräumigen Familiengruft auf dem Friedhof von Basse-Terre abzuringen. Inzwischen weiß ich, dass ich ihren Kummer wieder habe aufflammen lassen. Ein Jahr zuvor hatten sie ihren Lieblingssohn George beerdigt, der mit dreißig Jahren die Kontrolle über sein Auto verloren hatte und frontal gegen einen der Mangobäume geprallt war, die die schnurgerade, geheimnislose Landstraße nach Morne-à-l'Eau säumten. Am Ende stellten wir die Urne mit Denis' Überresten auf den Sarg von George, der wie sein Cousin zu früh der Liebe seiner Angehörigen entrissen worden war. Die Erinnerung an diese Bestattungszeremonie lässt mir bis heute keine Ruhe.

Zum Schluss eine etwas weniger traurige Geschichte: An einem sonnigen Nachmittag erfuhr ich von der Geburt meines ersten Enkelkindes Raky. In Frankreich war Wahltag. Die Linke frohlockte. Endlich gab es einen Wechsel, François Mitterand war zum Präsidenten der Republik gewählt worden. Ich dagegen hatte zu viel über Yves Benot nachgesonnen – seine Worte: »Ob links oder rechts, Mutterland bleibt Mutterland« –, um mich über politische Zufälligkeiten wie diese zu freuen. Ich hatte nur einen Gedanken: das kleine, zarte Mädchen, das in dieses schreckliche Leben geholt worden war, aus dem man, wie ein afrikanisches Sprichwort besagt, nicht lebend wieder herauskommt.

Als Paris eine nassgraue Stadt wurde, in der Niesel auf Windstöße und Regenböen auf Graupelschauer folgten, wollte ich nur noch fliehen. Die New Yorker Winter sind zwar oft eisig, doch zumindest steht immer die Sonne am Himmel. Sie strahlt weder kräftig noch warm, verbreitet einfach nur ein bisschen Glanz.

Bis vor kurzem hatte ich noch nicht viel von Frankreich gesehen. Nur den Mont-Saint-Michel, für den meine Eltern schwärmten – warum, weiß ich nicht mehr. Ich glaube, sie hatten dort ihre Flitterwochen oder etwas Ähnliches verbracht. Also musste ich mich als Kind und später als genervter, mürrischer Teenager wiederholt in einen Mietwagen setzen, den Vater mit vierzig Stundenkilometern fuhr, wobei er sich ständig verschaltete, den Motor abwürgte und ausrief:

»Man muss schon sagen: Frankreich ist ein schönes Land!«

In seiner Stimme hörte man die Bewunderung und Entfremdung eines Kolonisierten. Als meine Eltern mich auf den Mont-Saint-Michel schleppten, wusste ich die sonderbare, kleine Felseninsel – mal vom Wasser umspült, mal die Füße im Trockenen – kaum zu würdigen. Unter den zahlreichen Besuchern waren viele Nonnen mit Flügelhauben und Priester in Soutanen. Ich war entzückt von den eleganten Filzhüten der italienischen Priester. Mutter schleifte mich in die Basilika, wo ein Bischof seinen Ring zum Kuss darbot. Ein Seminaristenchor sang das *Stabat Mater* von Pergolesi. Trotz meiner schlechten Laune war ich überwältigt.

Als Paris sich verwandelte, änderten Richard und ich unsere Gewohnheiten. Oft liehen wir uns ein Auto und fuhren ins Blaue. Wir hatten keine Angst vor langen Strecken und rasten über die Schnellstraßen und Autobahnen. Besonders gern fuhr ich zu Madeleine Hage, die in La Bruyère in den Cevennen ein altes Seidenraupenhaus restauriert hatte, nicht weit von der kleinen Stadt Ganges entfernt, wo auf dem Sonntagsmarkt die verschiedensten Gewürze dargeboten wurden: Safran, Kurkuma, Koriander, Kreuzkümmel, Ras el-Hanout. Madeleine und ich trugen Kochwettbewerbe aus. Ihre Spezialität war Coq au Vin, ein sehr französisches Gericht, das dem amerikanischen Gaumen ihres Mannes Jerry schmeichelte. Ich kochte lieber Jambalaya oder Tajine. Zuweilen kam eine englische Nachbarin mit Fischcurry dazu, und gemeinsam feierten wir draußen im Hof unter einem langsam dämmernden Himmelstück.

Ich reiste auch gern nach Nizza zu Amy, die abwechselnd in Frankreich und Washington lebte. Da sie eine glühende Verfechterin von tiefgekühlten Fertiggerichten der Marke Picard war, fanden leider keine kulinarischen Turniere zwischen uns statt.

Nicht selten nahmen wir die entgegengesetzte Richtung und fuhren nach Norden zu Letizia Galli. Sie wohnte in Trouville-sur-Mer im *Hôtel des Roches Noires,* ebendem Gebäude, das die Erinnerung an Marguerite Duras wachhielt. Während Richard den Strand liebte – er fühlte sich an seine Kindheit erinnert –, war ich weniger enthusiastisch, denn Trouville ist bei Weitem keine Lichterstadt. Ich muss allerdings zugeben: Die wenigen Male, da die Sonne ihren Kopf zwischen den Wolken hervorstreckte, war alles wie verwandelt und ließ eine erstaunliche Schönheit erkennen. Das Meer spielte in den herrlichen Farben, die schon so viele Maler zum Träumen gebracht haben. Auch mit Letizia keine Küchenmeisterschaften. Sie mochte nur italienisches Essen. Vor allem Risotto mit Miesmuscheln und Spargelspitzen oder Weißen Bohnensalat mit Garnelen.

Als ich eines Tages die Post holte, fiel mir ein Umschlag ins Auge. Er war von banaler rechteckiger Form, trug jedoch die sonderbare Aufschrift: »Ouessant, das letzte Stück Bretagne vor Amerika«. In diesen Worten lag eine Art dunkler Lockruf. Neugierig öffnete ich den Brief. Es war eine Festival-Einladung auf die Insel Ouessant. Ich war sehr selten, nur ein- oder zweimal, in der Bretagne gewesen. In Douarnenez bei Simone Gallimard, die nicht nur meine Verlegerin, sondern auch eine aufrichtige, großzügige Freundin war. Und in Saint-Malo, wo ich am Bücherfest *Étonnants Voyageurs* teilgenommen hatte.

Vielleicht hätte ich die Einladung abgelehnt, wenn nicht im Fernsehen – was für ein Zufall – ein Dokumentarfilm über die bretonischen Inseln ausgestrahlt worden wäre: Bréhat, Batz, Belle-Île-en-Mer, Ouessant, Molène, Groix. Richard war hingerissen von so viel Schönheit, und unsere Entscheidung stand fest, trotz miesepetriger Kommentare:

»Ihr flieht vor dem Grau und dem Regen – ausgerechnet in die Bretagne? Na, da werdet ihr verwöhnt.«

Es half alles nichts.

Diesmal waren wir vernünftig und nahmen den Zug. An Brest, das im Zweiten Weltkrieg vollständig durch Bomben zerstört und recht uninspiriert wiederaufgebaut worden war, hatten wir keine großen Erwartungen. Ab dem kleinen Hafen von Le Conquet vollzog sich jedoch das Wunder: Der Himmel lachte, das Schiff tanzte schaukelnd übers Meer, all meine Fantasievorstellungen fanden wieder zu alter Stärke. Vielleicht habe ich noch nicht ausführlich genug von der See und den gemischten Gefühlen erzählt, die sie in mir auslöst. Tatsache ist, dass sie mir Angst macht. Grund dafür sind die Flausen, die Adélia mir und Michelle in den Kopf gesetzt hat, als wir noch klein waren. Was mich aber vor allem beeindruckt, ist ihre unermessliche Weite. Eine Kleinigkeit, ein Windhauch kann sie erzürnen. Nachts dringt ihr Lachen – das einer verrückten Frau, wie ein karibisches Sprichwort besagt – bis unter die Bettdecke.

Wenn meine Eltern mich zur Plage de Viard mitnahmen, weigerte ich mich, auf die Wellen zu blicken. Ich kauerte mich zusammen und wollte am liebsten den Kopf in den Sand stecken.

»Was für ein ängstliches Kind!«, klagte Mutter, während sie sich mit Rizinusöl einrieb, das als Sonnencreme herhalten musste. »Wie will sie denn so im Leben zurechtkommen?«

Ja, wie bin ich so im Leben zurechtgekommen? Nachdem ich den Film *Im Rausch der Tiefe* gesehen hatte, wurde ich von einem wiederkehrenden Albtraum heimgesucht. Verloren in den Abgründen des Ozeans, paddelte ich zwischen Korallenbänken und Quallenschwärmen hin und her. Ich streifte Fische; Weiße Haie zeigten mir die Zähne. Nicht aggressiv, sondern irgendwie spöttisch grinsend. Kein Lichtschimmer. Kein Laut. Ganz bestimmt würde ich auf dem Grund dieses flüssigen Grabes sterben. Und doch: Gleichzeitig liebe ich das Meer, bin ich fasziniert von ihm. Die Wissenschaft hat mich gelehrt, dass das Meer früher oder später den ganzen Planeten bedecken und sein Reich grenzenlos sein wird. Die Erde wird von Niedrigkeiten und Kleinlichkeiten, von Trauer und Leid reingewaschen. Niemand wird mehr wissen, wo sich einst Guadeloupe oder Martinique befanden. Große, von Wildblumen überwucherte Platten werden umhertreiben. Es wird keine Menschen mehr geben. Aus all diesen verworrenen Gründen habe ich einen meiner jüngsten Romane *En attendant la montée des eaux** genannt. Die Handlung spielt in Haiti, dessen Unglück ja bekannt ist. Auch meine Figuren werden hart auf die Probe gestellt. Ich wollte zum Ausdruck bringen, dass alles vorübergeht und andere, friedliche, glückliche Zeiten kommen werden.

Auf dem Schiff nach Ouessant setzte sich ein Schriftsteller einfach zu uns – sein Gesicht kam mir bekannt vor, aber ich erinnerte mich nicht an seinen Namen.

»Diese Überfahrt ist eine der gefährlichsten überhaupt«, sagte er. »Man kann die Schiffbrüche gar nicht mehr zählen. Am Schlimmsten sind die schweren Böen, die die Matrosen auf offener See überraschen, wo sie sich nirgends schützen können.«

Diesen wenig optimistischen Worten zum Trotz erreichten wir Ouessant ohne Probleme. Auf der Hafenmole stand eine Menschengruppe, darunter ein alter, als Druide verkleideter

* Dt. etwa: *Warten, bis die Wasser steigen.*

Mann: der Vater der Festivalleiterin. Unter seiner merkwürdigen Schirmherrschaft begaben wir uns zum Zentrum der Insel. Für das Festival war ein riesiges Zelt errichtet worden, das auch als Speisesaal fungierte. In dem Steinbau nebenan, vermutlich einer Festhalle, fand der Empfang statt. Junge Leute in hübschen Trachten servierten Cidre in Schälchen, Fleischpasteten und gefüllte Garnelen. Ich freute mich, unter den Gästen meinen alten haitianischen Freund Rodney Saint-Éloi zu finden. Er lebt in Kanada und leitet den Verlag Memoire d'Encrier, in dem ich ein Jugendbuch, *Conte cruel**, veröffentlicht habe. Ich wurde von einer Martinikanerin bestürmt, die mir Heilung versprach:

»Lassen Sie mich nur machen!«, rief sie. »Ich befreie Sie von diesem Stock. Wenn das Festival vorbei ist, sind Sie wieder flink wie eine Gazelle.«

Von nun an jagte sie mich jeden Morgen aus dem Bett, doch leider zeigten ihre Massagen und Handauflegungen keinerlei Wirkung.

Ich verliebte mich in Ouessant – nicht nur wegen seiner spektakulären, wilden Schönheit, sondern auch wegen der Festivalatmosphäre. Es war eine einfache, gemütliche Veranstaltung. Niemand nahm sich wichtig oder behandelte die anderen von oben herab. Zwar wurde auf den Podien pausenlos über Literatur diskutiert, aber demütig – alle wussten genau, dass die Göttin Literatur tolerant ist und jedem, der sich vor ihr verneigt, bereitwillig ihren Segen gibt. Das Motto lautete: »Gibt es Inselliteratur?« Ich persönlich glaube nicht daran. Das Konzept misst der geografischen Herkunft zu viel Bedeutung bei und berücksichtigt nicht ausreichend die vielen Elemente, die zur Persönlichkeitsformung beitragen. Auf Guadeloupe geboren zu sein, einem allseits von Wasser umgebenen Stück Land, wie die guten alten Schulbücher es ausdrückten, erscheint mir weniger wichtig, als so lange in den Vereinigten Staaten von Amerika gelebt und dort meine »Ausdrucksfreiheit« gefunden zu haben.

Schon am ersten Abend gingen wir in den Pub Ty Korn, dessen Inhaber Ronan uns einen köstlichen Punsch auftischte. Ich mache

* Dt. etwa: *Grausames Märchen.*

mir wie gesagt nicht viel aus Rum. Doch zu diesem besonderen Anlass in einer stürmischen, vom Klagelied der Nebelhörner erfüllten Nacht einen Punsch serviert zu bekommen, gab mir wie viele Jahre zuvor in Tokio das Gefühl, einen alten Bekannten wiederzusehen. Ronan setzte sich neben mich.

»Ich bin zwei Jahre herumgereist«, erzählte er mir, »auf einem Bananendampfer, der die ganzen Antillen abgefahren ist. Meine Lieblingsinsel ist Saint-Barthélemy. Waren Sie mal da? Wenn ihr euch über Kolonialisierung beschwert, sind wir Bretonen die ersten, die euch verstehen – sogar diejenigen unter uns, die noch nie das Land verlassen haben. Der Zentralstaat wollte auch uns die Sprache wegnehmen und hat sie aus den Schulen verbannt. Kinder, die sich angemaßt haben, Bretonisch zu sprechen, sind streng bestraft worden. Unsere ganze Kultur ist verspottet und geringgeschätzt worden. Bestimmt haben Sie schon von den Witzen über Bécassine* gehört. Wir wurden als Alkoholiker hingestellt. Wir sind für unseren Glauben ans Übernatürliche belächelt worden, an alles, was nicht mit Materialismus und Profit zu tun hat.«

Staunend hörte ich ihm zu und leerte, um dieser beginnenden Freundschaft zu huldigen, ein zweites Glas Punsch, das mich ins Jenseits beförderte.

Während des Festivals fand jeden Abend eine nette Veranstaltung statt. Dies war einmal ein keltisches Konzert, das mich in Begeisterung versetzte. Ein andermal wurde höchst unkonventionelle Musik von den Antillen gespielt. Eine Band aus jungen Musikern von Guadeloupe und Martinique, die in Quimper lebten, spielte bis in die frühen Morgenstunden. Die Sängerin Maëva behauptete, alle meine Bücher gelesen zu haben – eine Lüge, die mir behagte. Ich hatte noch nie die Gelegenheit gehabt, mich mit der zweiten Generation zu unterhalten. Entsprechend wollte ich den Augenblick nutzen.

»Ich habe mich immer gefragt, was es heißt, hier geboren zu sein und Frankreich als seine Heimat zu betrachten.«

* Französische Comicfigur in bretonischer Tracht und karikaturistische Verkörperung des naiven Mädchens vom Lande.

»Ob in Frankreich geboren oder auf den Antillen – wo ist der Unterschied? Guadeloupe ist doch ein französisches Überseedepartement.«

Ich versuchte zu beschreiben, was meine Generation im Hinblick auf die eigene Identität gefühlt hatte. Wenig überzeugt, runzelte sie die Stirn.

»Soll das heißen, dass Sie sich als Afrikanerin fühlen? Oder als Amerikanerin?«

Unsere Nachbarn Mahel und Anne luden uns zum Abendessen ein. Ein Pärchen, beide Grundschullehrer, die außerhalb der Sommerferien in Lorient lebten. Anne, sehr klein gewachsen, das Gesicht zerknautscht wie eine Kartoffel, hörte sich anfangs wie eine echte Schulmeisterin an.

»Die bretonische Küche«, lehrte sie mich, »kommt ohne Umwege, ohne Schnickschnack zur Sache. Sie setzt ihre Ehre daran, die natürlichen Eigenschaften der Lebensmittel zu erhalten. Das Meer bietet ihr die besten Zutaten: Rochen, Krebse und Wellhornschnecken.«

Ihre Stimme wurde sanfter.

»Wie sind Sie zum Kochen gekommen?«, wollte sie wissen.

»Ich weiß nicht«, erwiderte ich. »Genauso gut könnten Sie mich fragen, wie ich zum Schreiben gekommen bin. Ich habe mit dem Kochen angefangen, als ich auch Schreiben und Rechnen gelernt habe.«

Daraufhin nahmen wir am Esstisch Platz, auf dem viele Schalen standen.

»Ich habe Ihnen Makrelen-*rillettes*[*] zubereitet«, sagte sie und nahm einen Deckel ab. »Die Makrele wird oft geringgeschätzt, weil sie nicht teuer ist. Dabei schmeckt ihr weißes Fleisch hervorragend. Viel besser als Lachs, um den ja so viel Aufhebens gemacht wird.«

In der Tat schmeckten die *rillettes* vorzüglich.

»Kommen wir zum Ouessant-*far*[**]. Das Rezept stammt von der Insel. Früher haben die Insulaner den *far* im Kaminfeuer gebacken.«

* Fein gehacktes, gekochtes und im eigenen Fett konserviertes Fleisch.

** Auflauf mit Milch, Eiern und Backpflaumen.

Mit banger Miene schnitt sie eine Scheibe ab.

»Ein guter *far* muss innen weich und am Rand und oben knusprig sein.«

Sie kostete, schien zufrieden und füllte unsere Teller. Währenddessen schenkte uns Mahel ununterbrochen Cidre ein.

»Wir feiern auf Ouessant immer Weihnachten, mit unseren beiden Töchtern und ihren Familien«, sagte er. »Man muss im Winter kommen, nicht zu dieser Jahreszeit, wo die Touristen mit ihren Fahrrädern die Straßen und Strände verstopfen. Im Winter sind hier nur noch die fünfhundert Einwohner. Die Insel gehört ganz dem Meer.«

Mit Abstand am spektakulärsten war die nächtliche Spritztour zu den Leuchttürmen. Vor allem zum Phare du Créac'h, einem der leuchtstärksten der Welt. Als wir das Dorf verließen, war der Himmel sternenlos. Nur die Scheinwerfer des Minivans, in dem wir dicht an dicht saßen, stießen durch die Undurchdringlichkeit der Nacht. Niemand sagte etwas. Eine Art Furcht versiegelte uns die Lippen. Ich glaubte, die unheimlichen Schatten prähistorischer Tiere vor uns ausweichen zu sehen. Ich war wie versteinert. Plötzlich tauchten an der Küste die monumentalen, in dichten, weißlichen Nebel gehüllten Leuchttürme auf. Ihr mitleidloser Blick glitt über das Meer und den Horizont. Der Phare du Créac'h riss uns in seinen Lichtwirbel und ließ uns zur Bedeutungslosigkeit schrumpfen. Im Angesicht des Unbekannten spürten wir in uns den Ruf der unerforschten Weite, die durch die Unermesslichkeit zu uns sprach. Ich musste an den einen Satz denken, der mich so neugierig gemacht hatte: »Ouessant, das letzte Stück Bretagne vor Amerika.« Es stimmte. Wir standen wirklich am äußersten Zipfel.

Als Ronan mir eines Abends – wir saßen im beschaulichen Ty Korn und tranken Punsch – die Geschichte der Insel erzählte, fing ich endgültig Feuer.

»Im neunzehnten Jahrhundert«, sagte er, »wurde Ouessant auch die Fraueninsel genannt. Damals lebten hier nur mutige, schwarzgekleidete Matronen, die sonntags mit ihren Kindern auf dem Arm in der Kirche saßen. Das Meer ist zu unbändig, um als Fischer seinen Lebensunterhalt zu bestreiten. Die Männer mussten sich auf den Schiffen der Handelsmarine verpflichten und ans andere Ende der Welt segeln. Sie waren monatelang unterwegs. Als sich im Zweiten Weltkrieg die Deutschen auf Ouessant niederließen, weil es ein strategischer Punkt war, hatten sie mit all den vereinsamten Frauen leichtes Spiel: das Prestige der Uniform und wichtige materielle Güter in Zeiten der Knappheit. Ich könnte Ihnen nicht sagen, wie viele von uns von den Deutschen abstammen. Nach der Befreiung ist keine Frau öffentlich geschoren worden. Alles ist im Geheimen passiert.«

»Gibt es Bücher über diese Zeit?«, fragte ich interessiert. »Ich würde sie gern lesen.«

Er zuckte mit den Schultern.

»Ganz bestimmt nicht! Darüber hat niemand geschrieben. Als Romanautorin wissen Sie ja, dass man nicht immer die Wahrheit erzählen kann.«

Ich seufzte.

»Leider! Die Leser mögen erbauliche, von vorne bis hinten erlogene Geschichten, mit einem Wort: Mythen.«

Mit diesen Vertraulichkeiten vollzog sich ein Wesenswandel: Ouessant war nicht mehr nur eine schöne, durch ihre wilde Natur bestechende Insel im Meer, sondern auch der Schauplatz von Dramen, die sich hinter verschlossenen Türen abgespielt hatten.

Am letzten Abend vor unserer Abreise fand im Ty Korn eine schrille Veranstaltung statt, auf der alle nach Belieben improvisierten: Musik, Gesang oder ein Gedicht. Trotz meiner Angst, mich lächerlich zu machen, schrieb ich eine Art lyrisches Prosagedicht, in dem ich ausdrückte, was ich während meines Aufenthalts empfunden hatte. Die anwesenden Bretonen waren verzückt. Eine Frau schüttelte mir mit tränenfeuchten Augen die Hand.

»Was Sie da gesagt haben, ist wundervoll«, hauchte sie.

Gegen zweiundzwanzig Uhr ließ Ronans Frau, die von Montag bis Freitag in Quimper arbeitete und nur wochenends nach Ouessant kam, wenige Privilegierte ihre Küche betreten. Sie hatte in einem gusseisernen, torfumhüllten Kessel einen Eintopf zubereitet.

»Der Torf verleiht dem Gericht seinen Geschmack und seine unverwechselbare Konsistenz«, erklärte sie mir, »man kann es nirgendwo sonst zubereiten.«

Daraufhin schenkte sie mir ein Büchlein mit Rezepten, das wie handgeschrieben aussah. Es hieß *Die bretonische Köchin*. Sie sollte Recht behalten. Zu Hause gelang es mir nicht, auch nur eines der Rezepte nachzukochen: Sie waren entweder zu kompliziert oder zu raffiniert oder erforderten Küchengeräte, die ich nicht besaß. Seither rühre ich das Büchlein, das ich sorgfältig in meiner Bibliothek verwahrt habe, nicht mehr an.

Am nächsten Tag nahmen wir das Schiff, das uns über Molène zurück aufs Festland brachte. Heftige Regenfälle hatten Le Conquet und Brest überflutet. Paris dagegen stand am Ende einer Hitzewelle, von der alle überrascht worden waren, und rang nach Luft.

Ouessant bleibt eine meiner schönsten Erinnerungen. Die Insel hat mir etwas beigebracht. Man muss nicht weltenweit reisen und sich stundenlang in ein Flugzeug zwängen, um etwas Besonderes zu entdecken. Die kleine, einen Steinwurf von der französischen Küste entfernte Insel Ouessant besaß einen einzigartigen, reizvollen Charakter. Diese Überlegung führte mich zu einer Frage: Woher rührt das Wesen eines Ortes oder auch das eines einzelnen Menschen? Ich kann aber nicht mit Gewissheit darauf antworten. Als Gegenstück zu meinem Ouessant-Aufenthalt fällt mir eine Reise auf die Bermudas am Beginn meiner Hochschulkarriere ein. Die Bermudainseln haben die Eigenheit, dass sie ein britisches Überseegebiet direkt neben den Vereinigten Staaten sind, als ob sich die Gründerväter nicht an sie herangetraut hätten. Wer jedoch eine verblüffende Mischung aus englischen und amerikanischen Traditionen erwartet, wird schwer enttäuscht. Außer den langen, oberhalb des Knies endenden Shorts und den dicken Wollsocken für Männer schien das Archipel nichts erfunden zu haben. Bei der Eröffnungsgala des Kolloquiums leierte ein Sänger alte Frank-Sinatra-Arien herunter. Der Kinoabend war einem Film von Clint Eastwood gewidmet, den ich als Regisseur besonders wenig ausstehen kann. Das Essen bestand aus Burgern der allerschlimmsten Sorte: bröseliges Hackfleisch, geschmacklose Tomatenscheiben, schwammige, schlecht aufgetaute Brötchen. Nach reiflicher Überlegung kam ich zu dem Schluss, dass Unterdrückung und somit Rebellion nötig sind, um eine echte Kultur entstehen zu lassen. Die Einwohner der Bermudas sind zu reich, zu vermögend, sie haben es zu bequem.

20. ZUM ABSCHLUSS

Obwohl ich mich stets geweigert habe, meine beiden Leidenschaften zu gewichten, muss ich heute feststellen, dass die eine der anderen klar überlegen ist. Der alternde Schriftsteller lebt in panischer Angst, sich zu wiederholen, dasselbe Werk wieder und wieder zu schreiben. Da ihm die immergleichen zwanghaften Gedanken durch den Kopf schwirren, ihn die immergleichen Befürchtungen quälen, stellt er sich unablässig diese eine Frage:

»Habe ich diese Geschichte nicht schon erzählt? In welchem Buch?«

Um sich Gewissheit zu verschaffen, müsste er das Geschriebene nur noch einmal lesen. Leider scheut er diese unangenehme Aufgabe.

Für die Köchin dagegen ist die Wiederholung eine Qualitätsgarantie. Wenn meine Freunde verlangen: »Mach uns dieses oder jenes Gericht, das kannst du so gut«, gehe ich frohlockend ans Werk. Bin ich in Paris, humple ich zur Passage Brady, dem Paradies für exotische Genüsse. Bin ich in New York, habe ich es leichter. Dort gibt es Whole-Foods-Märkte an jeder Ecke. Dem Applausmesser nach zu urteilen ist mein größter Erfolg die Jambalaya, ein Gericht aus dem Süden der Vereinigten Staaten mit Hühnchen, Pökelfleisch, Würstchen, geschälten Garnelen und Kidney- oder Schwarzen Bohnen. Ich weiß nicht mehr, wie oft ich nach dem Rezept gefragt wurde. Leïla, meine ansonsten so schwierige dritte Tochter, wünscht sich zum Geburtstag nie etwas anderes.

Kürzlich hat Mounir, der einzige Junge unter einer großen Enkelschar, falsche Hoffnungen in mir geweckt. Er wolle Chefkoch werden, verriet er mir und bat mich, ihm ein paar Rezepte aufzuschreiben. Chefkoch! Ich war verzückt und stellte mir sogleich vor, wie er mit weißer Mütze auf dem Kopf lehrerhaft vor zahlreichen Assistenten hantierte. Mir gingen viele Gedanken durch den Kopf. Was würde sein Vater, traditioneller Senegalese und Beamter in einer internationalen Organisation, dazu sagen?

Und was meine Tochter, seine Mutter, die sich am Sciences-Po*-Studium versucht hatte? Würde sie sich mit jener Berufung ihres einzigen Kindes zufriedengeben?

Ich ging an die Arbeit, denn für eine wie mich, die ausschließlich improvisiert und ihre Gerichte immer wieder probiert, um ein ausgewogenes Ergebnis zu erzielen, ist es nicht einfach, Rezepte zu verfassen. Ich gab mein Bestes und scheute keinen Aufwand. Als ich fertig war und mit Mounir telefonierte, erfuhr ich zu meinem Bedauern – Kinder in seinem Alter sind wankelmütig –, dass er seine Meinung geändert und nun ganz andere Pläne hatte. Dennoch erklärte er sich freundlicherweise bereit, mir etwas zu kochen – er sei nämlich, prahlte er, ein hervorragender Koch. Sollte ich somit auf diesem Gebiet ebenfalls keinen Erben haben?

* Prestigeträchtige Hochschule für Politikwissenschaften.

MARYSE CONDÉ bei Litradukt

Victoire

Maryse Condés Roman über das Leben ihrer Großmutter. Victoire Quidal wächst Ende des 19 Jahrhunderts auf Guadeloupe in einer armen Familie auf. Obwohl sie nie lesen und schreiben lernt und nur Kreolisch spricht, legt sie als hervorragende Köchin den Grundstein für den sozialen Aufstieg ihrer Nachkommen.

Der faszinierende Lebensweg einer Frau in einer rassistischen und machistischen Gesellschaft und ein Sittengemälde der französischen Karibik zur Kolonialzeit.

268 S., Softcover, 15,80€
ISBN: 978-3-940435-08-8

»Maryse Condé beschreibt in diesem hochinteressanten Buch, das biografische Recherche mit erzählerischer Fiktion mischt, mit grossem Einfühlungsvermögen, welche psychischen Folgen die Sklavenhaltergesellschaft auf die Menschen hat. Auch noch lange nach dem Ende des Kolonialismus.«

Eva Pfister, *Die Wochenzeitung*, Zürich

MARYSE CONDÉ bei Litradukt

Mein Lachen und Weinen

Maryse Condés Kindheits- und Jugenderinnerungen. Die spätere Bestsellerautorin wächst in Point-à-Pitre auf Guadeloupe in einer Familie der schwarzen Oberschicht auf. Früh macht sie Erfahrungen mit der Klassengesellschaft und dem Rassismus auf den französischen Antillen der zu Ende gehenden Kolonialzeit und gerät in Konflikt mit ihren Eltern, die ihr »entfremdet« vorkommen.

Siebzehn Erzählungen mit viel Humor und Herzenswärme, in denen hinter dem Persönlichen immer wieder die soziale Wirklichkeit und die großen Fragen der Zeit sichtbar werden.

Ausgezeichnet mit dem Prix Marguerite Yourcenar.

149 S., Softcover, 13,00 €
ISBN: 978-3-940435-35-4

»[Maryse Condé] schreibt über verlorene Paradiese und verbotene Wörter, Zugehörigkeit und Entfremdung, Hautfarbe und Identität – und natürlich über ihre Familie. Ein wunderbares Buch einer großartigen Autorin – überaus spannend und gut gegen Schubladendenken!«

Britta Jürgs, *Buchreport*